어둠의 속도

THE SPEED OF THE DARK

First published 2003 by Macmillan Children's Books an imprint of Pan Macmillan
Text copyright © Alex Shearer 2003
All rights reserved.
Korean translation copyright © 2022 by Mirae Media & Books, Co.
Korean translation rights arranged with MACMILLAN PUBLISHERS LTD UK
through EYA (Eric Yang Agency)

이 책의 한국어판 저작권은 EYA(Eric Yang Agency)를 통해 MACMILLAN PUBLISHERS LTD UK과
독점 계약한 도서출판 미래엠앤비가 소유합니다. 저작권법에 의하여 한국 내에서 보호를 받는 저작물이므로
무단 전재와 복제를 금합니다.

어둠의 속도

1판 1쇄 펴낸날 2022년 10월 20일

지은이 알렉스 쉬어러 **옮긴이** 윤여림 **펴낸이** 김민지 **펴낸곳** 미래M&B
등록 1993년 1월 8일(제10-772호) **주소** 서울시 마포구 동교로 134(서교동 464-41) 미진빌딩 2층
전화 02-562-1800(대표) **팩스** 02-562-1885(대표)
전자우편 mirae@miraemnb.com **홈페이지** www.miraeinbooks.com
블로그 blog.naver.com/miraeibooks **인스타그램** @mirae_inbooks

ISBN 978-89-8394-601-0 03840

＊잘못 만들어진 책은 구입처에서 바꾸어 드립니다.
＊미래인은 미래M&B가 만든 단행본 브랜드입니다.

어둠의 속도

알렉스 쉬어러 지음 · 윤여림 옮김

미래인

◎ 차례

(물론) 케이트에게

이곳에 이방인 한 명이 있다.

낯선 일들을 경험하고, 낯선 영광을 마주한다.

아름다운 세상 속에 숨겨진 낯선 보물들을 만나기도 한다.

이 모든 게 나에겐 낯설고 새롭다.

−토머스 트러헌(1636−1674)

크리스토퍼

똑똑한 젊은이들은 대개 버텨 내질 못한다. 그들은 대학을 갓 졸업하자마자, 혹은 자격증이란 자격증은 주머니 터지게 욱여넣은 채 연구소로 흘러 들어온다. 그리고 무슨 문제를 직면하더라도 해결할 수 있고, 마치 해답을 다 안다는 듯 행동한다. 심지어 질문도 하기 전에 말이다. 이런 친구들은 오래 버티지 못한다. 마치 불꽃같다. 아주 잠시 하늘을 밝힌 후 금세 아래로 꺼져 버리는 불꽃 말이다.

꾸준히 잘 해내는 것, 그것이 나의 방식이다. 〈토끼와 거북〉 이야기에서 결국 경주를 이긴 게 누구였는지 다들 알지 않는가? 번갯불에 콩 볶듯 일을 해치우는 것보다 차근차근 성실하게 해 나갈 때 좋은 성과를 내는 경우가 많다. 그래서 그들이 모조리 나가떨어지고 결국 자신들이 왔던 곳으로 되돌아가거나 새로운 곳을 찾아 떠날 때도 나만큼은 내 자리를 지킬 수 있었다.

나는 저 친구들이 이곳에 처음 입사했을 때부터 이곳을 떠날 때까지 모든 순간을 지켜봤다. 물론 그중에는 다시 돌아오고 싶어 하는 사람들도 있었다. 하지만 돌이키기엔 이미 늦어 버렸다.

그들과 다르게 나는 아주 오랫동안 이곳에 있었고, 연금을 위해 이 악물고 버텼다. 이곳에서는 아무도 해고를 당하지 않는다. 특히 나처럼 오래된 사람의 경우에는 더욱 그렇다. 날 해고하는 데는 적지 않은 비용이 드는 데다가, 어찌 되었든 간에 나는 늘 성과를 냈다. 어떤 사람에게는 티끌 같을지도 모를, 대단한 성과라고는 할 수 없을 것이다. 하지만 나는 꾸준히, 한결같은 성과를 냈다. 티끌 없이는 태산도 없다. 태산은 홀로 생겨나지 않는 법이니까.

하지만 머리 좋은 저 젊은 친구들은 열에 아홉, 아니 천에 구백구십구가 지쳐서 나가떨어지기 마련이다.

완전히 무너져 버리는 젊은이도 있다. 주변으로부터 기대를 한 몸에 받았지만 그에 부응하는 성과를 내지 못한 이 젊은이들은 동네 혹은 학교라는 작은 우물 안 개구리들이었다. 그들은 이곳에서 자신이 넓디넓은 바닷속 한 마리 피라미였음을 깨닫게 된다. 평생 공부라면 식인 상어가 정어리나 청어를 삼키듯 자신만만했던 이들에게는 여간 받아들이기 힘든 일이 아니었을 것이다.

어떤 사람들은 평범하다는 말을 견디지 못한다. 나는 평범하게 태어났고, 잃을 게 없었다. 그래서 평균 이상의 것을 해내면 이는 곧 보너스로 연결되었다. 가끔 나는 잠에서 깨면 이 모든 게 꿈이 아닐까 싶어 내 몸을 꼬집어 보기도 한다. 나 스스로도 내가 어떻게 이 자리에까지 올랐는지 알 수 없었다. 운이 좋았거나, 아니면 나를 다른 사람으로 착각해서 벌어진 일일지도 모른다. 신원 오류, 나는 가끔 이렇게 생각하곤 한다. 하지만 어쨌든 나는 지금 여기에 있고, 엄청난 금액의 수표나 연금을 타기 전까지 내 자리를 굳게 지킬 것이다.

이곳을 거쳐 간 젊은 천재들에 대한 일화라면 수백 개는 더 있다. 괴짜 같던 아이, 시시껄렁한 농담이나 해 대던 녀석들에 관한 이야기들 말이다. 하지만 그런 이야기를 하는 게 다 무슨 의미가 있을까? 사실 이야기라면 이보다 훨씬 재미있는 것들도 많고, 분명 이런 아이들에 대한 이야기는 어디서 한 번쯤 들어 봤을 법한 것이었다. 즉, 뻔하디뻔한 보잘것없는 그런 이야기란 말이다. 어쩌면 주변에서 이런 아이들을 실제로 본 적도 있을 것이다.

그래서 나 역시도 이런 친구들에 관한 일이라면 들을 만큼 다 들어 봤다고 생각했다. 하지만 이 이야기만큼은 아니었다. 이 이야기는 그야말로 완벽한 사례였다. 모든 경우의 총집합과도 같았다. 정신분열과 행방불명이 합쳐졌으니.

크리스토퍼 맬런 역시 젊은 천재들 중 한 명이었다. 그는 빛 감속장치를 제작하는 일을 했다. 혹시 과학 저널을 읽는 사람이라면 한번쯤은 들어 본 적 있겠지만, 장담하건대 다들 그게 무언지 모를 것이다. 감속장치에 관한 것은 전부 크리스토퍼의 아이디어였다. 하지만 나는 이 프로젝트가 결국 실패로 끝나리란 걸 알고 있었다. 컴퓨터를 주말, 연휴 할 것 없이 밤낮으로, 아니 천년 동안 돌려도 감속장치에 필요한 방정식은 절대 풀 수 없을 것이기 때문이다. 운이 좋거나 천재이거나 아니면 운 좋은 천재 정도는 되어야 알아낼까 말까 할 정도의 문제였다. 이걸 해낼 수 있을 것이라고 생각한 것부터가 이미 실패를 의미했다. 다시 말해, 시작부터 실현 가능성이 전혀 없었다.

나는 크리스토퍼 맬런이 어느 날 갑자기 사라져 버린다거나 시인과 같은 작가의 기질을 가지고 있다고는 전혀 생각하지 못했다. 하지만 그는 그랬다.

아니, 내가 알기로 크리스토퍼의 유일한 관심사는 물리학과 정신 나간 감속장치뿐이었다. 그리고 그 물리학이라는 것도 전 세계를 통틀어서 열 명 남짓한 사람만 완전히 이해할 수 있는 그런 수준의 것이었다. 완벽히 이해했다고 하는 이 열 명도 사실 그 중 절반은 거짓이거나 허풍이거나, 혹은 자신의 명성을 위해 부풀려 냈을 가능성이 크다.

크리스토퍼는 끝내 풀지 못할 문제에 온통 매달려 있었다. 그 과정에서 약간의 진척이 있었고, 이것이 과학 발전에 미력하게나마 기여했을 수 있겠지만 그게 전부였다. 어쩌면 그건 대부분의 과학자들에 해당하는 이야기일지도 모르겠다. 모두가 어깨를 맞대고 동시에 선로에 놓인 거대한 기차를 앞으로 민다면, 아마 백 년 안에 2센티미터 정도는 움직일 수 있을 것이다.

그런데 아이작 뉴턴이나 알베르트 아인슈타인 같은 인물이 나타나서는 1분 안에 기차를 1마일이나 움직여 버린다. 그것도 손가락 하나로.

우리 같은 사람들 대부분에게 이는 단조롭고 지겨운 일이다. 의미 없는 반복과 실패, 그러다가 마침내 작은 성공을 거두기도 하고, 혹은 그마저도 없을 수 있다.

크리스토퍼는 은둔자였다. 그리고 내가 봤을 때 그에게는 외로운 구석도 있었다. 또 일에 임하는 자세가 독특했다. 과학에 대한 그의 접근은 무언가 새로운 걸 발견하기 위함이 아니라, 이미 존재하고 있지만 잃어버린 것을 다시 찾기 위함이었다. 그는 일종의 '실추한 명예'를 회복하는 방식으로 접근하려는 것 같았다. 마치 우리 모두가 잊어버린 걸 기억해 내기 위해, 타고난 지식을 회복하기 위해, 잃어버린 것을 되찾기 위해 에덴동산으로 돌아가려 애쓰는 아담과 이브인 것처럼 말이다.

크리스토퍼는 내게 친구라기보다는 지인 정도였다. 더 가까운 사이가 될 수도 있었겠지만 크리스토퍼는 늘 일에 치여 바빴고, 우리는 나이 차이도 꽤 났다. 그는 꽤 젊었던 반면, 나는 지긋한 나이였다. 하지만 나이 차이가 얼마나 났든 간에 크리스토퍼에게는 친구를 사귈 시간이란 게 도무지 없어 보였다. 그는 마치 일을 하기 위해 사는 사람 같았다. 어쩌면 일을 위해 자신을 희생했는지도 모르겠다.

누군가에게는 실패란 받아들이기 힘든, 아니 생각하는 것조차 힘겨운 일일 수도 있을 것이다. 하지만 광적으로 일에 집착하고 몰두한 크리스토퍼에게 실패란 있을 수 없는 일이었다. 그는 일을 하는 데 있어서만큼은 거침이 없었다.

심지어 신조차도 세상을 만들 때 일요일은 쉬었다. 신도 이렇게 하루는 쉬는데 내가 쉬지 않을 이유는 없었다.

그러나 크리스토퍼는 그저 일, 일, 일뿐이었다.

나는 언젠가 크리스토퍼를 바비큐 파티에 초대한 적이 있었다. 주말에 잠깐이라도 시간을 내서 와 달라고 설득까지 했다. 때는 6월의 어느 더운 날이었다. 집 안과 정원은 초대를 받고 온 친구들로 버글거렸고, 친구들의 아이들은 이리저리 즐거운 듯 뛰놀았다. 우리 부부는 주변 이웃들도 모조리 초대했다. 그러면 파티가 시끄럽다고 신고하거나 할 일은 없을 테니.

아내는 음료와 버거를 들고 크리스토퍼를 한구석으로 몰고 가더니 본인이 참견할 일이 아닌 것들에 대해 꼬치꼬치 캐물었다. 예의 바른 크리스토퍼는 아내의 질문 공세에 신경 쓰지 말란 말도 하지 못했다.

아내는 크리스토퍼에게 이곳에 정착하거나 결혼할 생각이 있는지, 누군가와 함께 살거나 가정을 꾸리고 싶은 마음이 있는지, 지금 만나는 사람이 있는지 물었다. (나는 아내가 크리스토퍼에게 무슨 의도로 저런 질문을 하는지 알고 있었지만 아내는 잘못 짚었다. 게다가 이건 아내가 상관할 일도 아니었다. 그러니까 내 말은, 크리스토퍼가 여자에게 관심이 없다는 게 아니라 그는 여자를 만날 시간이란 게 없는 듯했기 때문이다.)

크리스토퍼는 아내의 질문들에 대해 그 어느 하나 명확한 답변을 내놓진 않았다. 늘 그랬듯이 대답을 얼버무리다가 대화의 주제를 바꾸었다. 하지만 그가 대답을 피하기 전에 넌지시 이런 말을 했다고 한다. 그날 저녁 아내로부터 들은 바에 의하면, 크리스토퍼는 책임져야 할 게 많아서 다른 걸 돌볼 여유가 없다고 했다는 것이다. 다만, 그게 무엇인지 정확히 설명하진 않았다.

그 말에 나는 문득 의문이 들었다. 내가 지금껏 봐 왔던 크리스토퍼는 단 한 번도 개인적인 전화를 받은 적이 없었다. 또 그의 사무실이나 연구실 창틀에 삼촌이나 이모 혹은 그 누구에게서라도 받은 생일 축하 카드나 크리스마스 등 연휴 인사 카드가 꽂혀 있는 것을 본 적이 없었다. 내가 그에 대해 알고 있는 거라고는 그가 내게 터놓은 정도였다. 그러니 정말이지, 아주 조금뿐이었다.

크리스토퍼의 이력서와 면접(내가 진행한) 그리고 우수한 성적표를 통해 그에 대해서 아는 사실이 몇 가지 더 있긴 했다. 크리스토퍼는 어렸을 때 부모로부터 버림을 받았다. 정확히 어떻게 혹은 왜 아니면 어떤 상황이었는지는 구체적으로 알 수 없었지만 누군가로부터 들은 내용에 의하면, 그의 어머니는 어느 날 갑자기 사라져 버렸고 몇 년 후 그의 아버지마저 떠나 버렸다는 것이었다. 그의 아버지는 어린 크리스토퍼를 혼자 남겨 둔 채 집을 나갔고, 그 길로 다신 돌아오지 않았다. 그날 이후 크리스토퍼는 낯선 사람이나 가족의 친구 집을 전전하며 자랐다. 크리스토퍼를 외면해 버린 아버지는 이후 크리스토퍼의 인생에서 영원히 사라졌다.

당시 크리스토퍼가 아주 어린 나이는 아니었으므로 버림받는다는 게 어떤 건지 아예 모르지는 않았을 것이다. 차라리 아예 어렸다면 더 나았을지 모르겠다. 버려졌다는 사실조차 기억 저편에 깊이 묻혀 상처가 되진 않았을 테니.

하지만 현실은 생각보다 훨씬 힘들고 고통스러웠다. 크리스토퍼는 자신의 아버지가 누군지 알았고 그를 사랑했다. 그리고 어머니가 돌아가신 건지 아니면 떠나 버린 건지 그로서는 알 수 없었지만, 그 후로 어린 크리스토퍼는 아버지의 손에서 자랐다. 그의 아버지는 전형적인 아버지상은 아니었지만, 그렇다고 자상하지 않다거나 나쁜 아버지란 뜻은 아니었다. 내 경험으로 비춰 보건대, 오히려 양복을 빼입은 사람들이야말로 조심해야 할 사람들이다.

어린 그의 기저귀를 갈아 준 것도, 자다가 일어나 고열과 마른기침을 달래며 걱정스러운 마음으로 밤을 지새운 것도, 탁아소며 놀이방에 데려간 것도 모두 그의 아버지였다. 때때로 어떤 상황에서는 엄마들 틈에 낀 유일한 아빠일 때도 있었을 것이다.

그랬으니 더 끔찍할 수밖에 없었다. 오랫동안 이 둘은 서로에게 유일한 가족이었는데 갑자기 아버지가 메모 한 장, 설명은커녕 작별 인사도 없이 그렇게 떠나 버렸으니 말이다. 아버지는 말그대로 완전히 사라지고 말았다.

물론 사람들은 때때로 말없이 사라지기도 한다. 그래서 어쩌면 크리스토퍼 역시 사라져 버렸는지 모르겠다. 어쩌면 사라지는게 유전인지도 모를 일이다. 그것 역시 재능이나 운, 저주처럼 대물림되는 것일지도.

어떻게 보면 이 세상에는 사라진 사람들이 너무 많다. 다른 사람의 삶 안으로 들어왔다가 그대로 나가 그 이후 두 번 다시 모습을 보이지 않는 사람들 말이다. 이들 중 일부는 정말로 실종된 것일 수 있다. 그렇다면 나머지는 그저 발견되지 않기를 바라는 사람들일 것이다. 살해당했거나 콘크리트 혼합기 속, 혹은 바닷속으로 떨어진 것일 수도 있다. 그게 아니면 높은 절벽에서 몸을 던지거나 약물을 과다 복용한 후 풀밭에 누워 있다가 삶을 더이상 견디지 못해서 그대로 영원히 일어나지 않게 된 경우도 있을 것이다.

어쩌면 크리스토퍼의 아버지는 사라진 게 아니라 누군가(혹은 여러 명)에 의해 '사라지게 된' 걸지도 모른다. 크리스토퍼는 어릴 적 아버지와 변두리에 살았다고 들었는데, 어쩌면 그때 아버지가 불량한 사람들과 엮인 것일 수도 있다. 그런데 만약 이 이야기를 아이에게 한다고 생각해 보자. 사랑하는 아버지가 불의의 사고를 당해 버렸다고 말이다. 이 아이에게 있어 자신이 버려졌다는 사실은 변하지 않는다. 사랑하는 사람을 잃었고, 홀로 남겨졌다는 사실이 말이다. 자신이 어떻게 버려졌는지 혹은 자신을 왜 떠났는지는 중요하지 않다. 그저 떠났다는 사실 자체가 중요한 것이다.

다르게 볼 방법이 있을까? 그런 일을 겪고 나면 자신이 버림받았다는 상처와 떠난 사람이 언젠가 돌아올지도 모른다는 일말의 희망을 품고 사는 것 외에 다른 방법이 있을까?

내 생각에는, 아니 상상해 보자면 크리스토퍼의 아버지가 사라진 후 크리스토퍼를 키운 사람들은 착하고 선한 사람들이었을 것이다. 물론 그렇지 않을 수도 있다. 어쩌면 그들은 크리스토퍼에게 엄격하고 가혹했을 수 있다. 아, 나도 모르겠다. 내가 아는 것이라고는 크리스토퍼는 그들에 대해 별로 이야기한 적이 없고, 그들과 연락하고 지내지 않는다는 것뿐이다. 의형제나 자매가 있었다 할지라도 크리스토퍼는 언급조차 한 적이 없었다. 사실 크리스토퍼는 자신의 과거나 유년 시절에 대한 연결 고리가 없는 듯했다. 단 하나를 제외하곤 말이다. 작은 스노볼.

다들 알 만한 그런 물건이다. 크리스토퍼는 그것을 종이를 누르는 데 사용했다. 그의 사무실에 갈 때마다 스노볼은 언제나 책상 위에 놓여 있었다. 우리는 한동안 함께 일을 했다. 데이터를 수집하고 분석하고 의견을 교환했다.

그 스노볼이 크리스토퍼에게 어떤 의미였는지 정확히는 알 수 없었지만 굉장히 중요하단 건 분명했다. 투명한 액체 속에 조그만 눈송이들이 떠 있는 스노볼. 바닥에 눈사람이 세워져 있는 일반적인 스노볼은 흔들면 그 안에 담긴 액체가 회오리를 치면서 눈송이도 함께 흩날리며 떨어진다. 그러면 스노볼 속 세상에는 순식간에 겨울이 찾아온 것 같은 기분이 들고, 크리스마스 분위기가 물씬 풍긴다.

다만 크리스토퍼의 스노볼은 너무 오래돼서 액체가 어딘가로 다 샌 것인지 아니면 말랐는지 유리 속이 텅 비어 있었다. 액체와 유리 사이에 있을 법한 기포도 전혀 보이지 않았다.

나도 처음에는 알아채지 못했다. 아니, 제대로 보지 않았다. 평소처럼 크리스토퍼와 이야기를 나누던 중, 아무 생각 없이 손을 뻗어 스노볼을 흔들어 눈송이가 떨어지는 걸 보려고 했을 때였다.

내가 스노볼의 향해 손을 뻗자마자 크리스토퍼는 얼굴이 하얗게 질린 듯한 표정으로 돌변했다. 평소 그는 차분하고 느긋한 편이었다. 하지만 그 순간만큼은 저 조그만 스노볼을 향해 뻗는 내 손을 막기 위해서라면 살인이라도 불사할 것처럼 보였다.

그는 책상 반대편에서부터 팔을 뻗어 내 팔목을 낚아챘다. 마치 쇠줄로 된 올가미가 내 팔목을 옭아매는 것만 같은 느낌이 들었다. 나는 진심으로 겁이 났다. 그 순간만큼은 크리스토퍼가 초인적인 힘을 갖고 있기라도 한 것처럼 느껴졌고, 내 팔을 성냥개비처럼 두 동강 내 버릴 것 같았다. 정말이지 무서웠다. 지극히 평범하고 무난하다고 생각해 왔던 사람이 사실은 제정신이 아니란 걸 그제야 알게 된 기분이었다.

"다신 그러지 마세요!" 크리스토퍼가 말했다. "절대 건드리지 마세요. 절대로! 건드리면… 그 스노볼을 흔들면….”

나는 침착하게 대화로 이 상황을 풀어 보려고 했다. 내가 차분하게 말을 건네면 크리스토퍼를 진정시킬 수 있을 거란 생각에서였다.

“괜찮나, 크리스토퍼?” 내가 물었다. “무슨 일 있는 거야? 무슨 일인데 그래? 나는 그냥 눈송이가 떨어지는 걸 보려고 한 거였네. 그게 다야. 미안해. 자네의 스노볼을 망가트리려던 게 아니었어. 앞으로 절대 만지지 않도록 하지. 내가 꼭 만져 봐야 하는 중요한 것도 아니고 말이야. 자네 말 이해했네.”

크리스토퍼는 그 후로도 한참 동안 내 팔을 잡고 있었다. 그리고 그의 눈에서 분노가 사그라들자, 그제야 그는 내 팔을 잡고 있던 손을 놓았다.

“죄송해요.” 크리스토퍼는 사과했다. “저에게… 중요한 거예요. 그리고 굉장히 낡아서… 아주 약하고… 그래서….”

그때 나는 스노볼 안에 액체가 없다는 걸 알게 되었다.

“액체가 다 샜군.” 나는 말했다. “눈송이가 떨어지는 걸 보고 싶어도 볼 수가 없었겠어.”

크리스토퍼는 망연자실한 눈빛으로 나를 멍하니 쳐다봤다.

“눈송이?”

“눈송이….”

비로소 그는 내 말을 이해한 듯했다. 하지만 그는 머리를 저었다.

“없어요.” 크리스토퍼가 말했다. “원래 눈송이는 없었어요. 저건 그런 게 아니에요.”

"눈송이가 없었다고?"

"네." 크리스토퍼는 대답했다. "눈송이는 없었어요."

나는 다시 한 번 스노볼을 쳐다봤다. 크리스토퍼의 말이 맞았다. 액체도 눈송이도 없었다. 물론 눈사람도 없었다. 스노볼 속은 오히려 먼지가 붙어 있기라도 하듯 지저분했다.

"그러면 이게 정확히 뭔가?" 나는 물었다.

"이건… 기념품이에요." 크리스토퍼가 대답했다.

스노볼

    나는 다시 스노볼을 쳐다봤다. 가까이 다가가진 않았다. 당시에는 그렇게까지 그 스노볼에 관심이 가지는 않았다. 내겐 해야 할 일이 있었고, 먹고살기 위해 누군가의 뒤통수를 쳐 가며 성과를 내고 돈도 벌어야 했다. 아름다운 과학의 세계에서도 이런 일은 종종 벌어진다. 게다가 이제 나는 글을 읽으려면 안경을 써야 할 정도의 나이가 되었다. 하지만 자존심 때문에 안경 구입을 차일피일 미루고 있었다. 그래서 저 스노볼이 기념품이란 것 정도는 알아볼 수 있었지만, 아주 자세히 보이진 않았다.

    그 안에는 마을의 전경을 표현한 듯한 모형이 있었는데, 관광객들에게 판매하는 기념품인 것 같았다. 도시명이 따로 적혀 있지는 않았다. 하지만 나는 왠지 저 마을이 어딘지 알 것 같았다. 영국의 한적한 온천 마을. 그곳은 과거의 시간을 고스란히 간직하고 있는 곳이었다. 대성당의 첨탑, 수도원 광장, 공원과 녹지, 극장 그리고 온천장까지 역사적으로 의미 있는 것들이 많았다. 저긴 분명… 그곳이었다. 만약 가 본 적이 있다면 다들 거기가 어딘지 알 것이나. 만약 가 본 적이 없다면 나는 굳이 여기서 밝히

지 않도록 하겠다. 그리고 거기가 어딘들 무슨 상관이겠는가? 장소는 그저 어떤 일이 일어나는 곳일 뿐이다. 그리고 일이란 것은 어디서든 일어날 수 있다.

스노볼 속의 마을 모형은 훌륭했다. 또 내가 보기에 꽤나 정확하기까지 했다.

"어릴 때 살던 곳인가?" 나는 물었다.

크리스토퍼는 스노볼을 한참 동안 지긋이 바라본 후에야 입을 열었다. 마치 어린 시절의 상처와 고통 그리고 어떠한 형태로든 과거의 행복했던 추억을 회상하려는 듯했다.

"네, 저기에 살았어요." 그는 말했다.

"친척들이 아직 저기 살고 있나?" 나는 다시 물었다.

크리스토퍼는 나를 쳐다봤다. 그 눈빛을 어떻게 설명해야 할까. 냉각장치 없이도 물을 얼음으로 바꿀 법한 그런 눈빛이었다.

"네, 아직 있다고 볼 수 있죠. 그나저나 무슨 일로 찾아오신 거예요?"

"이 방정식 말이야." 나는 그의 질문에 답했다. "감속장치에 들어갈 이 방정식이 말인데, 사실 이런 말 하긴 싫지만 시간 낭비일 뿐이야. 다른 프로젝트들도 많이…."

크리스토퍼는 내 말에 옅은 미소를 지었다.

"그런가요?" 그는 입을 열었다. "시간 낭비일까요? 정말 그럴까요?"

"나도 이렇게 말하긴 싫지만 자네는 완전히 잘못된 방향으로 가고 있어." 나는 말했다. "이 프로젝트 자체가 시간 낭비야. 결국 감속장치는 만들 수 없을 거야. 그런 게 존재할 날이 올 거라고 생각하지 않아."

"그렇게 생각하세요?"

"그래."

그는 특유의 수수께끼 같은 아리송한 미소를 지어 보이며 거들먹거렸다.

"만약 그런 게 이미 실제로 존재한다고 말하면 믿으시겠어요?" 크리스토퍼가 물었다.

"믿기 어려울 것 같은데." 나는 이렇게 대답했다. (나는 솔직하게 말하는 것을 선호한다.)

크리스토퍼는 내 대답을 무시했다.

"그런 게 실제로 존재할 뿐만 아니라, 제가 직접 봤다고 말한다면요?"

"그것도 믿기 어려울 것 같은데." 나는 대답했다.

하지만 크리스토퍼는 고개를 숙인 채 뿔을 세우고 붉은 깃발을 찾는 황소처럼 나를 향해 돌진했다.

"만약 그게 문제가 아니라고 말한다면요?" 그는 말했다.

"뭐가 문제가 아니라는 거지?" 나는 이제 조금 혼란스러워졌다.

"빛이 멈출 때까지 빛의 속도를 늦추는 게…."

"자네 말을 이해할 수가 없네만…."

"그래서 빛이… 뭐라고 설명하는 게… 빛이… 어둠이 될 때까지?"

"커피라도 한잔 하는 게 어떻겠나, 크리스토퍼?" 나는 물었다. "실탕 없이 우유만 넣는 걸 좋아하지?"

"만약 감속장치를 만드는 게 문제가 아니라 뒤로 돌리는 게 문제라면요?" 크리스토퍼는 커피를 마시자는 내 말도 무시한 채 계속 말을 이어 갔다.

"뒤로 돌린다고? …알겠네."

나는 주변을 살피며 크리스토퍼의 말을 멈추게 하거나 관심을 돌릴 만한 걸 찾았다. 혹시 누군가 사무실로 들어온다거나 전화벨이 울리지 않을까 하고 말이다.

"그렇지 않으면 남들에게 말할 수조차 없는 게 되잖아요."

"왜 말할 수 없다는 거지?"

"만약 한 방향으로만 작동한다면 너무 위험하니까요. 그렇게 되면 그건 더 이상 기계라고 할 수 없어요."

"기계가 아니면 그게 뭐지?"

"무기죠."

"무기?"

"벌을 주는 무기, 복수의 무기요. 그러니 그걸 어떻게 나쁜 사람들 손에 넘어가도록 놔두겠어요?"

"저기, 크리스토퍼…."

이 대화는 이제 내가 이해할 수 있는 수준을 넘어섰다. 크리스토퍼는 아직 괜찮을지 몰라도 나는 대화의 바닷속에 빠져 허우적거리기 시작했다. 스노클링 장비라도 있으면 좋으련만. 나는 어떻게든 버텨 보려고 애썼다.

"이렇게 생각해 보세요." 크리스토퍼는 말을 이어 갔다. "세상에는 멋진 기계들이 참 많죠. 그 기계들의 공통점이 무언지 아세요? 멈출 수 있다는 거예요. 기계는 필요에 따라 되돌릴 수 있어요. 하지만 총의 경우를 생각해 보세요. 총알이 발사되면 그 총알은 누군가를 죽이죠. 그럼 되돌릴 수 없잖아요. 돌이킬 수가 없다고요."

"열역학 제2법칙이지." 대화는 다시 내가 이해할 수 있는 범주로 들어왔고, 나는 아직 내가 이 대화에 참여하고 있다는 걸 보여 주고자 입을 열었다. "시스템상 엔트로피는 항상 증가하지. 다르게 말하면, 문제는 계속해서 커진다는 거야. 유리잔을 바닥에 떨어트리면 산산조각이 나잖아. 하지만 그 조각들을 다시 모아서 새 유리잔을 만들 수는 없지. 그러니까 만약 누군가에게 총을 쐈다면…."

"쏘지 않은 것으로 되돌릴 수가 없죠. 네, 바로 그 말이에요. 발사가 안 된 상태로 돌이킬 수가 없어요. 그게 제가 알고자 하는…."

크리스토퍼는 말끝을 흐리며 창밖을 쳐다봤다.

"자네가 알고자 하는 게 뭔데, 크리스토퍼?"

그는 나를 향해 몸을 돌렸다.

"총을 쏘지 않은 상태로 되돌리는 거요. 어떻게 하면 총을 발사하기 전으로 돌이킬 수 있는지 알아야 해요."

나는 그때 크리스토퍼가 드디어 정신을 놓고 단단히 미친 거라고 생각했다. '천재성과 광기는 종이 한 장 차이'라는 말을 들어 본 적이 있는가? 적어도 나는 이 말을 똑똑할수록 미쳐 갈 확률이 높다는 뜻으로 이해하고 있다. 물론 내가 심리학자도 뭣도 아니지만 말이다.

"그래서 자네는 종을 가지고 있나?" 나는 물었다. "비유적으로 말하는 건가, 아니면 정말로 총을 갖고 있나?"

"총을 가지고 있어요."

"하지만 다른 사람들한테는 말할 수 없었겠지."

"네, 발사 전 상태로 되돌리는 법을 알기 전까지는요."

"알겠네."

나는 이해할 수 없었다. 하지만 거기서 이 대화를 멈추기로 결심했다. 다만 나는 이 말을 덧붙였다. "자네가 말한 그 장치를 나도 한번 보고 싶군, 크리스토퍼. 혹시 보여 줄 수 있나?"

크리스토퍼는 또다시 아리송한 옅은 미소를 지어 보였다. 거기엔 왠지 우월감이 깃들어 있는 듯했다. 마치 자신이 다른 사람들보다 더 많은 것을 알고 있다는 듯한, 마치 자신은 비밀을 알고 있지만 부족한 우리는 감히 그 존재조차 감지하지 못하고 있다는 듯한 우월감 말이다.

"언젠가는요." 그는 말했다. "언젠가."

하지만 저런 미소에 기분이 상할 내가 아니었다. 저 웃음은 길바닥에서 홍보용 보드를 들고 있는 사내의 얼굴에서 볼 수 있을 법한 그런 것이었다. 아니면 팸플릿을 나눠 주는 사람, 이론을 설파하는 사람, 본인이 만든 얇고 복잡한 책을 들고 있는 사람, 연설꾼들, 외계인이 침공할 거라는 사람, 비행 물체에 납치된 사람, 음모론을 맹신하는 사람, 그리고 총리가 이 모든 일의 배후에 있으며 이를 숨기고 있다고 믿는 사람들에게서도.

그렇기 때문에 크리스토퍼의 저 미소는 내게 전혀 문제가 되지 않았다. 나 자신의 한계를 되새겨 주기보다는 오히려 거리의 사기꾼을 떠올리게 할 뿐이었다.

"볼 수 있다는 거지?" 나는 다시 물었다. "조만간?"

크리스토퍼는 생각에 잠겼다. 그는 가끔 질문에 대답을 하기 전 잠시 생각에 빠지곤 했다. 어떻게 보면 좋은 습관일 수도 있지만, 한편으로는 상대의 인내심을 시험하는 일이기도 했다.

"어쩌면요." 마침내 크리스토퍼는 답을 했다. 오랜 기다림에 대한 대가치고는 짧은 답이었다.

"그 장치는 언제쯤 볼 수 있을까?"

"언젠가요." 그는 똑같은 대답을 했다.

나는 '언젠가'라는 대답에 약간 지겨워졌다. 솔직히 그때 그의 프로젝트에 대한 예산 지원을 중단해 버릴까 하는 생각이 들 정도로 짜증이 났었다. 물론 내가 직접 중단시킬 수는 없지만 예산 지원 중단을 요청하는 것쯤은 일도 아니었다. 하지만 그렇게 하는 대신 그저 입술을 꽉 깨물고 뒤를 돌아 문을 향해 걸어가는 쪽을 택했다.

"그런 장치는 만들 수 없어, 크리스토퍼." 나는 문을 나서면서 그에게 말했다. "빛의 속도를 재현하는 것조차도 거의 준비가 안 되어 있잖아. 그런데 그걸 거꾸로 되돌린다니… 말도 안 되는 생각이야. 있을 수 없는 일이라고."

"있을 수 있어요…." 그는 입을 열었다. "그리고 이미 존재하고 있다고요." 닫히는 문 뒤로 그는 이 말을 덧붙인 것 같다. 하지만 내가 잘못 들은 것일 수도 있다.

어쩌면 진정한 과학자나 혁신가, 선구자들은 과학보다 더 위대한 무언가를 가슴에 품고 있을지도 모른다. 크리스토퍼는 나와 달리 예술가적 기질을 가지고 있었다. 솔직히 나는 지극히 평범하다. 진정한 예술가가 자신을 둘러싼 세상에 관한 직감적 이해력을 지니고 있듯, 과학자 역시 교육에 의한 직감이 아니더라도 그 정도는 충분히 알 수 있다. 적어도 나는 그렇게 생각한다. 나는 한 번도 과학과 예술을 분리해서 생각해 본 적이 없다. 나에게 이 둘은 하나의 물체에 대한 상호 보완되는 요소이고, 동전의 양면과 같다. 위대한 예술가들은 위대한 과학자였고, 위대한 과학자들은 위대한 예술가였다. 그리고 그것은 분명한 사실이다.

하지만 나는 크리스토퍼 맬런이 글쟁이일 거라는 상상은 단 한 번도 해 본 적이 없다. 정말이지 단 한 번도. 그의 이런 모습은 그가 사라진 후 한참 뒤에야 드러났다.

크리스토퍼에 대해서는 별로 설명할 말이 없었다. 그는 자기 이야기를 거의 하지 않았고, 무척 특이했다. 그리고 혼자만의 강박에 사로잡혀 있었다. 그는 될 수 있는 한 쉬지 않고 집착적으로 일을 했다.

그는 마치 큰 빚을 청산하려는 듯, 누군가와 약속이라도 한 듯, 혹은 자신을 유일한 희망이라고 여기는 사람들을 실망시키지 않으려는 듯 언제나 일에만 매달렸다. 아무도 모르는 구조 작업에 나서기라도 하듯 말이다.

이해할 수 없는 일은 그 후에도 또 일어났다. 그걸 계기로 나는 크리스토퍼가 단순한 괴짜 정도가 아니라 자신이 원한다면 완전 미칠 수 있는 사람이란 걸 깨닫게 되었다.

스노볼 사건이 있은 지 일주일 후, 나는 볼일이 있어서 다시 그의 사무실을 찾았다. 크리스토퍼가 서류 작성을 아직 끝내지 않았기 때문이다. (그는 서류 작성 같은 일 따위는 아무렇지 않게 기한을 넘겼다.)

스노볼은 평소처럼 똑같은 자리에 놓여 있었다. 하지만 이번에는 어딘가 달라져 있었다.

책상에 스노볼을 나사로 고정해 놓은 것이었다.

나무로 된 스노볼 바닥과 반듯한 마호가니 책상에 사이에는 세 개의 나사가 박혀 있었다. (물론 마호가니 합판이었지만 비싼 책상이었고, 연구소의 자산이었다.)

크리스토퍼는 스노볼을 바라보는 나를 쳐다봤다. 그는 분명 저 책상이 연구소의 자산인 걸 떠나서, 책상에 나사를 박으면 안 된다는 생각조차 하지 못했을 것이다. 혹은 괘념치 않은 것일 수도 있다.

"걱정이 되었거든요." 그는 말했다. "혹시라도 청소부가 움직일까 봐서요."

"그랬군." 나는 말했다.

그리고 이어진 크리스토퍼의 말을 듣고 나는 그에게 휴식이 필요하단 생각이 들었다.

"그러면 지진이 난 것처럼 돼 버려요." 그는 말했다.

"그런가?" 나는 고개를 끄덕였다.

"사람들이 죽을 수 있어요." 그가 말했다.

"그래." 나는 고개를 끄덕였다.

"그래서 움직이지 않게 나사로 조여 놓는 게 좋아요." 그는 말했다. "그러면 사고가 날 일도, 아무도 다칠 일도 없죠. 돌무더기에 깔리는 불상사가 생기면 안 되잖아요."

"안 되지, 크리스토퍼." 나는 말했다. "그런 일이 생기면 안 되지."

그해 크리스토퍼는 휴가를 떠나게 되었다. 내가 제퍼슨에게 가서 자초지종을 설명했고, 우리 둘이 그에게 강력하게 휴가를 권했던 것이다. 크리스토퍼는 몇 주간 유럽을 돌며 여행한 것 같았다. 나는 그가 휴가를 간 동안 그의 사무실을 슬쩍 훔쳐봤다.

책상 위에 스노볼은 보이지 않았고, 나사로 인해 생긴 구멍만 그 자리에 선명히 남아 있었다. 여행지로 가져간 게 분명했다. 어쩌면 크리스토퍼는 스노볼에게 세상을 보여 주고 싶었던 것일 수도 있다.

휴가를 마치고 돌아왔을 때, 크리스토퍼는 스노볼을 다시 책상에 나사로 고정시켜 놨다. 그 스노볼은 그가 사라질 때까지 그대로 자리를 지켰다. 아니, 그가 사라진 후에도 그 자리에 그대로 있었다. 나는 지금도 그 스노볼을 바라보고 있다.

크리스토퍼는 어느 날 말도 없이 사라져 버렸다. 자신의 연구실에서. 그를 마지막으로 본 사람은 총무부의 에버셰이드 씨였다. 에버셰이드 씨가 퇴근하려고 할 때, 크리스토퍼가 일을 마무리 짓기 위해 연구소로 들어오는 모습을 보았던 것이다.

그는 여전히 감속장치 프로젝트에 매달려 있었고, 빛의 분극화와 다양한 색의 다양한 파장을 위한 더 복잡한 방정식을 연구했다. 또 스펙트럼을 분리해서 색채를 구분하고 추출하는 방법, 혹은 말하자면 속도를 늦춘 후 역으로 그걸 돌리기 위해 파장을 다른 파장에 쏘는 방법을 찾고 있었다. 그의 연구에는 약간의 진척이 있긴 했지만 내가 아는 바로는 성공한 건 없었다. 사실, 그가 사라지기 직전에 한 일이라고는 값비싼 장비를 잔뜩 망가트린 것뿐이었다. 그의 연구실 주변에는 사방에 깨진 유리와 타 버린 회로가 널려 있었다. (보험을 들어 놔서 다행이었다.) 그리고 그는 수도 없이 많은 방정식을 남겼는데, 우선 그걸 읽는 것부터가 거의 불가능했다. 그리고 이해는 일은 그보다 몇 배는 더 어려웠다. 어쩌면 그날은 그에게 매우 중요한 날이었을지도 모른다. 아니, 그렇게 되길 바랐던 것일 수도 있지만. 마지막 지푸라기를 잡는 심정이었지만 일은 잘 풀리지 않았을 테고, 지칠 대로 지쳐 버린 크리스토퍼는 결국 자신의 실패를 받아들일 수밖에 없었던 것인지도 모른다.

물론 뒤처리는 내 몫이었다. 나는 그 사건을 마무리 지으면서 크리스토퍼를 찾기 위해 수소문을 했고, 몇 날 며칠을 경찰 조사와 서류 작업에 시달려야 했다. 그리고 양복을 빼입은 사람들을 상대해야 했다. 그러고 나서 나는 그의 책상을 정리했고, 바로 그때 그가 자필로 쓴 편지를 발견했다.

그의 책상 위에는 스노볼이 놓여 있었다. 나는 그가 왜 그 스노볼을 가져가지 않은 건지 이해할 수가 없었다. 크리스토퍼에게 굉장히 소중한 물건인 줄 알았는데 말이다. 스노볼은 상단의 유리 돔이 없어진 채 한쪽에 놓여 있었다. 스노볼 옆에는 일련의 렌즈와 거울 그리고 전자석으로 된 작고 이상한 기계가 있었다. 아마도 그가 만들려고 했던 게 바로 저 기계인 것 같았다.

책상의 맨 아래 서랍 안에는 글자가 빼곡히 적힌 종이 뭉치가 박스째 들어 있었는데, 가장 위에 이렇게 적힌 종이가 있었다. 그의 자필 편지였다.

'친애하는 찰리에게.'

바로 나였다.

'제가 떠난 후 제 자리를 정리하고 계실 것 같네요. 이걸 받아 주시면 좋겠어요. 제가 떠난 것에 대한 일종의 설명이라고 해야 할까요? 그 정도는 하는 게 도리일 테니까요. 그런데 어째서 간단하게 이유만 설명하지 않고 이렇게 길게 이야기를 썼는지 궁금하실 거예요. 글쎄요, 솔직히 말하자면 아무도 제 말을 믿지 않을 테니까요. 제가 어떻게 이야기한다고 해도 사람들은 그저 지어 낸 이야기라고 생각할 거예요. 어쩌면 찰리도 그렇게 생각할 수 있겠죠. 그래서 이야기로 남기기로 한 거예요. 또 이 모든 이야기는 저의 시점에서 쓸 수가 없었어요. 처음에는 일인칭 시점으로 이야기를 쓰기 시작했고, 또 계속 그러려고 노력했어요. 하지만 매 문장마다 '내가' 혹은 '나는'이라고 쓸 수가 없었어요. 기억을 전부 끄집어내는 게 너무나 고통스러웠거든요. 그래서 이 이야기를 계속해 나가기 위해 제 자신을 이 이야기와 분리시켜야 했어요. 결국 저는 마치 다른 사람에게 일어난 일인 것처럼 글을 썼지요. 그리고 좋은 사람이든 나쁜 사람이든 모든 인물을 공평하게 그려 내려고 노력했어요. 사실 전 진짜 악당이란 건 존재하지 않는다고 생각하거든요. 그들 또한 그저 상처 입은 사람들이고, 행복하지 못해서 나쁜 짓을 저지르게 된 것일 뿐이니까요. 제가 당신에게 남길 수 있는 설명은 이 정도뿐이에요. 어쩌면 당신은 언젠가 날 위해 이 이야기를 출판해 줄 수도 있겠죠. 물론 그렇지 않을 수도 있지만. 출판을 하든, 하지 않든 이 이야기가 설명이 될 수 있길 바랄게요. 항상 제게 친절을 베풀어 주셔서 감사했고, 또 제 친구가 되기 위해 노력해 주신 사모님과 아이들에게도 대신 감사의 인사 부탁드릴게요. 혹시나 당신의 가족에게 제가 무뚝뚝하고 쌀쌀맞게 대했던 건 아닐까 걱정이네요. 제겐 지금까지 친구를 사귈 시간이 없었거든요. 어쩌면 당신도 이제 저의 말뜻을 이해하실 수 있을지도 모르겠네요.

크리스토퍼 드림.'

크리스토퍼는 그렇게 나쁜 사람은 아니었다. 전혀 나쁜 사람이 아니었다.

어쨌든 나는 상자를 열어 그 안에 든 종이 뭉치와 컴퓨터 디스크를 발견했다. 나중에 안 사실이지만, 디스크 안에는 똑같은 원고의 복사본이 들어 있었다.

상자 안에는 크리스토퍼가 쓴 시도 있었다. 그중에 몇 편은 꽤 괜찮았다. 다만 대부분의 시가 사랑과 상실에 관한 것들로 서로 비슷비슷한 내용이었다. 나는 그가 쓴 시들을 읽었다. 비록 완벽히 이해하진 못했지만 그의 시들은 시다웠다. 왠지 시를 읽고 나면 한층 성숙해진 기분이 들고 세상은 예전보다 더 나은 곳처럼 보인다. 그리고 세상에는 아직 경험하지 못한 것들이 많으며, 아무리 세상이 우리를 힘들게 한다 해도 그곳은 여전히 낯설고 아름다운 곳이라고 느끼게 된다. 그리고 호기심을 자극하는 동시에 아직은 모든 게 새롭고 두렵지만 동시에 대단하다고 여겼던, 아무도 우리의 꿈이 불가능하다고 말해 주지 않았었던, 무슨 일이든 해낼 수 있다고 믿었던 어린 시절로 돌아가게 만든다. 기적이 일어날 수도 있다고 믿었던 그때로 말이다.

그리고 이… 원고에 대해 이야기해 보자. 나는 이 글을 대체 뭐라고 불러야 할지 알 수가 없었다. 나는 문학의 장르를 판단하는 사람이 아닌 데다가, 또 이걸 문학으로 보는 게 맞는지도 모르겠다. 하지만 어쩌면 문학으로서 가치가 있을지도 모르는 일이었다. 그 작은 스노볼도 기념품으로의 가치가 있듯 말이다.

어떤 의미에서 보면 이 원고는 크리스토퍼의 유서이자 유일한 회고록일 것이다. 어쩌면 크리스토퍼는 지금 가게 출입구에 서 있거나, 현금인출기 옆에 앉아서 기계를 사용할 줄 아는 사람들에게 잔돈을 구걸하고 있을지도 모른다.

크리스토퍼는 밤마다 이 글을 썼을 것이다. 감속장치를 만드는 일에서 벗어나 잠깐 시간이 날 때면 한 장 한 장씩 썼을 테고, 그러다 보니 어느새 수북하게 원고가 쌓였을 것이다.

내가 생각하기에 이 원고는 일종의 대처 방식이 아니었을까 싶다. 크리스토퍼의 내면 어딘가에는 아직도 부모를 잃은 버림받은 어린아이가 남아 있었던 것이다. 그래서 평생 상처를 극복하지 못한 그는 환상의 힘을 빌려 자신의 상처를 치유하고자 했을 수도 있다. 그리고 모순적이게도 이 환상은 합리화의 도구인 셈이었다.

여하튼 이게 이 이야기의 시작이다. 이것은 모두 크리스토퍼의 이야기이다. 다만 제목은 내가 지었다. 크리스토퍼가 제목을 짓지 않은 채 원고만을 남겼기에 나는 오랜 시간 고민을 하다 적절하게 들어맞는 제목을 붙여 줬다. 제목이 정해지기 전까지 나는 이 이야기에 어울릴 만한 백여 개의 제목을 떠올렸지만, 결국 그것들은 모두 이 책의 제목이 되지 못했다. 그러다가 언젠가 그가 말한 문구이자 감속장치 프로젝트의 가제가 떠올랐다. 크리스토퍼가 집필한 과학 논문과 이 책에도 여러 번 이 문구가 등장

한다. 예술과 과학, 신비와 모순이 한데 어우러지는 듯한 동시에, 어딘가 모르게 책의 내용과도 들어맞는 제목이었다. 나는 크리스토퍼도 이 제목을 마음에 들어 할 거라 생각한다. 어쩌면 그 역시 이걸 제목으로 선택했을지도.

이름 하여, '어둠의 속도'. 이 책을 꼭 읽어 보라고 강요하는 것은 아니다. 하지만 만약 크리스토퍼의 이야기를 그가 풀어 낸 그대로 듣고 싶다면 읽어도 좋을 것이다.

이제부터 그의 이야기가 시작된다.

발레리나 파피

파피가 처음 사라졌을 때, 그녀를 걱정하거나 심각하게 받아들이는 사람은 없었다. 그녀는 늘 그런 식이었다. 요술이라도 부리듯 어디론가 감쪽같이 사라져 버리곤 했다. 그녀는 공연을 위해 떠났고, 극단에 전화를 하자 나타나지 않았다는 대답만이 돌아왔다. 그리고 그들은 파피가 마음을 바꾼 거라고 짐작했다.

파피는 한동안 에크만 씨의 갤러리에서도 일을 했었는데, 요즘 같은 겨울에는 날이 몹시 춥고 습해서 밖에서 동상처럼 서서 공연을 하기에는 별로였다. 에크만 씨에게도 물어봤지만 역시 파피를 보지 못했다고 했다. 그녀는 늘 그래 왔듯이 사라져 버렸다. 그리고 사람들은 그녀의 그런 면에 끌렸고, 사랑했다. 아니, 적어도 로버트는 그랬다. 그리고 어쩌면 크리스토퍼도 그래서 그녀를 좋아했는지 모르겠다. 파피는 사랑할 수밖에 없는 존재였다.

누군가는 파피가 에크만 씨를 실망시킨 것이라고 말했을지도 모른다. 당연히 그녀가 오래 일을 해 주리라 기대했을 테니. 하지만 정작 에크만 씨는 그렇게 생각하지 않는 듯했다. 그리고 행여 그렇게 생각했다 한들, 그는 겉으로는 아무런 내색도 하지 않았다. 파피가 없으면 아무래도 에크만 씨 혼자 전시 준비부터 갤러리 운영까지 도맡아야 하니, 분명 불편하긴 했을 것이다. 그는 매표소에서 관람객들로부터 돈도 받아야 했고, 그들이 어두운 전시실로 올라가도록 안내도 해야 했으며, 또한 현미경을 들여다보기 전에 눈이 빛에 적응할 수 있는 시간을 가져야 한다는 안내도 해야 했다.

하지만 에크만 씨는 별로 개의치 않는 듯 보였다. 다른 사람을 채용하는 것도 딱히 어려운 일은 아니었다. 단기 아르바이트를 찾는 사람들은 언제나 넘쳐났기 때문이다. 특히 지금처럼 춥고 습한 날씨에 실내에 있기만 하면 되니, 더할 나위 없이 편한 일이었다. 일이랄 것도 딱히 없었다. 사람들의 질문에 간단히 대답해 주거나, 표를 건네주고 신용카드 단말기를 사용할 줄만 알면 됐다.

그러나 에크만 씨는 굳이 다른 사람을 채용하지 않았다. 어쩌면 파피를 위해 그 자리를 비워 두고 싶었던 것인지도 모르겠다. 그리고 파피가 사라졌을 때처럼 느닷없이 다시 나타나 주길 바랐는지도. 하지만 몇 주가 흘러도 파피의 흔적조차 찾을 수 없었다. 편지도 한 장 없었다. 에크만 씨는 여전히 자리를 비워 두고 있었다. 다행히 겨울은 그리 바쁜 시기는 아니었다. 봄과 여름이면 오래된 건축물과 목욕탕을 구경하기 위해 전 세계에서 관광객들이 몰려온다. 이들은 한여름 무더위에도 지붕 없는 투어 버스를 타고 여기저기 돌아다니며 바삐 여행을 즐겼다.

물론 어느 계절이든 관광객은 있었다. 한겨울에도 말이다. 하지만 봄, 여름에 비하면 훨씬 적은 수였다. 그리고 겨울에는 동상인 척 서서 공연을 하기에도 별로였다. 얼굴은 온통 은색으로 화장을 하고, 자동차 도색용 스프레이로 칠한 튀튀를 입거나, 오즈의 마법사에 나오는 양철 나무꾼처럼 온몸에 은박지를 휘두른 채 가만히 서 있다가 누군가 태엽을 감고 상자에 돈을 넣어 음악이 시작되어야만 움직일 수 있는 그런 동상 말이다.

그래도 여름에는 벌이가 제법 괜찮은 편이었다. 파피는 다른 어떤 동상보다도 훌륭했다. 그녀는 영원히 동상처럼 그렇게 가만히 있을 수 있을 것만 같았다.

당연히 갤러리에서 일할 때는 공연 때와 같은 차림을 하지 않았다. 파피는 시야를 가리지 않도록 발레리나들처럼 머리를 뒤로 가지런히 묶고 있었고, 티셔츠와 색 바랜 청바지, 샌들 차림을 하고 있었다. 얼굴에는 화장기가 전혀 없었다. 그러나 그녀는 여전히 아름다웠다. 아니, 적어도 에크만 씨의 눈에는 그렇게 보였다.

사람들은 모두 그를 에크만 씨라고 불렀다. ("어쩌면 그분 어머니도 그렇게 불렀을지 몰라." 한번은 파피가 이렇게 말했다.) 그는 흔히 예술가 하면 떠오르는 이미지와는 달리 투피스 혹은 스리피스 정장을 쫙 빼입곤 했다. 그의 집은 공원 위에 초승달처럼 휘어진 모양으로 집들이 늘어서 있는 구 리젠시 주택가에 있었다. 하지만 그는 집에서 많은 시간을 보내지 않았다. 대부분 갤러리 다락에 마련한 스튜디오에서 홀로 작업 도구와 현미경, 망원경, 렌즈들과 함께 시간을 보냈다.

그곳에서 그는 달과 별을 볼 수 있었다. 망원경을 아래로 내리면 시내 전체가 보이기도 했다. 그는 자신이 직접 만든 작은 카메라 오브스쿠라(Camera Obscura. 라틴어로 '어두운 방'을 뜻하며 카메라의 어원이다. 어두운 방 한쪽 벽면에 난 작은 구멍을 통해 빛을 통과시키면 외부의 풍경이 반대쪽 벽면에 거꾸로 비치는 원리와 이 원리를 사용해 만든 기구를 말한다.-옮긴이)를 갖고 있었다. 이것은 흰색 페인트로 칠해진 지름 2미터 가량의 강철 대접에 시내의 원형 이미지를 투사하는 일종의 망원경이었다.

굴곡진 새하얀 화면 위로 거리의 사람들이 벌레만큼 작은 모습으로 지나다니는 게 보였다. 마치 이 세상을 미니어처로 만들어 놓고 바라보는 것 같았다. 어쩌면 그런 이유로 에크만 씨는 그 화면을 보는 걸 좋아했던 것일지도 모르겠다. 그 위에서 움직이는 작디작은 형상의 사람들은 자신이 창조해 낸 피조물이었고, 그들의 운명은 자신의 손바닥 위에 있는 것 같은 기분을 느꼈을 것이다. 마치 자신이 상아탑 위의 신성한 존재라도 된 듯 말이다. 그곳에 서 있는 그는 뒤뚱대며 걷는 작달막하고 못생긴 남자가 아니었다.

하지만 자신의 모습과 삶을 선택하고 태어나는 사람이 세상에 있을까? 누구나 자신에게서 바꾸고 싶은 한두 가지쯤 있는 건 당연한 게 아닐까?

그리고 모든 건 거기서부터 시작되었다.

관광객들이 모이는 대성당의 그림자를 따라 내려가면 여름, 겨울, 가을 그리고 봄을 만날 수 있었다.

겨울이면 관광객도 별로 없었고 공연을 하는 사람도 몇 안 됐다. 하지만 살을 에는 듯한 추운 날에도 몇 파운드, 몇 페니, 혹은 외국 어느 나라 동전이라도 벌어 보겠다고 길거리로 나오는 사람들이 있다.

관객들은 공연이 끝나 가는 걸 느끼면 서서히 흩어지기 시작한다. 그때가 바로 모자를 돌릴 때였다. 모든 관객들이 자리를 뜨기 전에 말이다. 사람들은 당연히 무료라고 생각한 공연에 대해 대가를 지불하는 걸 좋아하지 않았다. 그래서 누군가 돈을 내고 있으면 슬쩍 자리를 뜨기도 한다. 물론 누가 시켜서 하는 공연은 아니었지만, 어쨌든 공연을 하는 사람들도 먹고 살아야 했다.

공연 중 저글링을 하거나 외발자전거를 타거나 또 외줄타기 등을 할 때는 모자를 돌릴 수 없었다. 그래서 이들은 동업자나 친구, 아이를 보조로 데리고 다녔다. 혹은 파피처럼 공연 전에 돈을 받는 방법도 있었다.

공연을 하는 사람들의 밝은 에너지와 흥겨운 모습 뒤에는(울적한 광대나 무뚝뚝한 얼굴로 저글링하는 사람을 누가 보고 싶겠는가?) 차갑고 고된 모습이 숨겨져 있었다. 일종의 두려움, 어쩌면 절망 같은 것 말이다. 그것은 자신의 재능을 인정받지 못할까 봐, 공연의 인기가 식을까 봐 그리고 자신의 익살이 더 이상 재미있게 느껴지지 않을까 봐 걱정하는 예술가로서의 두려움일 것이다.

길거리에서 공연을 하는 사람들은 대부분 젊은 편이었는데, 이들은 대략 서른이 되면 거리를 떠났다. 한겨울 추위가 뼛속까지 파고든 탓인지, 뒤로 공중제비를 돌다 착지를 잘못해 심각하게 다친 탓인지, 신체 반응 속도가 느려져 저글링 클럽을 놓치거나 불에 질식하거나 접시나 또는 디아볼로(두 장대와 줄로 공중에서 돌리는 팽이-옮긴이)를 떨어트린 탓인지 그 이유는 알 수 없었다. 어쩌면 단순히 관객들의 흥을 돋우는 재주를 잃어버린 탓일 수도 있다. 공연을 하도 오래 하다 보니 나이가 많아져서, 슬퍼져서, 환멸을 느껴서, 그 무엇에도 재미를 느끼지 못하게 되어 버린 걸지도 모른다.

그러면 그다음은?

그 주 토요일 오후, 음침한 잿빛 구름이 수도원 위에 드리워졌고 금방이라도 빗방울이 떨어질 것만 같았다. 하지만 여전히 햇살은 거리를 비추고 있었고, 공기 중에 약간의 온기가 스며 있었다. 이맘때 즈음이면 느낄 수 있는 전형적인 영국의 날씨였다.

기념품 가게 앞 진열대에는 엽서들이 꽂혀 있었고, 관광객들이 그 사이로 지나갔다. 그 옆으로는 '시내 투어 5개 국어 서비스'라고 적힌 지붕 없는 2층 버스가 지나가고 있었는데, 일본어 같은 멘트가 들렸다. 버스는 가파른 언덕을 오르느라 디젤 엔진의 굉음을 냈고, 옅은 라임스톤으로 된 리젠시 건물들이 초승달처럼 우아하게 늘어선 길목으로 향했다.

길목 아래로는 공원이 있고, 그 공원 밑에는 수도원이 있었다. 수도원 앞으로는 바닥이 돌로 된 광장이 펼쳐졌다. 공연을 하는 사람들은 이 광장에서 공연할 자리와 시간을 두고 투덕거리며 거래를 했다. 사실 이 광장은 공연이 금지되어 있었다. 그래서 공연이 발각되면 이들은 쫓겨나거나 벌금을 물기도 했다.

사람들이 광장 한가운데 놓인 상자 위에 서 있는 젊은 여자 주변으로 삼삼오오 모여들었다. 상자는 은색으로 칠해져 있었고, 여자는 발레리나 차림이었다. 그녀는 핑크색 튀튀, 핑크색 타이츠, 핑크색 끈이 달린 신발을 신었고, 핑크색 리본으로 머리를 가지런히 묶고 있었다. 짙은 입술과 더 짙은 눈 화장 그리고 양 볼을 핑크빛으로 물들인 볼터치 때문에 얼굴은 상대적으로 더 창백해 보였다. 그리고 눈 밑으로는 눈물이 그려져 있었다.

그 눈물은 상당한 실력을 가진 사람이 그린 것 같았다. 눈가에서 시작된 조그만 눈물이 아래로 떨어지면서 점점 커지는 형상이었다. 여자는 무표정에 진한 화장이 더해지니 마치 커다란 태엽 인형 같아 보였다. 태엽을 감으면 노래가 나오고 천천히 한 발로 서서 도는 오르골 보석함 속 작은 발레리나처럼 말이다.

그게 바로 그녀의 공연이었다.

그녀가 밟고 서 있는 박스의 한쪽에는 커다란 은색 태엽 열쇠가 달려 있었다. 열쇠 옆에는 돈을 넣는 구멍이 있어서 발레리나가 춤을 추는 걸 보고 싶은 구경꾼들은 박스로 다가가서 열쇠를 돌리는 시늉을 하고(그러면 그들의 친구나 가족들이 사진을 찍었다.) 구멍 속으로 돈을 넣었다.

돈이 떨어지면 박스 안에 숨겨진 카세트가 작동되면서 음악이 흘러나왔다. 항상은 아니었지만 음악은 대부분 차이콥스키의 〈백조의 호수〉에 나오는 '작은 백조의 춤'이었고, 때로는 호두까기 인형에 나오는 '꽃의 왈츠'도 나왔다.

음악이 나오면 박스 위의 발레리나는 돌기 시작했다. 그녀는 우아하고 기품이 넘쳤다. 관객을 즐겁게 해 주기 위해 박스 위에서 균형을 잡는 것보다 훨씬 진지한 마음으로 발레를 공부했던 게 틀림없어 보였다.

화장 때문에 그녀의 나이를 정확히 가늠하기는 어려웠지만, 움직이는 자태로 보아 아직 젊은 듯했다. 막 젊음을 꽃피울 나이는 아닐지언정 그녀는 나름의 아름다움을 지니고 있었다.

전형적인 아름다움은 아니었다. 그리고 어떤 이는 그녀가 아름답지 않다고 할 수도 있을 것이다. 하지만 독특하고 색다른 무언가를 찾는 이에게는 사막의 꽃처럼 흔치 않는 아름다움이었다.

음악이 흘러나오자 발레리나는 정확히 1분 동안 작은 무대 위에서 턴을 하며 춤을 췄다. 60초 후 박스 안에 있는 음악장치가 멈췄고, 그와 동시에 발레리나도 움직임을 멈췄다.

그녀의 공연에서 가장 환상적인 부분은 어찌 보면 춤을 추다 그대로 멈춰 서 있는 모습이었다. 그녀는 크게 힘을 들이지 않고 몇 분이든 한 발을 들고 서 있을 수 있었다. 만약 한 발로 서서 양팔을 뻗은 순간 음악이 끊긴다 해도 그녀는 언제까지고 같은 자세를 유지할 수 있었다. 아니, 적어도 그녀를 안타깝게 여긴 관객 중 친절한 누군가가 태엽을 감고 동전을 넣어서 다시 움직일 수 있게 해 줄 때까지라도 말이다.

그녀의 관객들은 주로 관광객들이었다. 동네 사람들은 공연이라면 이미 질리도록 봤을 것이고, 원하지 않아도 계속 볼 수밖에 없었다. 그들은 발레리나 동상쯤은 흔하디흔한 것이라는 듯 무심히 그 옆을 지나친다. 지나는 마을 사람들 중 그녀를 개인적으로 아는 이도 있었지만 감히 그녀를 부를 생각은 하지 않았다. 어찌 되었든 그녀는 지금 근무 중이었고, 근무를 방해해선 안 될 테니 말이다. 그녀의 튀튀와 짙은 화장 너머에는 경제적 압박이 드리워져 있었다. 눈가에 흐르는 눈물을 그린 저 아름다운 발레리나 역시 먹고살기 위해 돈을 벌어야 했고, 여느 사람들처럼 고달픈 현실을 버텨야 했다. 아무리 아름답다 해도 삶에는 예외가 없었다. 다만 쉬울 순 있었다.

하지만 그녀의 관객 중에는 관광객이 아닌 이가 한 명 있었다. 그는 이미 수차례 그녀의 공연을 봤지만 볼 때마다 매번 새로움을 느꼈다. 그는 매료된 듯 거의 매일 발레리나의 공연을 보러 왔다. 하지만 그렇게 여러 번 공연을 봤음에도 불구하고 넋을 놓고 공연에 몰두한 나머지 직접 앞으로 나가 태엽 열쇠를 감고 동전을 넣지는 못했다. 그는 직접 나서는 건 다른 사람들에게 맡기고 본인은 한구석에서 조용히 구경하는 걸 선호했다.

물론 그에게는 그럴 만한 이유가 있었을 것이다. 남의 시선을 별로 의식하지 않는 사람이라면 상관하지 않을 테지만, 에른스트 에크만은 자신의 외모가 남들과 다르다는 걸 항상 인지하고 있었다. 따라서 자신을 쳐다보는 타인의 시선을 통해서까지 그 사실을 지속적으로 상기하고 싶지 않았던 것이다. 그는 이미 학창 시절부터 이런 일들을 겪을 만큼 겪어야 했다. 그는 아이들을 좋아하지 않았다. 어린아이들을 한 명 한 명 상대하는 게 싫다는 것이지 아이라는 존재 자체를 싫어하는 것은 아니었다. 어릴 적 그는 아이들로 인해 끔찍한 삶을 살아야 했고, 성인이 된 지금도 이따금 순진한 얼굴로 거침없이 솔직한 질문을 해 대는 아이들 때문에 괴롭기는 마찬가지였다.

"엄마, 저 아저씨는 왜 저렇게 우스꽝스럽게 생겼어요?"

이보다 더 심할 때도 있다. 때로는 어른들도 그랬다. 그가 집에서 갤러리를 향해 걷다 보면 사람들로 가득한 떠들썩한 아케이드와 공원을 가로지를 때가 있다. 그럴 때면 술에 취해 무례하게 구는 사람을 만나기도 했고, 그렇지 않은 사람을 만나기도 했다.

다만 후자의 경우는 많지 않았다.

"저기 좀 봐! 땅속 요정이다!"

그들이 하는 말들은 모두 어디선가 한 번쯤은 들어 본 듯한 유치한 말들이었다. 보통의 사람들은 대개 상상력이 뛰어나지 않은 듯했다. 키가 작은 것이 그의 유일한 결함인 것도 아니었다. 다만 사람들이 그를 유독 작다고 생각한 이유는 그가 마치 성장을 제대로 마치지 못한 것처럼 보였기 때문이었다. 게다가 그는 목이 거의 없다시피 했고, 그 덕분에 거다란 머리가 가슴에서 곧바로 자라난 것처럼 보였다.

물론 이건 그의 잘못이 아니었다. 하지만 이런 불행이 그가 태어날 때 발생한 어떠한 사고 때문이란 걸 안다 해도 나아지는 건 없었다. 원인을 안다고 고통이 사라지는 건 아니니 말이다. 또 자신에게 독특하고 위대한 재능이 있다는 걸 안다고 해도 그것 역시 위로가 되지는 못했다. 오히려 그 반대였다.

에크만처럼 천재성을 지닌 사람은 존중받아 마땅했다. 그러나 그는 사람들이 자신의 작품을 진지하게 받아들이지 않는다고 느꼈고, 그걸 치욕으로 여겼다. 또한 그는 사람들이 자신에게 반감을 갖고 있으며 다른 사람에게 혐오감을 준다고 생각했다. 정작 사람들은 그렇게 생각하지 않을지라도. 사실 많은 사람들은 그에게 친절했고, 친구로 여기는 이도 있었다. 다만 다들 그를 처음 봤을 때 당혹스러운 마음과 놀라운 기색은 감추질 못했다. 그리고 그는 그들이 자신을 처음 봤을 때의 그 모습을 절대 용서할 수 없었다.

하지만 그녀는 달랐다. 박스 위에 서 있는 그 여자 말이다.

그녀는 관중 속에 서 있는 그를 뚫어져라 쳐다보지 않았다. 흠칫 놀라거나 시선을 황급히 다른 데로 돌리지도 않았다. 마치 그를 발견하지 못한 건 아닐까 싶을 정도였다. 하지만 그는 알고 있었다. 그녀는 분명 자신을 봤다. 그녀의 공연을 보러 갈 때마다.

대부분의 남자들은 그렇게 꾸준히 찾아갔음에도 발레리나가 자신에게 어떠한 반응도 보이지 않는다면 자신이 퇴짜를 맞았다고 생각하거나, 적어도 무관심의 신호로 받아들일 것이다. 하지만 에크만은 오히려 그녀의 그런 점에 용기를 얻었고, 자신을 발견하고서도 몸서리치지 않은 그녀를 보며 이를 긍정의 신호로 여겼다. 가끔은 자신에 대한 애정이라고까지 생각하기도 했다.

그는 심지어 그녀가 자신에게 매력 같은 걸 느끼는 것일 수도 있다고 상상의 나래를 펼쳤다. 아니, 자신을 좀 더 알게 되면 분명 매력을 느끼게 될 것이라고 말이다. 물론 그녀뿐만 아니라 그 어떤 누구라도 그의 외모를 보고 사랑에 빠질 거라고 생각하는 건 말도 안 되는 상상이었다. 하지만 그가 가진 재능, 독특함, 천재성을 알고 나면 그를 사랑해 줄 누군가… 그래, 그건 물론 가능한 일이었다.

그런 경우는 전에도 있지 않았나? 생각해 보니 많았던 것 같기도 하다. 평범하다 못해 못생긴 남자들의 품에 안긴 아름다운 여성들. 엄청난 부를 축적한 못생긴 남자, 불굴의 의지를 가진 못생긴 남자, 유명세를 가진 못생긴 남자, 독특하면서도 거부할 수 없는 재능과 성공을 가진 못생긴 남자들 품에 안긴 아름다운 여성들을 말이다. 에크만은 자신이 이들 중 하나임을 확신하고 정당화하며 마지막 부류에 포함시켰다.

그리고 이들에겐 공통점이 있지 않던가? 둘 다 소외받는 사람들이라는 것 말이다. 이들은 남다른 재능과 재주를 가진 예술가와 발레리나 아니던가? 그리고 정상의 범주를 벗어난 사람들은 남들로부터 소외받고 처절하게 매도되는 게 사실 아닌가? 그녀처럼 아름다운 여자라 할지라도.

갑자기 구름 사이로 우르르 쾅쾅 하며 천둥이 치더니 빗방울이 떨어지기 시작했다. 광장에 모여 있던 관객들은 흩어졌고, 홀로 서 있는 발레리나의 머리 위로 빗물이 떨어졌다. 사람들은 종종걸음을 치며 비를 피할 곳을 찾았지만, 그녀는 꼼짝도 않고 자신이 있던 자리에 동상처럼 서서 태엽을 감고 동전을 넣어 줄 사람을 기다렸다.

안타까움과 애정이 뒤섞인 감정이 에크만의 가슴을 가득 채웠다. 처음에 그는 어째서 그녀가 박스에서 내려와 비를 피하지 않고 계속 공연을 이어 가는지 궁금했다. 박스 안에 숨겨 둔 가방에서 우비라도 꺼내면 좋으련만.

잠시 후 그는 그녀의 행동을 이해하게 되었다. 그녀는 아직 돈을 충분히 벌지 못한 것이었다. 오늘 벌어야 할 몫을 말이다. 조금 있으면 다른 길거리 공연자가 그 자리에서 공연을 할 시간이었으므로 그녀는 떠나야 했다. 내일 그녀의 시간이 다시 돌아올 때까지 말이다.

그래서 비가 오든 오지 않든, 그녀는 자세를 유지한 채 누군가 태엽을 감고 동전을 넣어 주기를 바라며 자신에게 주어진 시간을 채워 나가고 있는 것이었다. 그렇게 하면 운 좋게 그날 일당을 채울 수 있을지도 모르니.

비는 더욱 거세지기 시작했다. 이제 광장은 완전히 비었다. 웨이터들은 고리 달린 장대를 들고 나와 노천 테이블에 비가 떨어지지 않도록 차양을 쳤다. 여기저기서 차양 천들이 펼쳐졌고, 빗물은 차양 사이로 똑똑 떨어져 아연으로 코팅된 테이블과 유리 재떨이를 적셨다.

여전히 발레리나는 그 자리에 가만히 홀로 서 있었다. 그녀의 얼굴로 빗물이 흘러내려서 그린 눈물과 진짜 눈물이 뒤섞이는 것처럼 보였다. 그녀의 코끝에서 빗방울 하나가 떨어졌지만 여전히 그녀는 움직이지 않았다.

에크만은 그녀를 바라봤다. 이제 그 자리에는 둘뿐이었다. 그는 이제 그녀의 유일한 관객이었다. 안타까운 그의 마음은 점점 더 커져만 갔다. 비를 맞고 서 있는 그녀의 모습을 보고 있자니 비애와 비참함이 복받쳤다. 그녀의 코끝에서 떨어진 저 아름다운 빗방울, 바로 저것이 비애와 비참함이었다.

그는 주머니를 더듬거렸다. 그러고는 지갑을 꺼내 안을 들여다봤다. 잔돈이 없었다. 그는 큰 금액의 지폐 두 장을 꺼내서는 얇게 접었다. 그리고 주변을 의식하면서 광장을 가로질러 얼어붙은 발레리나가 서 있는 박스로 다가갔다.

광장을 가로지르는 행위, 의도적으로 주목을 끄는 행위는 그에게 있어 일종의 정신적 고문이었고, 고통이었다. 카페 안에 있던 손님들은 음료를 기다리며 심심해하던 찰나, 무심히 그를 쳐다봤다.

그는 차분하게 걸어 보려 노력했지만 심장이 쿵쾅거렸고, 등에서는 등줄기를 타고 땀이 흘러내렸다. 발레리나 곁에 거의 다다르자 그는 침을 꿀꺽 삼키고 떨리는 손에 힘을 줬다. 그는 은색 박스에 달린 커다란 태엽 감는 열쇠 옆에 섰다. 그러고는 열쇠의 날개를 손으로 꽉 잡았다.

얼간이가 된 기분으로 그는 열쇠를 몇 번 돌렸다. 그가 왜 이런 쇼를 벌였는지는 그 자신도 이해할 수 없었다. 꼭 해야 하는 것도 아닌데 말이다. 그냥 박스에 돈만 넣어도 됐다. 하지만 이는 분명 필요한 과정이었다. 이 공연의 진정성을 유지하기 위해서 말이다. 즉, 그는 정해진 모든 과정을 따르며 발레리나에 대한 예의를 지킨 셈이었다.

그는 열쇠를 놓았다. 그리고 위를 쳐다봤다. 발레리나의 옷은 빗물에 흠뻑 젖은 채 축 쳐져 있었다. 그녀는 계속해서 정면을 응시하고 있었다. 분명 그가 보였을 테지만 쳐다보진 않았다. 작달막하고 못생긴 그를 대놓고 쳐다보지 않은 것이다.

그는 손에 들고 있던 접은 지폐를 들어 보였다. 자신이 지금 넣으려는 것이 동전이 아니라, 보다 가치 있고 특별한 것임을 그녀가 알아주길 바라는 마음에서였다.

"당신을 위한 겁니다." 그는 속삭였다. "당신을 위해서요." 그러고는 박스 안으로 지폐를 넣어 떨어뜨렸다. 음악이 나오길 기다렸다. 하지만 음악은 나오지 않았다. 당연한 일이었다. 무게, 무게를 생각했어야 했다. 이 상자는 원리는 동전의 무게로 작동된다는 것이었다. 당연하지. 뻔한 것인데 말이다.

그는 미친 듯이 주머니를 뒤지며 동전을 찾았다. 믿을 수 없겠지만 주머니 속에도 아무것도 없었다. 코트 속에도 없었다. 동전이라고는 하나도 없었다. 그저 지폐만 몇 장 더 나왔을 뿐이다.

지갑에는 신용카드와 지폐가 가득 들어 있었지만, 동전은 단 하나도 없었다.

그는 얼굴이 화끈해지는 걸 느꼈다. 수치심과 미안한 마음 때문이었으리라. 이건 실수였다. 일이 잘못된 것이다. 그는 광장 건너편 차양 밑으로 비를 피하러 간 사람들의 얼굴을 쳐다봤다. 저들은 지금 그를 비웃고 있을까? 그를 쳐다보며 또 비웃는 걸까? 비를 맞고 서 있는 우스꽝스러운 자태의 작은 사내를 보며 말이다.

그는 발레리나를 올려다봤다. 그녀는 알고 있을까? 그가 돈을 넣었다는 걸 말이다. 그게 그의 잘못이 아님을 알까? 그저 좀더 관대했던 것뿐… 그것뿐이었는데 말이다. 만약 그녀가 그런 그의 사정을 알지 못한다면 춤을 추지 않을 것이다…. 그녀는 음악이 나오기 전까지 춤을 출 수 없다. 그게 이 공연의 원리니까.

그는 그녀의 시선을 사로잡아 보려 노력했다. 하지만 그녀의 시선은 먼 곳에 고정된 듯했다.

"미안해요." 그는 속삭였다. "정말 미안해요."

그렇게 말한 뒤, 그는 이런 일조차 제대로 해내지 못하고 공연의 규칙을 깨트린 자신의 서툰 모습에 수치심을 느끼며 붉어진 얼굴을 하고선 뒤돌아 광장을 가로질러 갔다. 텅 빈 거리를 빠르게 걸어가는 그에게 눈들이 쏠렸다.

하지만 그가 뒤돌아 가자 발레리나는 움직이기 시작했다. 그녀는 그를 위해 다시 살아났고, 박스 위에서 아름다운 아라베스크 동작으로 회전했다. 발레리나는 고요한 빗속에서 춤을 췄고, 이는 그가 여태껏 본 중 가장 우아하고 경이로우며 아름다운 모습이었다. 그리고 그에게 있어 가장 사랑이 충만한 순간이었다.

마치 이 둘의 주변에 유리벽이 둘러쳐져 있고, 다른 사람들은 밖에서 이들을 구경하는 것 같은 느낌이었다. 사실 그 광장에서는 정말로 이 둘뿐이었다. 고요한 빗속에서 춤을 추는 박스 위 마리오네트와 그. 그는 발레리나의 신발이 그녀가 움직일 때마다 찍찍대는 소리를 들으며 얼굴을 흠뻑 적시는 비를 만끽했다. 이윽고 그녀가 멈췄다. 그녀는 다음 동전을 기다리며 다시 그 자리에 얼어붙었다.

"고마워요. 아름다웠어요. 정말 고마워요." 그는 말했다.

그리고 누가 누구에게 감사할 일인지 모르겠지만 그는 그녀에게 가볍게 목례를 했다. 그런 다음 광장을 가로질러 자신의 스튜디오와 갤러리가 있는 수도원 쪽 돌길로 향했다.

그는 걸어가면서 혼잣말로 몇 번이나 같은 말을 되새겼다.

"그녀는 날 위해 춤을 췄어. 그녀는 날 위해 춤을 춘 거야. 정말로 그런 거야. 나를 위해."

그는 누구든 상자에 돈을 넣으면 그녀가 춤을 춘다는 사실을 그 순간 망각한 듯했다. 그녀는 그저 돈을 낸 관객에게 마리오네트처럼 춤을 추어 준 것일 뿐, 한 남자를 위해 춤을 춘 게 아니었다.

"날 위해서! 그녀가 날 위해서 춤을 췄어!"

그는 신이 난 어린아이처럼 양손을 비볐다. 갤러리 문 앞에 다다르자 그는 주머니에서 열쇠를 꺼내 문을 열어 안으로 들어간 다음, 문 위쪽에 걸린 표지판을 '닫힘'에서 '열림'으로 바꿨다.

표지판을 돌리기 위해 손을 뻗는 그의 모습은 마치 키 큰 어른이 해야 할 일을 어린아이가 하느라 낑낑거리는 것처럼 보였다. 하지만 그는 아이가 아니었다. 아이가 아닌 지 꽤 됐다. 그는 분명 성인이었다. 성인의 마음과 성인 남성의 감정, 열정, 생각과 욕구를 갖고 있었다.

수도원 광장에 시간을 알리는 종이 울렸다. 스팽글이 달린 타이츠와 별이 달린 티셔츠 차림의 젊은 남자 다가오자, 비에 푹 젖은 발레리나는 음악상자에서 내려왔다.

그녀는 자신이 서 있던 상자를 거꾸로 들고 오늘 번 돈을 세었다. 남자는 그런 그녀에게 말을 붙였다.

"공연은 괜찮았어, 파피?"

"나쁘지 않았어."

"비가 멈추길 바라자고."

"멈출 거야. 벌써 잦아들고 있네."

"그럼 내일 봐."

"그래."

발레리나는 입고 있는 공연복을 가리기 위해 코트를 걸쳤다. 직접 만든 그 음악상자에는 바퀴가 달려 있었으므로, 그녀는 번 돈을 코트 주머니에 넣은 후 상자를 끌고 걸음을 옮겼다.

바퀴 달린 상자며 눈물이 그려진 얼굴, 코트 밑으로 삐져나온 풍성한 핑크색 튀튀까지 진기한 풍경이었다. 하지만 아무도 그녀에게 관심을 가지지 않았다. 그녀는 그런 별난 차림을 하고 있음에도 꽤 평범해 보였다.

그녀는 아파트로 돌아가는 길에 빵집에 들러 점심으로 먹을 롤을 샀다. 집에 도착한 그녀는 빵을 먹으며 옷을 갈아입고 얼굴에 칠한 화장을 지웠다. 그런 다음 직장에 가기 위해 또다시 준비를 했다. 그녀는 동네 발레 학원에서 초등학생들을 가르쳤다.

그녀는 나가기 전 다시 한 번 돈을 셌다. 좋은 아침이었다. 누군가 그녀에게 많은 돈을 줬다. 그러나 그런 일은 전에도 종종 있었으므로 딱히 특별한 일은 아니었다. 아, 그리고 음악장치가 또 고장 난 게 분명했다. 아까 음악이 안 나왔던 것 같은데, 아닌가? 그녀는 저녁에 돌아와 장치를 들여다봐야겠다고 생각했다.

그녀는 돈을 챙겨서 나갔다. 돌아오는 길에 쇼핑을 할 참이었다. 에크만에 대해서는 이미 잊어버린 후였다.

광장에서는 저글링을 하는 사람이 마체테 칼을 집어 들었다. 그는 그 칼이 얼마나 날카로운지 관객들에게 보여 주려는 듯 종이 한 장을 칼로 갈랐다.

사람들은 흥미를 보이기 시작했다.

"신사 숙녀 여러분, 뒤로 물러나 주세요. 다칠 수 있답니다."

그는 똑같이 생긴 마체테 칼을 두 개 더 꺼내더니 세 개의 칼을 가지고 저글링을 하기 시작했다. 은빛의 날이 햇살을 받아 번쩍하고 빛이 났다. 이제 구름이 걷히고 비가 그쳤다.

사람들은 거리에 서서 저글링 공연을 지켜봤다. 관객들 중 몇몇은 저글링을 하는 사람이 칼의 손잡이가 아닌 날을 잡는 실수를 하지는 않을까 궁금해하기도 했다. 그래서 혹시 손을 크게 다치진 않을까 하고 말이다. 그래서 관객들은 저글링하는 모습을 더욱 유심히 지켜봤다. 그들은 공연을 뒤로한 채 자리를 뜰 수가 없었다.

그들은 저글링을 하는 사람이 실수를 하길 바랐다.

화가 로버트

오후가 되자 땅거미가 지며 따스한 빛깔의 노을이 하늘을 물들였고, 수도원 광장의 모습도 변하기 시작했다. 여름은 이곳에 긴 저녁을 가져다주었다. 저 멀리 남쪽처럼 갑자기 해가 지고 사라져 버리거나 하지 않았다. 이곳은 오후가 다가오면 마당에 길게 그림자가 지고 탑과 첨탑, 괴물 석상의 실루엣이 땅바닥에 드리워진다.

가을과 겨울이 되면 레스토랑은 뒤뜰에 있는 가스난로에 불을 지폈고, 여름에는 메뉴판으로 벌레 잡기에 바빴다.

길거리 공연자들은 이미 자리를 떴고, 그들이 있던 자리는 이제 상인들의 차지가 된다. 이들은 직접 만든 액세서리로 가득한 상자를 진열대처럼 펼쳐 놓았다. 노점에서는 차가운 음료와 맥주를 팔았고, 형형색색의 실 뭉텅이와 의자를 준비해 놓은 여자들은 지나가는 사람들에게 싼값에 머리를 땋아 보라고 권했다. 이들을 찾는 손님들은 대개 10대 소녀들이나 외국인 교환학생들이었고, 이들의 친구들이나 남자친구들은 옆에 서서 소녀들의 머리 가닥 사이로 색실을 넣고 땋는 손길을 보며 때때로 감탄을 했다.

사람들은 목적지 없이 길거리를 거닐며 분위기에 흠뻑 취한다. 카페에 들러 에스프레소를 마시기도 하고, 맥주나 와인으로 목을 축이기도 했다.

세 명의 남자가 큰 슈트케이스를 들고 나타났다. 이들은 슈트케이스 뚜껑을 연 다음, 막대를 세워 그것을 고정시켰다. 슈트케이스 안쪽에는 녹색 모직천이 덧대어져 있었는데, 남자들 중 한 명이 세 장의 카드를 그 위로 던졌다. 10 두 장과 레드 퀸이었다. 그는 카드를 뒤집더니 능숙한 솜씨로 뒤섞었다. 그러고는 두 번째 남자에게 퀸이 어디에 있는지 물었고, 세 번째 남자는 멀리서 지켜만 봤다.

관광객이 그들에게 다가왔다. 남자들은 관광객에게 게임을 권했다. 몇 판 정도는 관광객이 이기게 한 뒤, 이들은 관광객의 지갑에 든 돈을 모두 따 버렸다. 그제야 관광객은 의문을 품기 시작했고 서툰 영어로 질문을 했다. 저 남자들은 보기보다 상냥하지도 진실하지도 않은 사람들일 것이다. 어쩌면 저들은 모두 한통속이었을 것이다. 어쩌면….

가만히 지켜보고만 있던 세 번째 남자가 짧게 휘파람을 불었다. 멀리서 경찰 두 명이 수도원 광장을 향해 걸어오고 있었다. 카드놀이가 벌어졌던 테이블은 순식간에 다시 슈트케이스로 변했고, 막대는 지팡이가 되었다. 관광객은 텅 빈 지갑을 손에 든 채 홀로 남았고, 남자들은 사라졌다. 이 모든 게 저녁 여흥의 잔상이었다.

이 시간까지도 몇몇 보석상, 제과점, 향수 가게, 엽서 가게는 영업 중이었다. 나머지 가게들은 이미 오래전에 문을 닫았다. 가게 주인들은 장부를 기록하고 정리한 뒤 집으로 돌아간 후였다.

에크만의 갤러리 문은 잠겨 있었고, 닫힘 표지판이 걸려 있었다. 하지만 그의 스튜디오에는 여전히 불이 밝혀져 있었다. 종종 그는 창가로 다가가 자신의 높은 스튜디오에서 길거리를 내려다보곤 했다. 아니면 카메라 오브스쿠라로 담은 마을의 모습을 쳐다봤다.

배 속에서 꼬르륵 소리가 났다. 배가 고팠다. 하지만 배가 고프다는 것은 세상 밖으로 나가야 함을 의미했다. 즉, 다시 작고 볼품없는 남자가 되어 세상 밖으로 나가야 했다. 하지만 스튜디오 안에 있으면 그는 작지도 볼품이 없지도 않았다. 여기에 있으면 그는 있는 그대로 받아들여졌고, 오히려 존중받고 존경받았다. 이곳은 그의 천재성이 인정받고 돋보이는 곳이었다. 이 텅 빈 아무것도 없는 스튜디오에서는 아무도 그에게 말을 걸지 않았다. 때때로 그는 말을 하긴 했지만 자신을 위한 것이었다. 침묵을 깨기 위해서 말이다.

그는 1, 2분 간격으로 조금씩 작업을 진행해 나갔다. 이 작업은 굉장히 섬세하고 정교해서 짧은 시간 동안밖에 할 수 없었다. 이 일은 굉장한 정확성을 요구했으므로 만약 작은 실수라도 생긴다면 일주일 동안 한 작업을 한순간에 망가뜨릴 수 있었다.

수도원 광장에 박쥐들이 이쪽저쪽으로 날아다니고 있었다. 엄마들은 광장을 걸어 다니는 아이들에게 조심하라고 일렀다. 그렇지 않으면 박쥐가 머리카락에 엉켜 붙을 수도 있었기 때문이다. 하지만 당연히 그런 일은 일어난 적이 없었다. 그리고 앞으로도 절대 일어나지 않을 것이다. 박쥐들은 눈과 초음파 덕분에 굉장히 날렵하고 기민하게 움직였다. 비둘기들은 바닥에 떨어진 빵 부스러기를 주워 먹기 위해 입을 삐죽거렸고, 음식물을 찾기 위해 벤치 아래를 뒤뚱거리며 걸어 다니는 녀석들도 있었다.

수도원 안에서는 소규모 오케스트라가 연주를 했고, 곧이어 성가대가 노래를 불렀다. 프로그램 책자를 사야만 수도원 입장이 가능했지만, 누군가가 문을 열어 둬서 그 사이로 음악 소리가 광장 밖으로 퍼져 나갔다.

어둠이 내려앉자 몇몇 예술가들이 분필과 이젤 그리고 스케치북을 들고 나타났다. 이들은 캔버스 천으로 등을 댄 접이식 의자와 초상화를 그리는 동안 손님이 앉을 작은 스툴 의자를 갖고 있었다. 그리고 여분의 의자 또한 마련해서 손님들이 앉아서 함께 이야기를 하거나 담배를 태우거나 혹은 본인 차례를 기다릴 수 있었다.

이들은 본인이 그린 작업물을 세워 뒀다. 목탄으로 그린 것도 있었고, 수채화도 있었다. 또 일부는 아크릴이나 유화로 작업한 것도 있었다. 이들이 세워 둔 작업물들은 매릴린 먼로, 제임스 딘, 젊은 말런 브랜도, 체 게바라, 밥 말리, 비틀스 같은 팝스타, 할리우드 배우, 스포츠 스타를 그린 것이었고, 삼십 년, 사십 년, 오십 년 전 유명인들의 사진을 보고 따라 그린 것들도 있었다.

사람들은 화가들 사이로 길을 걸었다. 자신의 초상화를 그려 달라고 나서는 사람은 극소수였다. 마음속으로는 초상화를 그려 달라고 말하고 싶었을지 몰라도 말이다. 친구나 연인 혹은 화가가 설득의 설득을 해야만 그들은 겨우 용기를 냈다.

화가들에게는 각자 자신만의 설득 방법이 있었다. 외향적인 사람은 가볍게 농담을 던지며 분위기를 띄워 손님을 의자에 앉도록 만든다. 손님들은 초상화를 그리는 내내 한시도 지루할 틈이 없었고, 떠날 때도 미소를 지으며 행복해했다. 심지어 초상화가 자신을 별로 안 닮았을 때도 말이다.

반면, 잡담에는 영 재주가 없는 화가들도 있었다. 이들은 그저 조용히 그림을 그리거나 대화는 최소화하고 그림에만 집중했다. 이들의 초상화는 대부분 훌륭했고, 손님이라고 모두 말을 많이 하고 싶어 하는 것도 아니었다. 어떤 손님은 조용히 앉아 있는 편을 선호하기도 했다.

초상화 화가들 중 일부만이 캐리커처를 그렸다. 이들은 들창코나 주근깨 같은 손님의 특징을 단숨에 포착해서 그 부분을 실제보다 과장되게 표현하거나 변형시킨다. 때로는 징그럽게 느껴지기도 하지만 손님들은 대개 결과물을 좋아했다. 그림을 그리고 있을 때 손님의 친구들이나 가족들은 그림을 훔쳐보며 깔깔거리며 웃음을 터트린다. 그러면 손님은 마음이 조급해지고 그림을 보고 싶어 안달이 난 나머지 자세가 흐트러지고 만다. 뒤이어 툴툴거리는 소리가 들리고 웃음이 터진다. 하지만 결코 진심으로 화를 내는 이는 없다. 화가가 손님들의 얼굴에 무슨 짓을 했든, 어쨌든 그림은 결과적으로 아름다웠다. 화가는 손님들이 지닌 각각의 특징을 개성으로 승화해 냈다.

광장에 나타난 한 남자가 다른 화가들 사이에 의자를 놓고 이젤을 펼쳤다. 나이는 대략 서른 정도 되어 보였고, 키는 보통으로 그다지 큰 편은 아니었다. 어깨는 꽤 넓게 벌어져 있었고, 눈빛과 안색은 짙었으며 검은색 곱슬머리를 가지고 있었다. 얼굴은 잘생긴 편이었지만 헝클어진 머리와 단정하지 않은 모습을 한 그는 왠지 우울하고 때론 비관적인 분위기를 풍겼다. 그는 꽤 감성적인 남자처럼 보였다.

그는 주변 화가 친구들 한둘에게 고갯짓으로 인사를 건넸다.

"로버트⋯."

"로버트, 왔군⋯."

"내가 자리를 조금 비켜 줄 테니 이쪽으로 오게⋯."

화가들끼리 서로 손님을 유치하느라 경쟁이 치열하긴 했지만, 적어도 여름에는 모두 돈벌이가 꽤 잘될 만큼 손님이 많았다. 그래서 서로에게 상냥할 수 있었다. 하지만 손님이 뜸한 겨울에는 화가들 사이에도 냉기가 흘렀다.

그가 다른 화가들과 다른 점은 그의 외모가 아니라, 사실 혼자가 아니라는 점이었다. 그는 어린 남자아이를 데리고 다녔다. 짙은 곱슬머리와 검은 눈으로 보아, 그 아이는 화가의 아들이 분명했다.

아이는 아빠의 도구를 들어 주기도 했고, 다른 화가들이 그들을 위해 남겨 둔 자리에 도착하면 아빠를 도와 의자와 이젤을 놓고 작업물을 세웠다.

화가들이 일하는 이 작은 구역에는 암묵적으로 정해진 그들만의 자리가 있었다. 이들은 이틀까지는 연속으로 자리를 비우는 걸 용납했다. 하지만 만약 사흘째 되는 날에도 그 자리를 지키던 화가가 나타나지 않으면 그것은 빈자리로 여겨져서 누구든 차지할 수 있었다. 그리고 원래 그 자리의 주인이었던 화가는 나중에 다시 자리를 잡아야 했다.

나흘째 되는 날 밤에 그 자리의 원래 주인이 나타나더라도 그는 광장 변두리에 있는 빈자리로 가야 했다. 관광객들이 별로 다니지 않는 데다 빛도 좋지 않은 자리로 말이다. 다시 원래의 자리를 되찾으려면 화가는 갖은 수를 써야 한다.

나흘째 밤에 나타난 화가가 원래 자리를 막무가내로 차지하려 든다면 주변 화가들이 다들 막아설 것이다. 이런 행위는 주먹다짐도 불사할 정도의 일이었다. 하지만 막아서는 화가들에 밀려 결국 자리의 주인은 굴복할 수밖에 없게 된다. 모든 화가들이 자리를 차지할 수는 있지만, 그 자리를 영원히 보장해 주지는 않는다는 게 이들 사이의 규칙이었다.

로버트 맬런은 지나가는 사람에게 초상화를 권하기에는 지나치게 무뚝뚝했다.

많은 화가들이 사용한 농담이나 유머는 그들이 손님을 끄는 데 성공적이란 게 증명되었지만, 적어도 그에게는 맞는 방법이 아니었다. 또한 매력을 어필하거나 애교를 부리는 것 역시 불가능한 일이었다. 그에게는 조상 대대로 전해져 내려오는 고집이 있었다. 그의 조상들은 거친 황야와 산에 살았다. 빈곤과 자부심이 뒤섞인 그곳의 사람들은 자신만의 존엄성을 지니고 있었고, 마음속에는 불공평한 세상에 대한 분노가 도사리고 있었다. 그런 조상에게서 반항적 기질을 물려받은 그는 잠재 고객에 대하여 오는 사람 막지 않고 가는 사람 잡지 않겠다는 태도로 일관했다. 만약 손님들이 자신이 그린 초상화를 원하지 않는다면 그건 그들의 손해일 뿐.

그는 남다른 자존심과 더불어 자신의 재능을 알아보기에 지나치게 편협한 이 세상에 대한 경멸감을 품고 있었다. 사실 그는 굉장히 재능이 있는 화가였다. 다만 그의 강점은 그의 약점이기도 했다. 그는 지나치게 독특했고, 자기 색깔이 강한 화가라 어떤 유형에도 속하지 않았다. 그는 갤러리 대표, 잡지사 편집장, 예술 중개인의 입맛에 맞게 굴지도 않았다. 그 자신도 알고 있었다. 그건 바로 분노와 자부심 때문이라는 것을. 그는 강한 독립성, 세상과 타협하지 않는 자세에 스스로 자부심을 갖고 있었지만, 살아생전 자신의 작품은 누구에게도 인정받지 못할 것이며 죽으면 모두 잊히게 될 거란 걸 알았기에 결코 행복할 수 없었다.

하지만 그도 먹고살아야 했다. 그는 정해진 시간 동안 자리에 앉아서 다른 사람의 비위를 맞추지 않고 돈을 벌었다. 그에게 있어 맞은편 의자에 앉은 손님들은 상사가 아니었다. 화가의 눈에 손님은 자신의 고용인이 아니었으니. 화가와 손님 간의 대화는 대등했다. 만약 한쪽이 우위에 있어야 한다면, 그건 화가 본인이라고 생각할 것이다.

하지만 이 남자도 자신의 아들을 쳐다볼 때는 얼굴이 달라졌다. 무뚝뚝한 표정이 사라지고 인내심이 무한으로 늘어났다. 그는 자신이 아들을 있는 그대로 사랑하는 것인지 혹은 엄마를 닮아 그 모습을 사랑한 것인지 스스로도 구분하기 어려웠다. 자신의 아이로부터 아내와 아이 두 사람에 대한 사랑을 느끼는 것인지, 단지 아이 자체만을 사랑한 것인지 말이다. 하지만 누군가 아이의 엄마에 대해서 묻거나 혼자서 아이를 어떻게 키우는지 혹은 아이 엄마가 조만간 돌아올지에 대해 묻는다면, 그는 신경 끄라고 대답할 것이다. 그리고 사람들은 그 충고를 새겨들을 필요가 있다.

이들 부자의 눈에 서린 깊은 슬픔에서 아이의 엄마가 영원히 떠났다는 걸 느낄 수 있을 것이다. 그리고 이들은 절망에 빠져 있었다. 하지만 아이의 엄마가 죽은 것인지, 아니면 남자와 헤어져 떠난 것인지, 다른 사랑을 찾아 나선 것인지, 남편과 아이보다 더 나은 삶을 원했던 것인지 혹은 무슨 일이 일어난 건지 아무도 알 수 없었다. 그러나 그녀가 언젠가 돌아올 수도 있을 거라고 생각한 사람은 없었다. 원래 그런 법이었으니까.

광장에 이젤과 의자를 펼치고 물감, 목탄, 붓과 작업물들을 꺼내면 끝이었다. 준비 과정은 매번 똑같았다.

크리스토퍼라는 이름을 가진 이 아이는 캔버스 천 스툴 의자에 앉아 책을 펼쳤다. 아이는 독서광으로 매일 밤마다 다른 책을 들고 나왔다. 때론 두 권 혹은 세 권일 때도 있었다. 공립 도서관에 구비된 책들도 이미 크리스토퍼의 손을 거쳐 간 지 오래였다. 그래서 아이의 아빠는 광장 주변에 자리한 중고 서점에서 여기저기 찢어진 종이 책을 십여 권 사 줘야 했다.

도서관이나 서점에는 아이의 나이에 맞는 책만 있는 것은 아니었다. 하지만 아이는 개의치 않고 읽었다. 소설책뿐 아니라 의학, 생물, 천문학 등 과학에 관한 책들도 손에 잡히는 대로 읽었다. 아이의 아빠는 항상 책의 뒤표지부터 훑어봤다. 책의 내용이 선정적이지는 않은지 확인하기 위해서였다. 하지만 그에게 있어 '선정적'이란 뜻은 꽤나 많은 걸 의미했다.

아이는 단순한 독자가 아니었다. 아이는 책을 반복해서 읽었다. 성향 때문이기도 했지만 필요에 의해서이기도 했다. 아이는 고전, 현대소설, 과학소설, 아동용 모험 이야기 등 같은 책을 읽고 또 읽어 댔다.

좋게 말해 남의 일에 참견하기 좋아하는 사람들이 두어 번 광장에서 로버트에게 아이가 너무 늦게까지 깨어 있는 거 아니냐는 지적을 했다. 그 후 사회 복지사가 이들의 집을 방문했고, 아동 보호소 직원이 조사를 한 적도 있었다.

로버트는 그때마다 굉장히 예의 있게 행동했고, 협조적이었다. 자존심 강하고 성질깨나 있는 그였지만, 여기서 폭발해 버리면 상황이 악화될 것이고 자신이 경멸하는 공권력에 아이를 빼앗길 수 있다는 걸 그는 분명 인지하고 있었다. 저들은 그럴 만한 힘이 있었기에 그는 미소를 짓고 고개를 끄덕이며 그들을 집으로 들이고 차를 대접하며 최대한 협조하는 수밖에 없었다.

그는 아이의 성적표를 그들에게 보여 줬다. 그들은 아이가 수업을 잘 따라가고 있고, 또래에 비해 독서 수준이 높으며, 아이가 행복해 보였으므로 보육이 잘 이뤄지고 있다는 걸 인정해야 했다. 무엇보다 학대나 방임의 흔적이 전혀 없었다.

게다가 로버트가 말한 것처럼 그가 아들을 위해 무얼 더 할 수 있을까? 그는 도우미를 고용할 능력이 없었고, 그렇다고 아이 혼자 두고 일을 나갈 수도 없는 노릇이었다. 그는 때때로 낮에 일을 하려고도 했지만 그런 경우 보통 손님이 많지 않아 벌이가 충분치 않았다. 대부분의 사람들은 낮에 초상화를 그리기 위해 화가들 앞에 앉아 있지 않았다. 그들은 낮에는 보통 관광지를 돌아다니며 구경을 했고, 다섯 개의 언어로 해설을 해 주는 지붕 없는 2층 버스를 타기에 바빴다. 그렇게 배불리 먹고 즐기며 충분히 감상에 젖은 후에야, 그들의 마음속에는 자리를 잡고 앉아 초상화를 그리고 싶은 욕구가 생긴다.

그래서 그는 몇 가지 사항에 대해 약속을 하고, 작게 사과도 한두 번 했다. 모질지만은 않았던 공무원들은 그렇게 돌아갔다. 그들이 가 버린 후 로버트는 싱크대에 접시를 대충 던져 넣으며 착한 척 남의 일에 참견이나 해 대는 인간들 때문에 일이 이 지경까지 되었다며 욕을 퍼부었다. 그에게는 이 일이 그저 불필요한 문제일 뿐이었다. 그동안 소년은 조금의 동요도 없이 구석에 앉아 조용히 책만 읽었다. 분명 그 점은 엄마로부터 물려받은 것일 터였다. 아이의 아빠에게서는 그런 성격을 전혀 찾을 수 없었으므로.

로버트가 방 건너편으로 시선을 돌렸을 때, 거기에 앉아 있던 아들의 모습이 눈에 들어왔다. 아이는 책에서 시선을 떼지 못하고 있었고 머리는 무슨 이유에서인지 단 한 번도 빗질을 (시도조차) 하지 않아 잔뜩 헝클어져 있었다. 그는 단박에 웃음을 터트렸다. 그리고 둘은 엎치락뒤치락 씨름을 하며 아빠와 아들이 아닌 형제들처럼 깔깔거리며 웃었다.

로버트는 어떻게 이 작은 꼬마가 말 한마디나 별다른 몸짓 없이 자신을 웃게 만드는지, 마음속 울적함을 밀어내고 이렇게 기분을 좋게 만드는지 알 수 없었다. 그리고 아이 역시 어떻게 아빠로 인해 이렇게까지 사랑받는 느낌을 받을 수 있는지 알 수 없었다. 사실 아이는 사랑을 받았다. 그리고 이 둘은 서로를 사랑했다. 입 밖으로 내진 않았지만 이건 간단하고도 분명한 사실이었다.

하지만 때때로 그는 밤일을 마치고 아들 방에 몰래 들어가 곤히 잠든 모습을 보면서 자신에게 무슨 일이 생기면 저 아이는 어떻게 될지 생각할 때도 있었다. 누가 아이를 돌봐 줄까? 누가 아이를 키워 주지? 누가 아이를 사랑해 줄까? 파피라면 그렇게 해 줄 것이다. 파피에게 부탁해도 괜찮을까? 너무 부담을 주는 건 아닐까? 그런 부탁을 하면 뭐라고 생각할까?

걱정과 피로가 그를 짓눌렀고, 밤이 깊어지면 미래에 대한 두려움과 죽음, 노화, 가난, 병에 대한 우울한 생각이 불쑥 고개를 내밀었다. 하지만 아침이 오고 아이가 잠에서 깨면 모든 게 다시 괜찮아졌다.

그리고 그는 아이를 데리고 다시 광장에 나가 이젤과 의자를 세팅하고 작업물들을 세워 둔다. 아이가 책을 읽으면 화가 아빠는 크레용으로 스케치북 위에 아들의 모습을 그리기 시작한다.

그는 아이의 모습을 수십 번도 더 그렸지만 한 번도 똑같은 모습을 그린 적은 없었다. 로버트가 그림을 그리자 관광객들은 지나가다 말고 그의 어깨 너머로 그림 그리는 걸 지켜봤다. 그는 대상을 똑같이 그리진 않았지만 핵심은 정확히 짚어 냈다. 그는 정말로 놀라운 재능을 갖고 있었고, 사람들은 그의 그림을 보며 미소를 짓고 행복해했다. 그의 그림은 정확하게는 초상화라고 볼 수 없었지만, 그 어느 사진보다도 정확했고 사실적이었으며 진정성이 담겨 있었다.

"그래, 이거야. 이거지. 완벽하게 정확해. 자로 잰 거 같잖아!"

사람들은 고개를 끄덕이며 미소를 짓고 서로 쳐다봤다. 아이의 초상화는 어쩌다 보니 완벽하게 '정확한' 것이 되었다.

"저, 저기요… 다 그리고 나면….."

"그럼요, 자리에 앉으세요. 곧 그려 드릴게요. 크리스토퍼, 여기 있다."

그는 아이에게 완성된 초상화를 건넸다. 크리스토퍼는 미소를 짓더니 그림을 접어서 책 사이에 끼웠다.

"자, 이제… 남자분도 같이 그려 드릴까요? 그러면 저기 앉으세요. 크리스토퍼, 의자를 아저씨께 갖다드리렴."

"아니, 아니에요. 의자는 괜찮아요."

"아니에요, 앉으세요. 크리스토퍼…."

"네."

의자를 손님 앞에 가져다 놓은 크리스토퍼는 책을 들고 근처 수도원 계단에 가 앉았다. 그곳에서는 빛과 소리 공연이 진행 중이었다. 아이는 아빠가 일을 하는 동안 공연 빛을 의지해 책을 읽었다. 아빠는 초상화 하나를 완성한 후 또 다른 그림을 그렸다. 더 많은 손님들이 화가 근처로 몰려들었다.

"손님도 그려 드릴까요? 그럼요, 당연하죠. 스케치로 하실래요? 아니면 수채화? 가격은 저기 적혀 있는 거 보시면 돼요. 조금 기다려야 하는데 괜찮으세요? 그럼 커피 한잔 하고 오세요. 제가 기억하고 있을게요. 네, 20분이면 될 거예요. 손님 순서는 제가 기억해 뒀어요."

그의 곁에는 착륙하려고 기다리는 비행기들처럼 삽시간에 손님들이 몰려들었다. 화가는 밤늦게까지 여는 바들이 문을 닫을 때까지 그림을 그릴 수 있었다. 하지만 그는 멀찍이 앉아 있는 아들을 지켜보며 시간을 확인했다. 그는 일정 시간 이상까지는 일하지 않을 것이었다.

"죄송해요, 이제 마지막 손님이에요. 저는 늘 여기 있으니까, 내일도 관광 나오시면 들러 주세요. 네, 그렇게 하세요. 죄송해요."

크리스토퍼는 책을 덮었다. 빛과 소리 공연도 끝이 났다. 밤새 켜 놓는 한두 개를 제외하고 조명도 모두 꺼졌다. 희미한 주홍빛 등만이 괴물 석상을 비췄다. 소년은 하품을 하며 두리번거렸고, 천천히 몸을 일으켜 기지개를 켰다. 아이가 서 있는 곳에서는 에크만 씨의 갤러리 다락방을 볼 수 있었다. 스튜디오에는 불이 켜져 있었는데, 갑자기 꺼져 버렸다. 그러더니 곧이어 계단에 불이 들어왔다. 그리고 그 불도 꺼졌다. 에크만 씨도 일을 끝내고 집으로 돌아갈 채비를 하는 모양이었다.

이윽고 마지막 초상화 작업이 끝나고 돈을 건네받았다. 로버트는 그림을 돌돌 말아 종이 원통에 넣어 주었다. 원통도 가격에 포함된 것이었다.

"여기에 넣으면 구겨지는 걸 막을 수 있어요. 자, 됐습니다."

"고마워요."

"안녕히 가세요."

관광객은 떠났다. 수도원의 시계 종이 울렸다.

크리스토퍼는 아빠를 도와 짐을 챙겼다. 스툴과 이젤을 접고 물감 뚜껑을 닫았다.

"잘 지냈어들?"

크리스토퍼는 미소를 지으며 뒤를 돌아봤다. 뒤에서 나타난 젊은 여자가 아빠를 끌어안았다.

"파피!"

크리스토퍼는 그게 그녀의 실제 이름인지 아닌지도 몰랐다. 어쩌면 가명일 것이다. 대부분의 길거리 공연자들은 가명을 썼다. 다들 자신의 본명을 무척이나 싫어하는 듯했다. 아니면 이름을 바꾸면 과거를 잊고 새롭게 출발할 수 있다거나, 과거가 쫓아오는 걸 막을 수 있을 거라 생각한 걸지도 모르겠다.

로버트는 몸을 돌려 자신이 기다리던 사람인지 확인한 후, 그녀를 꺼안고 키스했다.

"잘 있었어? 아까 집에 들렀는데 없더군." 로버트가 말했다.

"일했지. 안녕, 크리스토퍼."

크리스토퍼는 수줍게 미소를 지었다. 아이는 파피를 좋아했다. 아빠도 그녀를 좋아했다. 아이는 또한 그 사실을 알고 있었고, 둘의 관계를 지지했다. 그녀는 돈 많은 부자들이나 관광객들과는 달랐다. 그들은 가끔 크리스토퍼와 아빠를 저녁 식사에 초대해서 그랜드 호텔 발코니에서 함께 식사를 한 적이 있었다. 그럴 때마다 크리스토퍼는 재킷을 갖춰 입고 예의 바르게 행동해야 했다. 그리고 그 많은 포크를 어떻게 써야 하는지 고민했다.

하지만 파피는 그들과 달랐다. 파피는 늘 상냥했다. 파피는 이들과 비슷했다. 그녀는 또한 하루 벌어 하루 먹고사는 사람이었다. 한번은 아빠가 그녀의 초상화를 그려 준 적이 있었다. 크리스토퍼는 자신이 보면 안 되는 그림인 줄 알면서도 그것을 봤다. 그림 속 파피는 실오라기 하나도 걸치지 않고 있었다. 그녀는 조금도 쑥스러워하지 않는 표정이었다. 심지어 아빠가 자신의 초상화를 전시하는 것도 말리지 않았다. 결국 그날 아빠는 그림을 세 작품이나 팔았다. 옷을 입지 않은 파피의 그림을 사고 싶어 하던 손님도 있었지만, 그건 판매용이 아니었다. 만약 파피를 모른다면 그림 속 여인이 파피라는 걸 결코 몰랐을 것이다. 그녀의 얼굴에는 그림자가 드리워져 있었다. 아빠는 '발레리나'라는 제목의 그 그림을 팔 수도 있었다. 에크만 씨는 그 그림을 구매해서 집에 가져다 두고 싶다고 했다. 갤러리에 전시할 용도가 아닌 자신을 위해 그림을 사고 싶어 했던 것이었다.

그리고 지금 에크만 씨가 펭귄처럼 뒤뚱뒤뚱 광장을 가로질러 걸어오고 있었다. 그는 평소 집에 가기 전이나 스튜디오에 가기 전, 한 식당에 들러 식사를 했고 늘 같은 자리에 앉았다.

"안녕하세요, 에크만 씨."

그는 고개를 들었다. 그러고는 아이를 보더니 미소를 지었다.

"크리스토퍼!"

이들은 서로를 좋아했다. 아이와 작은 남자.

둘은 키가 비슷했다. 어쩌면 에크만이 조금 더 클 수도 있지만, 그렇다고 해도 그리 오래가진 않을 것이다. 크리스토퍼가 성장하는 속도를 봐서는 말이다.

에크만이 이 아이를 좋아한 이유는 바로 자신에 대한 그 어떤 편견이나 조롱이 없어서였다. 아이는 자신을 혐오하거나 피하지도 않았다. 또한 아빠의 초상화처럼 상대의 핵심을 정확히 꿰뚫어 보는 힘이 있는 듯했다. 외적으로 보이는 것이 아닌 내면의 진실을 말이다.

"조각들은 어때요, 에크만 아저씨? 갤러리는요?" 아이는 물었다.

"괜찮단다, 크리스토퍼. 그리고 갤러리는 아주 바쁘지."

"새 작품이 있어요?"

"조만간."

"저도 볼 수 있을까요?"

"물론이지."

"언제요?"

"완성되면."

"만드는 걸 구경하러 가도 돼요?"

"그게, 내가 집중을 해야 해서… 산만하면 안 되거든."

"제발요."

"어쩌면. 한번 생각해 보자구나."

에크만은 순간 말을 멈췄다. 저쪽에서 그 발레리나가 아이의 아빠와 이야기를 나누고 있는 모습을 본 것이다. 에크만은 당황해서 얼굴은 물론 머리 꼭대기까지 빨개진 듯했다. 하지만 누가 상관인들 할까? 이 어둠 속에서 자신의 이런 모습을 알아보는 사람이 있을까?

그는 이내 평정심을 되찾았다. 그녀가 자신을 기억할까? 혹시 그녀가 자신을 알아볼까? 자신이 지폐를 접어서 준 걸 기억할까? 돈을 넣었을 때 음악이 나오지 않았음에도 그녀가 자신을 위해 고요한 빗속에서 춤을 췄다는 걸 말이다.

그래, 그녀가 자신만을 위해 춤을 추었다는 걸 말이다. 그리고 그는 춤추는 그녀의 모습을 보며 자신이 사고 싶어 했던 그림 속 그녀의 모습을 떠올렸다. 그것은 그녀의 미모뿐만 아니라가 그녀가 지닌 아름다움까지 포착한 독특하면서 이상하리만치 홀륭한 작품이었다. 그녀가 아무것도 걸치고 있지 않은 그 그림이 말이다.

그녀는 광장에서 그를 위해 춤을 추었고, 그 사실은 그뿐만 아니라 그녀 역시 알고 있었다. 아마도 그때보다 더 사적이고 친밀한 순간은 없었을 것이다….

"이제 가 봐야겠어. 내일 봐, 로버트."

"그래, 잘 가."

그녀는 떠나며 인사를 했다.

"잘 있어, 크리스토퍼. 어머, 안녕하세요…."

그는 작은 남자를 향해 애매하게 손을 흔들었다. 그녀는 그에게 알은체를 해야 한다는 걸 알았지만, 순간 그의 이름을 잊어버렸다. 그녀는 화가에게 키스를 하고 아이의 머리를 헝클어트린 후 서둘러 자리를 떠났다.

남자 셋은 그녀의 뒷모습을 모습을 가만히 지켜봤다. 에크만이 가장 마지막까지 쳐다봤다. 그리고 그는 다른 남자를 올려다봤다. 그를 보며 순간적으로 거의 죽이고 싶을 만큼의 증오를 느꼈다. 그는 화가의 재능 때문에 그를 미워한 게 아니었다. 재능이라면 에크만도 그에 못지않거나 혹은 그보다 우위에 있었다. 그는 화가의 얼굴, 짙은 머리카락, 우울한 기운을 뿜어내는 눈빛, 두꺼운 어깨 때문에 그가 싫었다. 하지만 무엇보다도 발레리나가 그에게 키스를 해 줬다는 사실 때문에 싫었다.

로버트는 자신을 쳐다보는 에크만을 인지했다.

"안녕하세요, 에른스트. 퇴근하는 길이에요?"

씁쓸하면서도 질투와 시기 어린 마음이 차츰 가라앉았다.

에크만은 본래 자신의 모습으로 돌아왔다.

"퇴근하고 저녁 먹으러 가는 길이었어. 로버트, 자네는?"

"저도 이제 일을 끝내고 집에 가려고요."

"나랑 한잔 하지 않겠나?"

로버트는 아들을 향해 고개를 끄덕였다.

"저도 그러고 싶은데 아이를 재울 시간이네요."

"그렇지, 그래야지. 그럼 다음에 하기로 하지."

"그래요."

"그럼 나중에 보세."

"안녕히 가세요, 에크만 아저씨."

"좋은 밤 보내렴, 크리스토퍼. 곧장 침대로 가야 한단다."

"약속 잊으시면 안 돼요."

"잊지 않으마."

"새 작품 보여 주시기로 한 거요."

"완성되자마자 보여 주지."

두 부자는 짐을 돌돌 끌면서 손을 잡고 함께 광장을 빠져나
갔다. 에크만은 그들의 모습을 한동안 쳐다봤다. 또다시 역한 질
투심이 그를 사로잡았다. 저렇게 자신의 아이, 사랑스런 아들의
손을 잡고 나란히 걸어갈 수 있다는 것, 서로 의심할 여지없는 무
조건적인 사랑을 주고받을 수 있다는 것. 모든 게 불공평했다. 정
말이지 불공평했다. 그는 대체 무슨 잘못을 저질렀기에 저런 소
소한 행복 하나 제대로 누리지 못하는 걸까? 남들과 조금 다르
게 태어난 것도 죄가 되는 걸까? 어떤 여성이 그를 보며 매력적이
라고 생각할까? 어떤 여성이 그의 아이를 가지려고 할까?

그는 자신이 불쌍하단 생각을 하며, 세상이 그를 외면한 것처럼 그 역시도 저들 부자에게서 등을 돌렸다.

그는 곧바로 광장을 가로질러 자신을 위해 자리를 맡아 주는 웨이터가 있는 식당으로 갔다. 그는 늦은 시간에 식사하는 걸 선호했다. 소화 때문은 아니었고, 밤에는 지나다니는 사람이 적었으므로 자신을 호기심 어린 눈으로 쳐다보는 눈도 그만큼 적었기 때문이다.

하지만 오늘 밤엔 그마저도 운이 없었다. 그가 자리에 앉아서 빵을 우물거리며 레드 와인을 홀짝인 다음 메뉴판을 들여다보고 있는 그때, 가족 단위의 관광객이 그 옆을 지나갔다. 시간이 늦어서인지 피곤해 보이는 어린 소녀의 눈에 그가 띄었다. 소녀는 가던 길을 멈추고는 궁금하다는 듯 대놓고 그를 쳐다봤다.

"엄마!" 아이는 까랑까랑한 소리로 엄마를 불렀고, 그 소리는 광장에 울려 퍼졌다. "저 아저씨 좀 봐 봐! 저 아저씨는 왜 이상하게 생겼어?"

소녀의 엄마는 아이의 무례함을 질책하기는커녕 에크만에게 사과도 하지 않았다. 겨우 한다는 말은 이게 전부였다. "꾸물거리지 말고 빨리 오렴. 벌써 밤이 늦었단다." 그러고는 서둘러 아이를 끌고 갔다.

웨이터는 주문을 받기 위해 에크만에게 다가갔다. 그는 아무렇지 않은 얼굴을 했지만, 에크만은 그가 방금 전 소녀가 한 그 말을 들었단 걸 알 수 있었다.

"주문하시겠어요?"

에크만은 메뉴판 너머로 아이가 떠난 광장 맞은편을 쳐다봤다. 그는 자신이 완전한 타인을, 그것도 순진무구한 아이를 이 정도로 증오할 수 있을 거라 생각하지 못했다. 하지만 그는 그 아이를 증오했다. 기꺼이 죽일 수도 있을 만큼.

웨이터는 목청을 가다듬고는 다시 물었다.

"주문하시겠어요?"

에크만은 주문을 했다.

"와인도 주세요." 그가 말했다.

"잔으로 드릴까요?" 웨이터가 물었다.

"병으로 주세요." 에크만은 대답했다.

웨이터는 무슨 할 말이라도 있는 듯 우물쭈물했다. 마치 상대가 원치도 않는 위로라도 건네려는 듯했다. 하지만 그런 의도가 있었더라도 결국 그는 마음을 바꿔 먹었다.

"네, 알겠습니다." 웨이터는 말했다. "곧바로 갖다드릴게요."

그러고는 와인을 가지러 갔다.

"어쩌면 반병이 좋겠네요." 에크만은 웨이터를 향해 외쳤다.

웨이터는 알겠다는 의미로 보일락 말락 고개를 끄덕였다.

에크만

마을의 주요 관광지인 로만 배스는 2천 년 전에 지어진 목욕탕으로, 그 안에서는 뜨거운 온천수가 끓어올랐다. 오래된 건물이긴 했지만 여전히 세련되기 그지없었다.

가 볼 만한 박물관으로는 어린이 장난감 박물관, 계급이 나뉘어 있던 시대의 옷감과 직물 그리고 귀족과 평민의 의상이 어둑한 전시실 유리 안에 보존되어 있는 의복 박물관이 있다.

교회나 수도원, 예배당도 빠트릴 수 없는 관광지였다. 유적지 구경에 흥미가 떨어졌다면 구시가지 시장을 방문하거나 앤티크 숍, 카페, 웨스트엔드로 진출하고 싶어 하는 오래된 영화배우나 잊힌 드라마 배우들이 열연을 펼치는 극장을 구경해도 좋다.

한편, 세련된 고급 갤러리는 안내 데스크에 앉은 백조 같은 여성들은 갤러리 내부에 전시된 작품들을 구경하고 가라며 우아하게 환영의 손짓을 한다. 하지만 사실 그 여성들은 관광객들이 (겉모습만 보고 판단을 한다면) 작품을 구매할 능력이 있을 거라 생각지 않는다.

저렴한 작품을 전시하는 갤러리도 있었다. 이곳에는 펜과 잉크로 그린 그림, 실크 스크린, 지역의 풍경이나 건물을 수채화로 그린 작품들이 걸려 있었다. 대다수는 전형적인 기념품용 그림이었고, 수준도 적당했다. 일부 그림들은 엽서로 제작되어 있기도 했다.

그리고 에크만의 갤러리처럼 다른 갤러리와는 사뭇 다른 곳도 있다. 사실 독특하다고 하는 게 더 맞는 표현일 것이다. 에크만의 갤러리가 다른 갤러리들과 다른 점은 크게 세 가지로 꼽을 수 있다.

첫 번째로 에크만의 갤러리에는 살 수 있는 게 아무것도 없다. 두 번째로 작품 수가 많지 않으며, 마지막으로 돈을 내야만 입장이 가능했다.

작품을 사지 않아도 되고 전시 규모가 작은 데다 돈을 내야만 입장이 가능하다니, 그 누가 안 들어가고 버틸 수 있을까? 에크만의 갤러리는 여름 내내 관람객으로 북적거렸다.

갤러리 입구는 길거리와 접하고 있었고, 입구에는 작은 티켓 부스와 계산대 그리고 판매용 기념품 몇 개가 놓여 있었다.

벽에는 그림 한두 점이 걸려 있었다. 보통 에크만이 직접 구입한 지역 화가들의 작품이었다. 그리고 두 개의 작은 기둥 사이에 빨간색 실크 끈에 화살표를 매달아 걸어 두어서 관람객들이 주물로 된 나선형 계단을 따라 본 전시실로 이동할 수 있도록 안내하는 역할을 했다.

예술가가 자신의 작품을 전시하기 위해 직접 갤러리를 운영하는 일은 드문 일이었다. 어떻게 보면 자만이었고, 또 어찌 생각하면 절박함이었을지도 모른다. 자신의 작품을 전시해 주는 곳이 없어 본인이 직접 갤러리를 열어야 한다면 말이다. 하지만 에크만의 경우는 그렇지 않았다.

에크만은 보헤미안 스타일의 예술가가 아니었다. 그의 눈에는 예술가들의 전형적인 경제적 무능력이 진부한 로맨스로 비칠 뿐이었다. 대중은 가난한 예술가를 좋아했고, 그들이 다락방 같은 곳에서 늘 거나하게 취한 채 방탕한 삶을 사는 모습을 보고 싶어 했다. 즉, 그들이 자신들의 환상처럼 살아 주길, 영화에 그려진 예술가의 모습처럼 살아 주길 원했다.

하지만 에크만에게는 그런 대중의 환상을 충족시켜 줄 시간이 없었다.

학창 시절부터 그는 예술가들이 중개인이나 갤러리 오너에 의존하려는 행태는 기본적으로 자신감 결여와 타인으로부터 확인을 받고자 하는 마음 때문이라고 생각했다.

예술가들은 때때로 심리적 불안감을 느낀다. 어떤 날엔 자신이 천재라고 생각했다가 바로 그다음 날에는 또 자신의 작품을 아무런 가치 없는 실패작이라고 여기기도 한다. 하늘 높은 줄 모르고 치솟던 자만심이 한순간에 악몽 같은 자기 의심으로 변하는 것이다. 예술 중개상은 예술가들의 이런 불안한 마음을 착취했다. 그리고 갤러리 오너는 예술가에게 대중과의 소통과 명성을 가져다줄 것을 약속하고 그 대가로 그들로부터 거액의 수수료를 갈취한다. 혹은 예술가에게는 일전 한 푼 주지 않고 기한부 위탁 판매로만 작품을 받아 줬다. 갤러리 오너는 그런 식으로 자신의 이익을 극대화하고 손해는 최소화할 수 있었다. 반면 예술가는 카탈로그에 적힌 가격 중 일부만 받는 데에 그치고 만다.

에크만도 젊은 시절에는 여느 젊은 예술가들처럼 갤러리마다 자신의 작품을 돌렸다. 포트폴리오를 선보이면 몇 작품은 갤러리에서 받아 주기도 했다. 하지만 그는 거기에 미래가 없음을 깨닫게 되었다. 그리고 다른 사람에게 의존하지 않기 위해선 직접 사업을 해야 한다고 생각했다.

에크만은 네덜란드 이름이었지만, 그는 억양까지 완벽히 영국인 그 자체였다. 에크만의 할아버지는 암스테르담 출신이었고, 아버지는 영국에 정착해서 영국인인 에크만의 어머니와 결혼을 했다. 아버지는 당신의 부친 이름을 따서 아들에게 에른스트라는 이름을 지어 주었다. 하지만 그런 아들은 아버지에게 항상 실망만 안겨 줄 뿐이었다. 에른스트는 결코 그의 아버지가 원하던 아들의 모습이 아니었다. 그러나 이것도 다 지난 일이었다. 에른스트 에크만의 부모님은 두 분 다 돌아가신 지 오래였고, 그는 혼자였다.

에크만은 공을 들여서 작업했다. 그의 작업에는 막대한 시간과 노력이 필요했고 그만큼 실패율도 높았다. 그는 본인이 만족할 만한 결과물이 나올 때까지 시간과 노력을 아끼지 않았다. 그리고 작품을 판매하지 않았기에 수입도 넉넉지 않았다. 그래서 항상 다음 작품을 만들기도 전에 돈이 떨어졌다.

그는 작품을 팔지 않고도 돈을 벌 수 있는 방법을 생각해 냈다. 그것은 작품을 보러 오는 사람에게 돈을 지불하게 만드는 것이었다.

처음 에크만이 갤러리를 열기 위해 은행에 돈을 빌리러 갔을 때, 소상인 대출 창구에 있던 여직원은 꽤나 의심스러운 눈초리로 그를 대했다.

하긴 작달막하니 이상하게 생긴 남자가 특별한 날에나 입을 법한 회색 정장에 넥타이까지 매고는 초등학생처럼 단정하게 의자 끝에 걸터앉아 있었으니 그럴 만도 했다. 사업 계획서와 만년필까지 챙겨 온 에크만은 자신을 예술가라고 소개했다. 은행 직원은 이런 부류의 사람을 적잖이 많이 봐 왔다. 그들은 대부분 모래 위에 성을 쌓는 것처럼 막연한 계획서를 들고 와서는 초반 사업 비용을 빌리려고 했다.

그러나 이번은 어딘지 달랐다. 작품 포트폴리오도 없었고, 그림이 잔뜩 들어 있는 가죽 폴더도 보이지 않았다. 대신 에크만은 창구에 몸을 기대고 이렇게 물었다. "제 작품 한번 보시겠어요? 굉장히 특별하답니다. 제가 만들었지만 꽤나 독특해요."

여직원은 그의 작품이 보고 싶지 않았다. 하지만 예의상 고개를 끄덕이며 무뚝뚝하게 말했다. "심사에 영향을 미칠 만큼 자신 있다면 보여 주세요." 그녀의 말투로 보아 그의 작품이 대출 심사에 아무런 영향도 끼치지 않을 것이란 걸 알 수 있었다. 그리고 작품을 보고 나면 그녀는 미안해하지 않고 에크만을 내보낼 수 있을 것이다.

하지만 그때 재킷 주머니에서 꺼낸 에크만의 손 위에는… 아무것도 없었다.

아니, 적어도 대단해 보이는 건 없었다. 검정 플라스틱 받침대 위에 세워진 작은 유리 돔이 전부였다. 크기도 크리스마스 풍경이나 눈사람이 들어 있을 법한 그런 조잡한 기념품만 했다. 보통은 그런 유리 돔 속에는 뇌직한 투명 액체가 담겨 있고, 그것을 흔들면 눈꽃송이가 흩어지며 나른하게 떨어졌다.

눈꽃송이가 다 떨어지고 나면 스노볼을 또다시 흔들어 본다. 그렇게 몇 번을 더 흔들다가 지루해지면 선반 한쪽 구석에 처박아 둔다. 그리고 그 존재에 대해 새까맣게 잊어버렸다가 몇 년 후 다시 발견하면 그때는 이미 안에 있는 액체가 새어 나갔거나 메말라 있곤 했다. 그러면 그 스노볼을 집어 들고는 지난날의 회상에 잠긴다.

에크만은 스노볼을 책상 위로 내밀었고, 은행 직원은 자세히 보기 위해 그것을 집어 들었다. 그리고 찬찬히 살폈다. 스노볼 안은 비어 있는 듯 보였다. 딱히 특별한 것도 없었다. 그저 모래알만 깔려 있을 뿐.

에크만은 슬그머니 미소를 지으며 반대편 주머니에서 보석 세공사들이 낄 법한 안경을 꺼냈다. 알이 두툼하고 눈구멍에 곧바로 끼우는 그런 형식의 안경이었다. 그는 은행 직원이 안경을 쓸 수 있도록 책상 위에 올려놨다.

직원은 머뭇거리다가 손을 뻗어 안경을 집었다. 안경알은 마치 조그만 현미경처럼 사물을 확대해서 보여 줬다. 직원은 오른쪽 눈에 안경알을 끼우고 스노볼을 가까이 들여다봤다.

아무것도 보이지 않았다. 그런데 그 순간 직원이 깜짝 놀라며 감탄의 비명을 내질렀다. 있을 수 없는 일이라도 본 듯 말이다. 하지만 그것은 분명 있을 수 있는 일이었다. 그것도 바로 그녀의 눈앞에 있었다. 처음에는 보이지 않았지만, 어느 순간이 되자 선명해졌다. 하지만 정말이지 불가능한 일처럼 보였다.

놀랍게 작은 크기였지만 이건 감격스러울 정도로 완벽한 인도의 타지마할이었다. 모래알 크기의 타지마할.

은행 직원은 책상 맞은편에 앉아 있는 이 요상한 남자를 쳐
다봤다.

"손님이 만드신 거예요?" 그녀는 물었다.

에크만은 고개를 끄덕였다.

"아름다워요." 그녀는 말했다. "정말 아름다워요."

그녀는 다시 한 번 안경알을 낀 채 스노볼을 들여다봤다.

"아니, 아름다운 것 이상이에요. 신비로워요. 그러니까 제 말
은, 어떻게 이런 걸 만들 수 있는 것인지, 어떻게 완성할 수 있었
는지 그 자체가 신비로워요."

에크만은 미소와 함께 고개를 끄덕이며 점잖게 그녀의 찬사
에 감사를 표했다. 그녀는 다시 또 스노볼을 쳐다봤고, 다른 직
원에게까지 그것을 보여 주었다.

"정말이지… 황홀해요." 그녀는 말했다. "이런 건 태어나서 처
음 봤어요. 아니, 이런 작품이라면 돈을 내고서라도 보고 싶을 거
예요. 그렇지 않나요? 그렇죠?"

그렇게 해서 에크만은 대출을 받을 수 있었고, 건물을 빌려서
갤러리를 열었다. 그리고 '불가능의 예술 갤러리'라고 이름 붙였다.

모든 면에서 갤러리와 어울리는 이름이었다.

그해 여름이 점점 짙어 가면서 에크만은 하루 중 특정 시간을
광장에서 보내는 습관이 생겼다. 파피가 발레리나 복장을 하고
얼굴에는 눈물을 그린 채 마리오네트처럼 상자 위에 가만히 서서
누군가 태엽을 감고 상자에 돈을 넣어 주길 기다리는 그 시간에

말이다.

에크만은 그럼에도 불구하고 그녀가 황홀하리만치 아름답고 재능 있다고 생각했다. 돈을 벌기 위해 상자 위에 서 있다고 해서 그녀의 재능이 이류나 삼류쯤 될 거라고 평가하지 않았다. 그녀는 춤에 꽤 재능이 있었다. 그러니까 재능이 부족해서인지 아니면 춤에 대한 포부가 없어서인지는 사실 아무도 모르는 일 아닐까?

예술은 좋든 싫든 경쟁이었다. 그리고 춤의 세계 역시 예외가 아니었다. 무용수에게는 기술뿐만 아니라 정상을 차지하겠다는 지독한 헌신과 의지가 필요했다. 하지만 솔직히 말하자면, 상당한 기술을 갖춘 동시에 엄청난 헌신이 있다 해도 실제 경쟁에 놓이면 중간밖에 되지 않을 때도 있었다.

어쩌면 몹시 고되고 엄격한 삶일 수 있다. 어쩌면 파피는 무용단의 삶에 매력을 느끼지 못한 것일 수도 있다. 무용단에 들어간다 해도 열에 아홉은 누군가의 배경으로 시작해서 배경으로 끝이 날 것이다. 그러다가 나이가 들면 그런 배경마저 어린 무용수들에게 밀릴 테지. 그리고 그녀 역시 자신은 영원히 프리마돈나가 될 수 없단 걸 알고 있었을지도 모른다.

그럴 바엔 차라리 광장의 동상이 되는 편이 나았을지도.

에크만은 광장에 올 때면 한 번도 빠짐없이 그녀가 서 있는 상자에 동전 한두 개를 넣었다. 멈춰서 태엽을 돌리진 않고 돈만 넣었다. 뒤뚱거리며 광장을 가로지르는 그의 등 뒤로 '백조의 호수'나 '사탕 요정의 춤'이 흘러나왔다.

가끔 그는 가다 말고 뒤를 돌아 그녀가 춤을 추는지 흘끔 쳐다봤다. 그때마다 당연히 그녀는 춤을 추고 있었다. 음악상자 위

마리오네트는 회전을 했다. 태엽을 제대로 돌리든 말든 상관없이 말이다. 하지만 에크만은 관광객들과 광장 사람들이 모두 지켜보는 앞에서 복잡한 그 과정을 두 번 다시 할 생각이 없었다.

상자 속에 돈을 넣는 것은 관대함에서 우러나오는 작은 행위에 지나지 않았다. 하지만 태엽을 감기 위해 몸을 숙이고 낑낑거리며 태엽을 감는 것은 어째서인지 수치스럽고 모욕적으로 느껴지기까지 했다. 그리고 확실히 그 모습은 우스꽝스러웠다.

에크만은 이 모든 일련의 절차를 성공적으로 해내기엔 일상연기가 부족했다. 공공장소에서는 거의 모든 사람들이 연기자가된다. 하지만 연기력이 뛰어난 사람도, 반대로 자존감이 부족한사람도 있었다.

에크만은 점점 더 많은 시간을 파피에 대한 생각을 하며 보냈다. 갤러리 매표소에 앉아 있을 때도, 직원과 대화를 할 때도, 혼자 다락 스튜디오에 있을 때도 말이다. 그는 인명록을 보며 그녀의 이름을 찾아봤다. 비슷한 이름은 있었지만 그녀의 이름은없었다.

그는 그녀가 오후에는 아이들을 가르친다는 걸 알고 있었다. 가끔 발레리나 복장이 아닌 화장기 없는 얼굴로 서둘러 발레 학원을 향해 달려가는 모습을 본 적이 있었다. 그곳에서 그녀는 발레리나를 꿈꾸는 열 살짜리 소녀들에게 피루엣(발레에서 한 발을축으로 팽이처럼 도는 춤 동작-옮긴이) 기본 동작을 가르쳤다.

'그게 무슨 낭비람.' 에크만은 이렇게 생각하곤 했다. '낭비야, 낭비.'

사실일지 아닐지 모르지만, 그는 그녀의 삶이 고될 것이라고 짐작했다. 넉넉지 못한 돈벌이에 빚에 허덕이며 집세마저 밀렸을 것이라고 말이다. 그리고 어떤 비극적인 일을 겪으며 그녀의 삶이 지금과 같은 길로 흘러 버린 것이라고 생각했다.

그의 어쭙잖은 추측은 하나부터 열까지 전부 틀렸다. 사실 파피는 자신의 삶에 꽤나 만족했고 원대한 포부란 게 없었다. 게다가 그녀의 가족은 부유하고 넉넉했으므로 언제든 그녀가 힘들면 도움을 줄 수 있는 형편이었다. 그녀는 거리에서 공연하는 걸 좋아했다. 상자 위에서 마리오네트인 척 연기를 하는 걸 즐긴 것이다. 겨울 팬터마임이나 여름 음악제에서 공연을 할 때도 있었다. 하지만 에크만은 극장에 가는 일이 거의 없었다. 그는 관중이 싫었다. 주변에 있는 관중이 언제든 자신을 덮쳐 버릴 것만 같았기 때문이었다.

그리고 파피의 인생에는 비극이랄 것도 없었다. 아직까진 말이다.

에크만은 그렇게 상상 속 비련의 파피에 대한 연민에 사로잡혔고, 자신만이 그녀를 구원할 수 있다는 생각에 빠졌다. 익명으로 후원을 하다가 우연히 자신의 정체를 들킨 후 그녀가 자신에게 고마운 마음을 느끼게 되는 그런 상황 같은 걸 말이다. 그래, 다정하고 관대하고 고귀한 그의 실제 성품을 알게 되면 그녀는 분명 그의 친절함에 고마워할 것이다. 그리고 그 고마운 마음 어딘가에는 애정이 있을 것이고, 언젠가는 그 애정이… 사랑이 싹트리라. 그렇게 사랑이 생긴다면 사랑하는 이의 결함 따위는 더 이상 문제 되지 않을 것이다.

그는 그녀에게 더 많은 돈을 내기로 했다.

물론 몰래 말이다. 처음 시작은 5파운드짜리 지폐였다. 매일 그는 단단하게 접은 5파운드 지폐를 손 안에 꼬옥 쥐고 있다가 상자 구멍에 넣었고, 뒤이어 동전을 넣었다. 그리고 흘러나오는 음악을 뒤로하고 가던 길을 마저 갔다. 발레리나는 회전을 하기 시작했다.

그는 항상 같은 방법으로 돈을 접었다. 같은 사람이 계속 돈을 낸 거란 걸 그녀가 눈치챌 수 있도록 하기 위해서 말이다. 그런데 가끔은 에크만만큼이나 큰돈을 내는 사람들이 몇몇 있었다. 어느 날 에크만은 관광객이 10파운드짜리 지폐를 접어서 상자에 넣는 걸 보았다. 그는 순간적으로 분노에 휩싸였다. 마치 저 낯선 사람이 에크만의 소유물을 훔치거나 에크만을 밀쳐 내고 그의 영역을 차지하기라도 한 것처럼 말이다.

다음 날 그는 더 많은 돈을 내기로 했다. 이번에는 20파운드 지폐를 상자에 넣었다. 이튿날 그리고 그 이튿날에도 그렇게 했다. 그는 금요일에도 20파운드짜리 지폐를 상자에 넣었다.

그날 저녁 에크만이 갤러리 문을 닫으려는데 파피가 갤러리로 찾아왔다.

"에크만 씨?"

그는 그녀를 올려다봤다. 순간 말을 잃었다.

"아, 안녕하세요. 어쩐 일이신가요?"

그녀는 코트 속에서 20파운드 지폐 네 장을 꺼내더니 매표소 테이블 위에 올려놨다.

"마음은 정말 감사하지만 이 돈은 받을 수가 없어요. 죄송해요."

"아니에요, 저는 정말이지…."

"너무 큰돈이에요."

"아니, 괜찮아요…."

"금액이 너무 큰걸요. 저는 이 돈을 받을 수 없어요. 감사하지만 죄송해요. 이걸 받는 건 옳지 못한 것 같아요."

당황한 에크만은 온몸이 뜨거워지는 걸 느껴졌다. 그녀와 실제로 마주하고 나니 환상과는 사뭇 달랐다. 만약, 만약에… 중요한 이야기를 할 수 있다면 좋았을 텐데 말이다. 만약에….

"정말 감사해요. 하지만 받지 못하겠어요. 신경 써 주시는 건 알겠는데 제가… 기분이 썩… 좋지 않아서요."

에크만의 얼굴은 잿빛으로 변했다.

"좋지 않다니요?"

"이상해서요."

"이 돈 때문에 기분이 나쁘셨나요?"

"제 말은, 그러니까 당황스럽다고나 할까요."

"제가 낸 돈 때문인가요? 아니면 모든 사람의 돈이 다 그런가요?"

"관광객들은 달라요. 저는 그들에게 관광 상품인 셈이니까요. 하지만 에크만 씨는… 우리는… 매일 보는 사이잖아요. 이게 맞는 표현인지 모르겠지만 우리는… 비슷한 부류잖아요."

"비슷한 부류?"

생각지도 못한 답이었다. 그들이 같은 부류라니.

"네, 그러니까 제 말은, 우리 둘 다 관광객들을 대상으로 돈을 벌잖아요. 서로를 상대로 버는 게 아니라요. 제 말 이해하시겠어요?"

"물론이죠. 하지만 또 같은 이유로 예술가들은… 서로서로 돕고…."

"그 마음은 감사하지만 정말로 괜찮아요. 저도 먹고살 수 있을 정도는 벌거든요. 제가 직접 벌었다는 성취감을 느끼고 싶어요. 그런데 이건… 적선처럼 느껴져요."

"적선?"

그건 부정할 수 없는 사실이었다. 혹은 그 이상이었다. 어쩌면 후원이랄까. 그건 분명 암묵적으로 대가를 바라고 주는 선물이었다.

그는 테이블 위에 있는 돈을 집었다.

"그렇게 생각한다면…."

그는 지폐를 지갑 속에 넣었다.

"마음은 감사합니다. 하지만 전 정말 괜찮아요. 이제 그만 가 볼게요. 안녕히 계세요."

"저기, 혹시 제 전시 보신 적 있으신가요?"

하지만 이미 그녀는 문을 열고 가 버린 뒤였다.

그 일이 있고 한참 뒤 겨울이 되어서야 그는 그녀에게 갤러리에서 일해 보는 건 어떠냐는 제안을 해 보기로 했다. 그때 그녀는 이미 그가 준 돈에 대해서는 다 잊은 듯했다. 수도원 광장에서 동상처럼 서서 공연을 하기에 밖은 너무나 춥고 습했다. 마침 그때 발레 학원 일도 거의 없다시피 했으므로 그녀는 달갑게 그의 제안을 받아들였다. 어차피 일주일에 며칠, 하루에 네다섯 시간만 일하면 됐고, 팬터마임 공연와 다음 공연이 있기 전까지 생활비를 벌 수 있게 되었으니 그녀로서도 잘된 일이긴 했다.

그녀는 자신이 에크만을 돕는 것이라고 생각했다. 그가 조각 작업에 더 몰두할 수 있게 시간을 벌어 주는 것이라고 말이다. 하지만 그녀가 아니더라도 채용할 사람이 많다는 건 미처 생각하지 못한 듯했다. 그녀는 전에 있던 직원에게 무슨 일이 있었고, 왜 그만뒀는지 그에게 물어볼 생각조차 못 했다.

진실은 에크만이 전에 있던 직원을 해고했다는 것이었다. 그는 성수기가 끝나 가는 시점이라 매출이 떨어져서 직원이 필요하지 않다는 말과 함께 돈을 조금 주고 직원을 내보냈다.

파피는 에크만이 자신을 채용하기 위해 원래 있던 직원까지 해고했으리라고는 상상도 하지 못했을 것이다. 자신을 그의 지붕 아래 두기 위해서 그런 일을 벌였을 것이란 사실을 말이다.

전시

천천히 바늘귀를 통과하려는 낙타가 멈춰 있고, 소년은 그 모습을 골똘히 쳐다봤다. 아이의 입은 슬며시 벌어졌다. 어딘가 모자라서가 아니라 순수한 감탄이었다.

성경에 따르면 소년이 보는 것은 불가능한 것이었다. 아니, 적어도 있을 수 없는 것이었다.

"낙타가 바늘귀로 들어가는 게 부자가 하나님의 나라에 들어가는 것보다 쉽다."라고 예수는 말했다.

부자들에게는 좋은 소식이었다. 에크만이 기회를 균등하게 만들어 줬으니 말이다.

"마음에 드니, 크리스토퍼?"

그는 소년이 작품을 마음에 들어 한다는 걸 이미 알고 있었다. 단지 크리스토퍼의 열렬한 찬사를 온몸으로 느끼고 싶었던 것뿐이다. 어른들이 그 정도로 칭찬하는 일은 거의 없으니까.

크리스토퍼는 넋을 놓은 채 작품을 바라봤고, 경이로운 마음을 숨기지 않았다. 어린 그의 마음에는 질투 혹은 그와 비슷한 그 어떤 것도 존재하지 않았다. 아이는 에크만이 이 놀라운 작품을 만들었다는 사실조차 잊은 듯했다. 마치 원래부터 존재했던 것인 듯 말이다. 에크만과 아이는 함께 작품을 보며 감탄했다.

"어떻게 만드신 거예요, 에크만 아저씨? 도대체 어떻게 하신 거예요?"

"아핫!"

아핫. 다들 그렇게 말했다. 상술이었다. 사실 에크만 본인도 그것을 어떻게 만든 것인지 알지 못했다. 그저 자신이 할 수 있다는 걸 알 뿐이었고, 그게 전부였다.

어릴 적 작고 뚱뚱했던 에크만은 외톨이였다. 그래서 그는 홀로 뒷마당에 앉아 개미들을 위한 놀이 기구와 가구를 만들기 시작했다. 그네며 미끄럼틀, 정원 테이블 그리고 개미들은 결코 앉거나 쓰지 못할 의자와 수저 같은 것들이었다. 그렇게 어린 에크만은 만들고 또 만들고 만들어 댔다. 개미들은 그가 만든 가구들 위를 아무 생각 없이 넘나들었다. 개미들에게는 그저 한낱 장애물일 뿐이었다. 그러던 어느 날 비가 왔다. 정교하게 조각한 미니어처 기구들이 비에 젖었고, 시간이 갈수록 형태가 망가졌다. 하지만 에크만은 그 기구들을 밖에 그대로 두었다. 작품이 망가지는 것은 직업적으로 감수해야 할 위험이었고, 그에게는 또 다른 작품들을 조각할 이유이기도 했다.

이렇게 작은 미니어처를 세심하게 조각해 내는 재능을 누구로부터 물려받은 건지 그조차도 알 수 없었다. 그의 재능은 마치 다른 새의 둥지에 놓인 뻐꾸기처럼 그에게 찾아왔다. 어쩌면 이건 그의 진정한 재능이 아닐지도 모른다. 어쩌면 그는 잠시 재능을 간직하고 있을 뿐이고, 훗날 누군가 나타나서 그 재능이 자신의 것이었다고 주장할지도 모르는 일이었다.

에크만의 아버지는 사업가였고, 어머니는 임부복을 파는 작은 가게를 운영했다. 어머니는 늘 세심하지 못하고 끊임없이 바람을 피웠던 아버지가 실망스러웠고, 아버지는 또 다른 이유로 어머니가 실망스러웠다. 그리고 에른스트는 두 사람 모두에게 실망이었다. 작고 뚱뚱하고 느렸다는 이유로. 부모님에게 자식은 에른스트 하나였지만, 사실 두 사람은 더 많은 아이를 낳고 싶어 했고, 무엇보다 딸을 원했다. 그들이 볼 때 에크만이 지닌 예술적 재능은 별나고 쓸데없는 것일 뿐이었다. 그것은 진정한 예술이라기보다 그저 기괴한 사람이 만든 기괴한 쇼에 지나지 않았다. 보이지도 않는 걸 가지고 자랑을 할 수도 없지 않은가?

그는 자투리 나뭇조각으로 개미용 놀이 기구를 조각했다. 테이블 윗면은 대팻밥이었고, 테이블 다리는 쪼갠 성냥이었다. 에크만은 절대로 풀을 사용하지 않았다. 연결 부위도 모두 조각해서 끼우는 방식을 택했다. 이 작업은 조각이자 목공이었고, 예술이자 공예였다.

그는 핀과 펜나이프를 사용했다. 그는 시력이 놀라울 정도로 좋았으므로 맨눈으로 작업을 했다. 하지만 시간이 흐르고 조각의 크기가 점점 더 작아지면서 그는 스탠드형 확대경을 사용하기 시작했다. 마크라메(실이나 끈 따위로 매듭을 지어 여러 가지 무늬를 만드는 수예의 하나-옮긴이) 공예나 원고 삽화 작업을 할 때 쓰는 것 같았다. 그리고 나중에는 보석 세공사들이 쓰는 안경을 썼고, 마침내 현미경을 사용하기에 이르렀다.

지금도 그의 스튜디오 작업실에는 크고 작은 현미경들이 있는데, 오래된 것부터 새로 산 것까지 종류도 무척 다양했다. 컴퓨터 화면에 연결된 것도 있었고, 칙칙하고 윤기 하나 없는 놋으로 만들어진 백 년도 더 돼 보이는 것도 있었다. 한눈에 봐도 꽤 무겁고 튼튼하단 걸 알 수 있었다.

에크만은 일을 할 때면 몇 시간이고 눈을 깜빡이지 않았다. 그래서 작업을 마치고 나면 눈이 벌겋게 충혈돼서 화끈거렸고, 눈에 들어간 이물질을 닦아 내야 했다.

사용하는 렌즈가 두꺼워질수록 조각 도구들은 더욱 작아졌다. 그는 부서진 유리 조각을 핀 머리에 풀로 붙여 끌로 사용했다. 에크만이 조각하는 재료는 매우 다양했다. 목재, 금속, 유리, 왁스, 설탕. 그의 대표적인 작품으로는 이집트의 피라미드가 있었다. 이건 모래알에 조각한 것이다. 그리고 연필심 끝에 조각한 엠파이어 스테이트 빌딩도 있는데, 빌딩 옆에는 손으로 여자를 움켜쥔 세상에서 가장 작은 킹콩이 있었다.

에크만은 어두운 저녁, 무거운 침묵 속에서 작업을 했다. 아니면 갤러리를 벗어나 몇 주 동안 저 멀리 자동차도 다니지 않는 조용한 섬으로 떠나기도 했다.

그의 작품은 미세한 떨림만으로도 망가질 수 있었다. 대형 트럭이 지나갈 때 건물이 흔들리거나 기차 바퀴로부터 전달되는 미진 등으로 인해서 말이다. 아주 작은 실수 한 번으로도 한 달간 진행해 온 작업을 망칠 수 있었다. 그는 심장 박동 사이사이 조각을 했다. 조각할 수 있는 시간은 바로 그때뿐이었다. 만약 아무 때나 수도 없이 조각을 하려 했다면 손이 미세하게 떨렸을 테고, 그러면 모든 걸 잃었을 것이다.

그런 그도 때로는 실수를 했다. 조각은 아주 짧은 찰나에만 할 수 있는데 가끔은 시간을 잘못 측정해서 작품의 팔이 잘리거나, 이미 잡아 놓은 대칭이 흐트러지거나, 아름다운 얼굴이 못생기게 변하기도 했다.

그는 어깨를 벽에 기댄 채 서서 작업을 했다. 높은 책상 위에는 현미경과 조각 도구 세트가 나와 있었다. 한번 작업에 몰두하면 시간이 가는 줄도 모르고 밤새 그 자리에 서서 작업을 할 수도 있었다. 몇 시간 동안 겨우 두 번밖에 깎지 못할 때도 있다. 하지만 제대로 깎아 낼 수만 있다면 시간이 오래 걸리는 게 무슨 상관일까?

에크만이 낙타를 완성하기까지는 꼬박 삼 개월이 걸렸다. 그 과정에서 낙타 두 마리가 망가졌다. 한 마리는 등의 혹이 떨어졌고, 다른 한 마리는 잃어버렸다.

조각을 하기 위해 현미경에 몸을 기댈 때는 숨을 잠시 참아야 한다는 걸 깜빡 잊은 것이었다. 그의 코에서 뿜어져 나온 바람은 현미경 슬라이드 위에 있던 낙타를 훅 하고 바닥으로 떨어트렸다. 지나치게 작고 가벼운 나머지 그의 콧바람에 먼지와 함께 날아가 버린 것이었다. 그런데 그 수많은 먼지들 중 도대체 어떤 게 낙타일까? 그리고 어디에 떨어졌을까? 먼지라면 방 어느 곳으로든 떨어질 수 있었다. 꽃밭을 굴러다니는 꽃가루처럼 말이다. 물론, 그의 콧바람 때문이 아닐 수도 있다. 어쩌면 순간적으로 정전기가 일어서 낙타가 슬라이드 밖으로 떨어진 걸지도 모른다.

그는 확대경을 들고 낙타 조각을 찾아 바닥을 헤매고 다녔다. 몇 주 동안 작업한 게 이렇게 허무하게 사라지다니. 그는 한

뺌씩 방 전체를 샅샅이 훑었다. 누군가 소리 없이 웃으며 무릎을 꿇은 채 확대경으로 바닥을 뚫어져라 쳐다보는 자신을 보고 뭐 하냐고 묻는다면 어떻게 대답할지를 생각했다.

"낙타를 찾고 있어요."

하지만 결국 찾지 못했다. 직업상 감수해야 할 위험이었다. 그는 그 주 내내 스튜디오 안으로 청소부가 들어오지 못하게 했다. 원래도 그는 작업물을 안전하게 유리 돔 안에 넣기 전까지는 청소부를 들이지 않았다. 청소부는 그새 스튜디오 안에 먼지가 쌓였을까 봐 전전긍긍이었다. 반면 에크만은 먼지만 보이면 체에 거르듯 그것을 꼼꼼히 살펴봤다. 하늘을 수놓은 별들을 관찰하던 에크만은 지금은 방바닥에 별처럼 펼쳐진 먼지를 쳐다보는 처지가 되었다.

하지만 낙타는 발견되지 않았다.

누가 낙타를 훔쳤을까?

"누가 내 낙타를 가져간 거야!" 에크만은 먼지 나라 사람들에게 외쳤다. "누가 내 낙타를 훔쳤냐고? 너희 중 누가 타고 간 거지?"

그렇게 말한 그는 갑자기 어깨를 들썩이며 웃었다. 한밤중에 스튜디오의 적막을 가른 유일한 소리였다. 그는 카펫에 사는 먼지 나라 사람들이 자신의 낙타를 타고 다니는 걸 생각하며 웃다가 울었다. 그는 만약 하늘에서 뜬금없이 우리 집 정원으로 낙타가 떨어진다면 어떨지 상상했다. 그럼 고개를 들고 하늘을 바라보며 머리를 긁었을 것이다. 낙타가 비처럼 떨어진다면 말이다. 어떻게 낙타가 비처럼 떨어지지? 현미경 슬라이드에서 떨어진 위대한 조각가의 낙타는 어쩌면 그 아래에 사는 먼지 나라의 사람들에게 운석 같은 것이었을지도 모른다.

이런 일들에 대해 같이 이야기할 수 있는 누군가가 있었다면 좋았을 것이다. 그랬다면 이 모든 게 어떻게 시작되었는지 말해 주었을 텐데. 조그맣게 조각한 말을 잃어버려 서럽게 울었던 이야기를 말이다. 그리고 그 말을 자신의 눈물방울 위에서 발견했던 것도.

눈물방울 위에 말이 떠 있다니, 이 얼마나 말도 안 되고 웃긴 이야기인가.

파피라면 분명 이런 우스운 이야기를 좋아해 줬을 것이다. 파피. 그녀가 알았더라면. 만약 다른 사람들이 알았다면. 그게 문제였다. 만약 사람들이 누군가의 겉모습 너머에 존재하는 것을 발견할 수 있었다면 좋았을 것이다. 단순히 눈에 보이는 것뿐만 아니라 그 사람 내면에 있는 것들을, 그 사람이 꿈꾸는 것들을 볼 수 있다면 말이다. 하지만 이건 전부 보이지 않는 것들이었다. 일정 거리 이상 가까이 다가가야만 느낄 수 있다. 마치 조각의 아름다움을 감상하기 위해서는 가까이 다가가야 하듯 말이다. 하지만 가까이 다가가는 걸로는 충분하지 않았다. 확대경이 필요했고, 특별한 방식으로 눈을 떠야 했다. 그리고 옆에서 손을 잡고 도와줄 누군가가 필요했다.

만약 그녀가 조금만 가까이 다가와 준다면 분명 선명히 볼 수 있을 것이다. 렌즈에 눈을 갖다 대고 초점을 제대로 맞춘다면 더 이상 그가 작고 못생겨 보이지 않을 것이다. 그의 내면에 존재하는 예술가, 아름다운 작품을 만드는 조각가, 경이로운 세상을 창조하는 완전히 다른 사람을 발견할 수 있을 것이다.

에크만은 문득 엉뚱한 상상이 떠오르면서 다시금 웃었다. 만약 신이 짧고 뚱뚱하고 못생겼다면 얼마나 재미있을까? 만약 이 세상과 만물의 창조주가 작달막한 키에 빈약한 숱을 가리기 위해 뒷머리를 앞으로 쓸어 넘긴 모습이라고 생각해 본다면 말이다.

하! 그러면 신을 따르는 자들은 과연 어떻게 할까? 예전과 다름없이 신을 믿고 변함없이 일요일에 교회를 갈까?

낙타는 그 후로도 발견되지 않았고, 그는 어쩔 수 없이 다시 만들어야 했다. 몇 주나 더 작업을 해야 했다. 그러기 위해서는 무한한 인내심이 필요했고, 두근거리는 심장 소리 사이로 조각을 해야 했다.

매번 작업을 마치고 나면 그는 진이 빠졌다. 그리고 마침내 조각이 완성되면 그는 하루 혹은 그 이상의 시간을 잠을 자며 보냈다. 마치 먼 외국으로 장기 여행을 갔다가 돌아오면 시차 때문에 감당할 수 없는 피로가 느껴지는 것처럼 말이다.

에크만은 매일, 아니 심지어 매주 일을 하지 않을 때도 있었다. 어떨 때는 갤러리 카운터 너머에 앉아서 관람객들의 질문에 답을 하거나 팸플릿을 나눠 주고, 금전출납기에 돈을 넣는 일을 하는 것만으로도 만족스러워했다.

데스크 위에는 "진심으로 전시에 만족하지 않으시다면 입장료를 환불해 드립니다."라는 안내가 적혀 있었다.

그러나 그는 지금껏 환불을 해 준 적이 없었다. 딱 한 번을 제외하고. 10대 연인들이었는데 내기를 한 것이었다. 하지만 에크만은 분명 그들이 전시를 마음에 들어 하고 작품에 압도되기까지 했다는 걸 알 수 있었다. 여느 관람객들처럼 말이다. 그렇지 않다는 건 불가능했다. 이건 마치 활로 바이올린 줄을 켜는 것과 같은 이치였다. 활을 움직이는데 소리가 나는 게 당연한 일 아닌가? 에크만의 작은 작품들은 활이었고, 바이올린은 관람객들의 심금인 셈이었다.

그는 아직… 만족스럽지 않았다. 조각은 어딘가 부족한 부분이 있었다. 하지만 그건 그가 만들어 낼 수 없는 것이었다. 바로 움직임 말이다. 조각을 움직일 수 있게 할 수만 있다면. 그게 가능하기만 하다면.

낙타를 다시 만들기까지는 삼 주 반이나 걸렸다. 낙타를 완성한 후 에크만은 바늘귀에 낙타를 붙이는 복잡하고 섬세한 작업에 돌입했다.

공간은 문제가 아니었다. 낙타는 바늘에 비하면 훨씬 더 작았기 때문에 낙타 두 마리와 라마를 붙이고도 야크까지 놓을 자리가 있었다.

문제는 바늘귀에 낙타를 어떻게 안전하게 놓느냐 하는 것이었다. 만약 다른 바늘의 끝에 풀을 묻혀 낙타를 들어 올린다면 풀이 굳어서 낙타가 떨어지지 않을 위험이 있었다. 아니면 낙타를 떼어 내려다가 조각 자체가 부서질 수도 있었다.

결국 그는 머리카락을 이용했다. 바늘귀에 풀을 점처럼 찍어 두고는 옷깃에 붙은 머리카락을 떼어 내서 코트 팔에 문질러 정전기를 일으켰다. 그런 다음 머리카락을 현미경 슬라이드 위에 있는 낙타에 갖다 댔다.

그는 낙타가 또다시 달아날까 걱정이 돼 다른 한 손으로는 낙타를 잡을 준비를 했다.

　　머리카락의 전하와 조각의 전하가 반대였으므로 낙타는 슬라이드 위를 미끄러지듯 이동해서 머리카락 끝에 달라붙었다. 마치 철 조각이 자석에 들러붙는 것 같았다.

　　에크만은 왼손으로 바늘 끝을 잡았다. 그는 눈을 깜빡이거나 숨조차 쉬지 않고 현미경을 들여다보며 머리카락을 조심스럽게 움직여 바늘귀 안으로 낙타를 넣었다.

　　젠장!

　　머리카락이 휘어지면서 낙타는 거꾸로 매달린 꼴이 되었다. 낙타의 다리가 아니라 머리가 풀을 묻힌 부분 위에서 대롱거렸다. 이러면 작품이 무슨 꼴이 되겠는가? 거꾸로 매달려 바늘귀를 통과하는 낙타?

　　그는 낙타 조각이 떨어지지 않기만을 바라며 천천히 머리카락을 다시 폈다.

　　다행히 낙타는 떨어지지 않았다.

　　그는 낙타를 똑바로 세운 다음 얕은 풀 웅덩이 위에 낙타의 다리를 올려놓았다. 현미경으로 들여다보니 풀이 마르고 있는 게 보였다. 그는 아주 천천히 그리고 길게 다섯까지 셌다. 그런 후 머리카락을 잡아당겼다.

　　처음에는 낙타가 머리카락에 딸려 와서 한쪽으로 치우치고 말았다. 마치 풀 속에서 뻗어 나온 것처럼 보였다. 그러나 마침내 결국 머리카락은 낙타와 분리되었고, 낙타는 잠시 흔들거리다가 똑바로 서게 되었다.

에크만은 무슨 이유에서인지 그 머리카락을 다시 자신의 머리에 붙였다. 머리카락을 단 한 올도 잃을 수 없다는 강한 의지를 표현하듯. 마치 그렇게 하면 머리카락이 다시 붙기라도 할 것처럼 말이다.

그리고 마침내 '바늘귀' 작품이 완성되었다. 에크만 갤러리의 새 작품이었다. 불가능의 예술 갤러리. 진심으로 전시에 만족하지 않으신다면 입장료를 환불해 드립니다. (하지만 다들 진심으로 만족해했다. 모두 다.)

"에크만 아저씨, 한 번만 더 봐도 될까요?"

"그럼, 크리스토퍼. 또 봐도 된단다."

그는 소년이 현미경을 들여다볼 수 있도록 살짝 비켜섰다. 소년이 현미경을 들여다볼 때, 에크만은 소년을 바라봤다. 그는 소년의 삶이 부러웠다. 그는 이런 아들을 두고 발레리나와 사귀는 소년의 아빠가 부러웠다. 에크만은 발레리나가 저녁 시간의 반을 저들과 보낸다는 걸 알고 있었다. 그리고 언젠가 그녀는 저 소년의 아빠와 결혼을 할 것이라는 것 또한 말이다. 만약 결혼이란 게 저들에게 있어 지나치게 관습적인 제도라면 둘은 같이 살기라도 할 것이다. 그러면 크리스토퍼에게는 형제나 자매 혹은 그 둘 다 생기게 될 것이고, 이들은 함께 나이가 들 것이며, 특별히 이룬 것은 없지만 행복할 것이다.

그들은 그들과 비슷한 사람들처럼 그렇게 살아갈 것이다. 평범한 초상화 화가, 수도원 광장에서 동상처럼 선 채 춤을 추는 발레리나였으니. 시간이 흘러 이들의 젊음이 사라지면 광장을 지나던 관광객이 여전히 동전을 기다리며 서 있는 동상을 보며 옆에 있는 친구에게 이런 말을 할 것이다. "이런 일을 하기엔 좀 늙은 것 같지 않아?"

그리고 그다음은? 화장으로 주름이나 겨우 가릴 수 있을 때가 되면 말이다. 소년의 아버지는 어떻게 될까? 그는 어쩌지? 추위가 뼛속까지 파고드는 나이가 되면? 광장에 나와 오래 앉아 있을 수 없게 되면? 관광객들이 보다 젊고 밝은 화가들에게 초상화를 그려 달라고 하는 날이 온다면 말이다. 그동안 해 왔던 예술이 점점 단조롭고 고되게 느껴지면 그때는 어떻게 할까?

"에크만 아저씨, 갤러리에 들어가서 구경해도 돼요?"

"안에는 새로운 게 없단다, 크리스토퍼. 이게 유일한 새 작품이야."

"봤던 거지만 또 보고 싶어서요."

크리스토퍼는 에크만의 작품에 매번 감탄했다. 에크만이 앞장섰다. 둘은 스튜디오를 나와 아래층 갤러리로 향했다. 갤러리는 텅 비어 있었다. 문에 걸려 있는 표지판은 닫힘이라고 적힌 쪽이 길거리를 향해 있었다. 크리스토퍼는 학교가 끝나고 집에 가는 길마다 갤러리에 들르는 습관이 생겼다. 관람객이 많은 여름에 찾아가는 것보다는 낫다고 소년은 생각했다. 그때는 자신이 방해가 됐을 테니까. 하지만 겨울은 달랐다.

갤러리 벽과 천장은 까맣게 칠해져 있었고, 기다란 형광등 몇 개만이 어둑하게 빛을 내고 있었다. 마치 영화관에 들어갈 때처럼 갤러리에서도 어둠에 눈이 익숙해지기까지는 몇 초의 시간이 필요했다.

갤러리는 두 개의 방으로 나뉘어 있다. 하나는 크고 다른 하나는 작았는데, 관람객은 하나의 방으로 들어가면 다른 방으로 나오게 된다. 벽에는 안내판이 붙어 있었고 잔잔한 음악이 흘러나왔다. 하지만 사진은 전혀 없었다.

전시실 주변에는 유리 돔 시리즈가 가슴 높이까지 오는 기둥에 고정되어 있었다. 돔 안에 든 물체의 크기에 따라 각각의 돔에는 확대경이나 실험실 현미경이 놓여 있었다. 기둥 옆에는 아이들이 서서 볼 수 있도록 조그맣게 계단이 마련되어 있었다. 어른이 안아 주지 않아도 독립적으로 전시를 볼 수 있도록 한 것이다.

작게 붙은 작품명이 돔 안에 있는 물체에 대해 간략히 설명해 주고 있었다. 작품명은 영어, 스페인어, 프랑스어, 독일어, 일본어 이렇게 다섯 개의 언어로 되어 있었다.

"에크만 아저씨, 이것 보세요! 여기요!"

에크만은 미소를 지었다. 그는 볼 필요가 없었다. 뭐 하러 보겠는가? 자신이 직접 만든 작품이 아니던가? 그는 작품의 모든 부분에 대해 전부 다 기억하고 있었다.

하지만 그는 어찌 되었건 소년이 가리킨 곳을 쳐다봤다. 소년은 옆에 서서 그가 볼 수 있도록 했다.

"아저씨, 보이죠? 보이죠?"

그는 어쩔 수 없이 미소를 지었다. "그래, 보고 있단다. 보고 있어."

나뭇잎 조각에 앉아 있는 메뚜기가 작은 기타를 연주하며 하늘 위에 떠 있는 별을 향해 노래하고 있었다. 크리스토퍼는 이미 다음 작품을 보고 있다.

"이것도 보세요, 아저씨!"

그 작품은 정말이지 대단했다. 설탕 알갱이로 조각한 빙하 위에서 아이보리빛 상아가 달린 바다코끼리가 햇볕을 쬐고 있었고, 그 옆에는 웨이터처럼 검정색과 흰색의 야회복을 단정하게 차려입은 펭귄이 있었다.

그러나 이 모든 건 현미경으로만 볼 수 있었다. 맨눈으로는 유리 돔 안에 아무것도 없는 것처럼 보였으니까. 이 갤러리에 있는 모든 전시물은 마치 사기 같았다. 그저 모양도 없고 가치도 없는 불투명한 알갱이들뿐이었으니 말이다.

"아저씨, 저거 보이죠?"

보이냐고? 이걸 만든 건 다름 아닌 그였다.

옆에 있는 또 다른 유리 돔 아래에는 물이 든 골무 가장자리에 하마 떼가 볕을 쬐고 있었다. 진짜 골무는 아니었는데, 엄지공주가 쓸 법한 세상에서 가장 작은 골무였다.

하지만 머리카락 사이로 이 잡듯 세세하게 살펴볼 필요는 없다….

머리카락 이야기를 하다 보니 생각나는 작품이 하나 더 있다. 축구공 같은 단단한 근육을 가진 한 남자가 표범 무늬 옷을 입고 양쪽으로 갈라진 머리카락 끝을 붙잡고 있는 작품이다. 이 남자는 세상에서 힘이 가장 힘이 센 사람이다. 만약 이 남자가 우리 옷소매 위에 떨어져도 우리는 털어 내지 못할 것이다. 왜냐하면 그 남자가 거기에 있다는 것조차 알아차리지 못할 테니. 남자는 먼지만큼이나 작았다.

둘은 계속해서 전시실 안에 있는 작품들을 구경했다. 전시실에는 서른다섯 개에서 마흔 개 정도의 작품이 있었다. 소년은 서둘러 다음 작품을 구경했고, 에크만은 그 뒤를 따라갔다. 소년은 신이 났고, 에크만도 살짝 들떠 있었다. 둘은 상호보완적 관계였다. 그들이 이번에 보고 있는 작품은 믿을 수 없을 정도로 훌륭했다. 꽃잎으로 만든 궁전과 성곽이었다. 또 연필심에 조각한 그랜드캐니언, 성냥 머리에 조각한 대성당도 있었다. 이처럼 유명한 건물이나 예술 작품이 이쑤시개에 조각되어 있거나 비누에 새겨져 있었다. 이 작품들은 예술이면서 동시에 예술이 아니었다. 단지 조각의 훌륭함 때문만은 아니었다. 이런 걸 만들 수 있다는 것 자체가 놀라움이었다.

완두콩에 여행을 떠날 준비를 하는 부엉이와 고양이가 조각되어 있었고, 근처에 있는 바늘 위에는 코에 고리를 건 새끼 돼지가 이들을 지켜보고 있는 작품도 있었다.

어떤 작품에는 지속적으로 조명이 비춰지고 있었다. 하지만 에크만은 이렇게 지속적으로 조명을 비췄을 경우, 만에 하나 따를 수 있는 부정적 효과에 대해 걱정이 되었다. 그래서 일부 작품에는 타이머를 설치해서 30초 동안만 조명이 비추도록 했다.

크리스토퍼는 다음 작품으로 이동했다. 버튼을 누르기도 하고, 가끔은 버튼을 누른 채 가만히 있기도 했다.

"크리스토퍼…."

수도원의 시계 종이 울렸다.

"내 생각엔 이제 집에 갈 시간이 된 것 같구나."

"1분만 더요. 제발 1분만 더."

에크만은 기다렸다. 그는 소년의 아빠가 찾아와 자신을 어떤 이유로든 의심하길 원치 않았다. 하지만 지금껏 그런 일은 전혀 없었다. 단 한 번도.

"파피는 어디에 있어요?"

크리스토퍼는 피사의 사탑 조각을 보며 물었다.

"파피?"

"여기서 일하지 않아요?" 크리스토가 물었다. "여기서 일한다고 아빠가 그랬던 것 같은데."

"가끔 와서 한나절씩 일한단다. 오늘은 사람이 별로 없어서 일찍 퇴근하라고 했지." 에크만이 설명해 줬다.

"요즘 같은 날씨에 밖에서 동상처럼 서 있으려면 너무 추울 것 같아요."

에크만은 고개를 끄덕였다.

소년은 이번엔 코끼리 조각 앞에 서서 코부터 꼬리까지 자세히 살펴봤다. 코끼리는 대초원을 가로지르고 있었다.

"에크만 아저씨는 파피를 좋아해요?"

"좋은 사람이지."

"아빠는 파피를 좋아해요."

"그렇구나."

"가끔은 저희랑 지내기도 해요."

"그래."

그는 엄지손톱 크기만 한 공간에 늘어선 만리장성에서 눈을 떼지 않았다.

"저도 좋아해요."

"다들 그녀를 좋아하는 것 같구나."

"파피는 제정신이 아니에요."

"왜 그렇게 생각하니?"

"동상이잖아요."

"그렇구나."

"동상이 되려면 정상이 아니어야 하거든요."

"살아 있는 동상이잖아."

"대부분의 사람들은 사는 동안 동상으로 지내지 않잖아요."

"그렇지."

"그러면 특이한 거네요. 제정신이 아니라 독특한 거예요."

크리스토퍼는 에펠탑을 한참 동안 쳐다보며 생각에 잠겼다. 철 기둥 하나하나가 실제 에펠탑의 그것과 똑같았다.

"에크만 아저씨, 왜 제가 아는 사람들 중에 정상적인 사람은 없는 걸까요?"

그는 웃었다. "정상적인 사람?"

"학교에는 정상적인 사람들만 있는데, 저랑 예술가 아빠 그리고 살아 있는 동상인 파피까지 제가 아는 사람들은 다 정상이 아니에요."

"그렇다면 정상적인 게 뭐라고 생각하니?"

"모르겠어요."

소년은 타지마할을 구경하기 위해 멈춰 섰다가 잠시 후 에베레스트를 구경하기 위해 이동했다. 에베레스트에는 마스크와 산소통을 맨 한 무리의 등산가들이 정상을 향해 다가가고 있었다.

"아저씨… 아빠하고 파피가 결혼을 할까요?"

극심한 고통이 몰려왔다. 질투보다는 슬픔이었다.

"나야 모르지. 그건 왜 물어보는 거니?"

"모르겠어요. 그냥 궁금해서요."

크리스토퍼는 팔을 뻗어서 시스티나 성당에 조명을 비췄다.

"아저씨?"

"응?"

"우리 엄마가 왜 떠났을 거라 생각해요? 절 사랑하지 않았던 걸까요?"

에크만은 자신이 숨을 참고 있다는 걸 깨달았다. 마치 심장이 두근대는 사이로 조각을 할 때처럼, 자신의 사소한 실수 한마디로 그 작은 소년에게 이루 말할 수 없는 상처를 줄까 봐 두려웠던 것이다.

"엄마는 크리스토퍼를 사랑했을 거야. 아주 많이."

"그런데 왜 떠난 거죠? 왜 사람들은 떠나는 거예요?"

"가끔은… 함께 있을 때 행복하지 않은 사람들도 있단다. 그건 누구의 탓도 아니고, 그냥 그럴 때가 있어."

"하지만 저는 행복했는걸요."

"그래, 그랬겠지."

"만약 엄마가 행복하지 않았더라도 나를 위해 함께 있어 줄 순 없었던 걸까요?"

시스티나 성당을 비추던 조명이 꺼졌다. 밖에서 들리던 수도원 종소리가 멈췄다.

"그건 네 아버지에게 물어봐야 할 문제 같구나, 크리스토퍼."

"물어봤어요. 하지만 대답을 피했어요."

"언젠가 기회가 되면 아버지가 설명해 주실 거란다."

"사람들은 어린아이한테는 말을 잘 안 해 줘요. 이해하지 못할 거라면서요. 그런데 그렇지 않아요. 아이가 이해할까 봐 그리고 기분이 상할까 봐 겁이 나서 말해 주지 않는 거잖아요. 결국 어른들은 자신들을 보호하려고 그러는 거예요. 문제를 피하고 싶으니까."

"어쩌면 네 말이 맞을지도 모르겠구나."

"제 생각일 뿐이에요."

"넌 참 똑똑한 아이야."

"적어도 정상인 것 같긴 해요. 안 그래요?"

"그래, 맞아."

"아저씨도 정상이에요?"

"아니." 그는 미소를 지었다. "나는 미치광이 예술가인걸."

"그리고 과학자이기도 하죠."

"그건 취미지."

"저는 미래에 과학자가 될 거예요. 미치광이 과학자 말고 정상적인 과학자요."

"예술가가 아니라?"

"네, 예술가는 늘 춥고 가난하잖아요. 아저씨는 돈이 있지만 대부분의 예술가들은 없어요. 저희 아빠도 마찬가지고요. 망원경 봐도 돼요? 스튜디오에 올라가서 렌즈랑 다른 것들도 구경해도 돼요?"

"지금은 안 돼. 집에 가야지, 크리스토퍼. 아버지가 걱정하실 거야."

"에크만 아저씨, 낙타는 어디에 넣을 거예요?"

"바로 여기에 넣을 거란다. 이것만 보고 가야 한다."

"아저씨는 앞으로 더 큰 갤러리가 필요할 것 같아요?"

"어쩌면. 아닐 수도 있고. 작품들이야 옮기면 되니까. 일부는 가게에 놓고 나머지는 전시하는 식으로 말이야. 그렇게 하면 언제나 새로운 작품을 전시할 수 있을 거야. 이 갤러리는 꽤 넓단다. 이보다 더 크면 사람들은 너무 크다고 느낄 거야. 경이로운 걸 보고도 싫증이 날 수 있거든. 제아무리 좋은 거라도 지나치게 많으면 그런 법이지."

그는 크리스토퍼와 문 앞까지 걸어갔고, 책가방을 챙기는 걸 도왔다.

"아저씨, 아직 성공하지 못했어요?"

"성공?"

"다른 작품 말이에요. 움직이는 조각 같은 거요."

"시도했는데 실패했단다, 크리스토퍼."

"항상 똑같은 말만 하시네요."

"시도하고 실패하면 또 시도하는 거지."

"그럼 그다음에는 성공하는 거죠?"

"어쩌면. 자, 코트 잊지 말아야지."

"감사합니다. 다음엔 정말 성공할 것 같아요?"

"그건 아주 어려운 일이란다."

"하지만 그걸 해낼 수 있는 사람은 아저씨뿐인걸요."

"너의 그 낙관적이고도 희망적인 자세에는 동의하지만, 내 능력에 대한 너의 믿음에는 확신이 안 서는구나."

"숙제예요, 아저씨."

"그래, 숙제라면 해야지!"

"시도하고 실패하기."

"아니, 적어도 너는 시도하고 성공해야지. 그러면 성적을 잘 받을 거란다."

"안녕히 계세요."

"잘 가렴."

"또 와도 돼요?"

"아버지한테 먼저 허락받으면."

문이 열렸고 소년은 갔다. 찬바람이 문틈 사이로 소용돌이를 치며 들어왔다. 에크만은 서둘러 문을 닫았다.

그는 갤러리의 불을 끄고 스튜디오로 올라갔다. 그런 다음 여전히 바늘귀에 붙은 채로 움직이지 않고 있는 낙타를 힐끗 쳐다봤다.

움직이지 않는다. 그랬다. 그게 문제였다. 하지만 그는 이 작품에 이름표를 만들어 붙인 다음 내일 갤러리에 전시할 것이다. 파피가 그 일을 도와줄 것이다. 할 일이라곤 그런 것밖에는 딱히 없었다. 갤러리를 방문하는 관람객은 하루에 열두 명 정도였다. 그것도 운이 좋을 때 말이다. 하지만 이것도 연휴 전까지일 뿐, 연휴가 시작되면 갤러리는 관람객들로 가득 찬다.

움직이지 않는다. 어떻게 이걸 해결하지? 작품은 더 작게 만드는 게 가능했다. 적어도 어느 정도 수준까지는. 그래. 작게, 더 작게 만드는 것도 좋지만 움직이게 할 수만 있다면 완벽할 텐데. 만약 저 낙타가 바늘귀에 서 있는 게 아니라 바늘귀를 걸어서 통과한 다음, 바늘을 따라 아래로 내려갔다가 다시 반대편으로 올라가 바늘귀를 통과할 수 있게만 한다면 말이다.

그게 가능하기만 하다면. 움직임을 조각할 수만 있다면. 하지만 어떻게 한담? 낙타 안에 들어갈 수 있을 정도로 작은 크기의 시계장치가 있다면? 하지만 그건 어떻게 만들지? 낙타의 다리에 어떻게 관절의 움직임을 조각할 수 있지? 행여 그렇게 작은 시계장치를 만들어서 낙타 안에 넣는다고 해도 어떻게 동력을 제공해서 계속 움직이게 만들지?

그렇다면 전산화를 해야 할까? 인쇄 배선? 작은 칩? 미래의 언젠가는 가능할지 모르겠지만 지금 당장은 아니었다. 그리고 그걸 만들 수 있다 해도 조각 안에 어떻게 넣을 것이며, 동력과 전선은 또 어떻게 할 것인가?

물론 다른 방법은 언제나 있기 마련이다. 그건 아주 오랫동안 그가 혼자 연구하고 간직해 온 것이었다. 하지만 그 방법이 실현될 가능성은 조금도 보이지 않았다. 그가 들인 시간과 노력에도 불구하고 말이다.

에크만은 조각을 두고 다른 유리 돔을 쳐다봤다. 그 돔 아래에서는 그의 가장 야심 찬 프로젝트가 자리를 잡아 가고 있었다. 작은 도시였다. 그가 사는 스튜디오 창밖 그 도시의 모형이었다.

그는 손을 뻗어 망원경을 돌리고는 마을의 모습이 카메라 오브스쿠라의 흰 접시에 담기도록 했다.

그의 작품과 작품의 모델이 한자리에 있었다.

그는 렌즈를 조금 움직여 수도원에 초점을 맞췄다. 수도원 건물에는 작은 탑과 첨탑, 부벽, 괴물 석상이 있었다.

에크만은 작업물을 가까이 가져와 유리를 들춘 다음 조각 도구들을 꺼냈다. 가느다란 바늘과 핀, 침이 있었다. 금속 조각과 유리 파편, 메스 같은 의료 장비와 눈 수술에 쓰이는 섬세한 도구들도 있었다. 또 이것들보다 훨씬 정교한 특수 도구도 있었는데, 에크만이 직접 주문해서 제작한 것이다.

그는 보석 세공사 안경을 눈에 끼워 넣었다. 그리고 칼을 들고 수도원의 처마널 부분을 작업할 준비를 했다.

하지만 그때 카메라 오브스쿠라의 화면 위에 무언가 움직이는 게 보였다. 사람들이 광장을 건너고 있었다.

그중 한 명은 작은 소년이었다. 그는 그 소년이 크리스토퍼라는 걸 알아볼 수 있었다. 아이는 카메라 오브스쿠라의 화면 위를 걷다가 양팔을 넓게 벌리고 뛰기 시작했다. 마치 누군가를 안아 주기 위해 달려가듯이 말이다. 소년은 수도원 광장에서 서로 팔짱을 끼고 같이 걷고 있던 두 사람에게로 달려갔다. 두 사람은 아이가 가까워오자 살짝 떨어졌고, 둘 중 한 명은 팔을 벌려 달려오는 아이를 안았다. 그러고는 아이를 들어 올려 그 자리에서 빙글빙글 돌았다.

에크만은 빙글빙글 도는 움직임이 멈출 때까지 이들을 쳐다봤다. 그리고 아이가 두 사람 사이로 들어가 그들의 손을 잡고 함께 씩씩하고 행복하게 걸어가는 걸 봤다.

걸어가는 이들 위로 하늘에서 손가락이 내려왔다. 정확하게 말하자면 에크만의 엄지손가락이었다. 그는 카메라 오브스쿠라 화면 위 한 명의 머리에 손가락을 올려놓았다. 그리고 마치 벌레를 죽이듯 아주 납작하게 짓이겨 버렸다.

하지만 실제로 광장에 있던 그 남자는 파피와 아들과 함께 손을 잡고 멀쩡히 걸어갔다. 자신이 카메라 오브스쿠라 화면에서 제거되었던 사실을 알지 못한 채.

사람들은 광장을 떠났다. 에크만은 다시 수도원 작업에 집중했다. 그는 메스를 집어 들고는 카메라 오브스쿠라를 힐끗 본 다음 다시 작업물을 쳐다봤다. 그는 어떻게 조각할지 결정을 내렸다. 두근거리는 심장 소리 사이로 그는 메스를 들고 신속 정확하게 칼질을 했다.

제안

손님이 없는 계절이 되면 로버트는 아파트 안에서 스케치를 하거나 그림을 그렸다. 그리고 책 삽화 그리는 일을 따내기 위해 그것들을 출판사에 보냈다. 하지만 경쟁률이 무척 치열했다. 탄탄한 경력으로 입증된 실력과 정해진 기한 안에 작업을 마감하는 신속함, 군말 없이 수정 사항을 처리해 내는 능력까지 갖춘 화가들도 많은데, 무엇 때문에 굳이 기차로도 몇 시간이나 걸리는 먼 지방에 사는 이름 없는 화가를 쓰겠는가?

로버트는 재료를 살 돈이 있을 때는 유화 물감을 사용해 추상화를 그리거나 기억에 의존해 그림을 그리곤 했다. 물론 마을의 유명한 풍경을 그려서 팔 수도 있었다. 하지만 그런 건 만족스럽지 못했다. 게다가 이미 다른 많은 화가들이 풍경화를 그려 팔고 있었으므로 그조차도 경쟁이 셌다.

아침에는 가끔 크리스토퍼와 같이 학교까지 걸어가곤 했다. 물론 크리스토퍼가 원하면 혼자서 등교를 하도록 두기도 했다. 로버트는 자유를 믿었고, 자유에 따르는 위험은 당연히 감내해야 하는 것이라고 생각했다. 위험한 상황을 맞닥뜨리지 않고 피하기만 한다면, 무얼 어떻게 배우고 성장해서 대처 능력을 키울 수 있겠는가?

아기처럼 포대에 싸인 채 보호막 속에서만 살아가다 보면 스스로 성장할 기회를 놓칠 수밖에 없다. 과거 전족을 당했던 중국 여성들처럼 평생 동안 조그만 발로 불안정하게 종종거리며 걸어야 하고, 혼자서는 도망칠 수 없으니 다른 누군가에게 늘 의지해야만 한다.

그는 크리스토퍼가 스스로 자신을 보호하는 방법을 터득할 수 있길 바랐다. 어린 시절에 겪을 수 있는 위험이란 게 사실은 꽤 과장된 것이라는 그의 생각이 작용했기 때문일 것이다.

로버트의 아파트는 그렇게 크지도 작지도 않은 딱 적당한 크기였다. 거실, 거실과 연결된 주방, 식탁 그리고 두 개의 방과 화장실이 있었다.

로버트는 기분에 따라 이젤을 옮겨 다니며 그림을 그렸다. 어떤 날엔 거실에 나가 그림을 그렸고, 또 어떤 날엔 방 안에서 작업을 했다. 날씨가 좋으면 의자와 스케치북을 챙겨 작은 발코니로 나가기도 했다. 에크만의 스튜디오처럼 그의 아파트도 전경이 그럴싸했다. 다만 그만큼 살기 좋은 동네는 아니었다. 로버트의 발코니에서는 수도원, 로만 배스 그리고 박물관에 입장하기 위해 줄 서 있는 관광객들이 보였다.

로버트는 종종 자신의 작품들을 들고 갤러리를 찾아갔다. 중개인의 눈에 띄어 작품을 전시할 수 있길 바라는 마음에서였다. 하다못해 기한부 위탁 판매라도 할 수 있길 바랐다.

하지만 시큰둥한 표정에 아부 같은 건 해 본 적 없는 그에게 남을 구슬리는 재주가 있을 리 없었다. 게다가 그는 작품에 터무니없는 가격을 매기면서 부당한 수수료까지 챙기는 중개인들을 탐탁지 않게 여기고 있었다. 운이 좋으면 판매가의 절반이나 받을까 했다. 또 로버트의 작품은 비싸게 팔린다거나 많이 팔리지도 않았다. 작품은 좋았지만 뭔가 독특했다. 그런 작품을 찾는 사람도 있긴 했지만, 그건 아주 가끔의 경우였다. 로버트는 이런 사람들을 보고 안목이 있다고 했다.

크리스토퍼는 학교가 끝나면 대개 혼자 집에 가곤 했다. 시기나 계절에 따라 다르긴 했지만, 대체로 그 시간에 로버트는 수도원 광장에서 일을 하고 있었다.

만약 아빠가 오후에 일하면 크리스토퍼는 혼자 집에 들어가 텔레비전을 본 후 숙제를 했고, 어떨 때는 직접 음식을 해서 식사를 하기도 했다. 파피도 이들의 아파트 열쇠를 갖고 있었으므로 학교를 마치고 돌아온 크리스토퍼를 파피가 맞아 줄 때도 있었다. 가끔 파피는 이들 아파트에서 밤을 보내기도 했다. 크리스토퍼가 침대에 누워 책을 읽고 있으면 거실에서 아빠와 파피가 속삭이는 소리가 들려왔다. 크리스토퍼는 저들의 관계를 가늠할 수 없었다. 과연 이들이 다 같이 살게 될 것인지 혹은 어떻게 될지에 대해서 말이다. 하지만 같이 살지 않는다 해도 크리스토퍼는 지금 이대로 행복했다. 그리고 일종의 안정감 같은 걸 느꼈다.

때때로 파피는 오디션을 보러 다녔다. 파피는 춤을 잘 췄지만 연습이 충분하지 않았다. 파피가 참여하는 작품들은 주로 규모가 작은 지역 행사로, 출연료가 많다거나 화려한 무대가 아니었다.

크리스토퍼는 파피가 참여한 〈잭과 콩나무〉를 보기 위해 로열 극장에 간 적이 한 번 있다. 파피의 의상은 근사했다. 공연이 끝난 뒤 크리스토퍼는 있는 힘껏 박수를 쳤다. 세상에 둘도 없는 공연이었다는 듯이 말이다. 수많은 사람들이 보내는 박수갈채를 뚫고 자신의 박수 소리가 파피에게 들리길 바라는 마음이었다. 그리고 자신과 아빠는 파피를 응원하고 있으며, 그들 부자에게 있어 그녀가 얼마나 소중한 존재인지 알아 주길 바랐다.

아빠와 2층 정면석에 앉아 있던 크리스토퍼는 우연히 아래를 쳐다보다 일등석에 앉아 있는 에크만을 발견했다. 그의 자리는 무대와 가까웠고, 가운데 복도 바로 옆이라 시야를 가로막는 장애물이 하나도 없어서 공연을 보기엔 더없이 좋아 보였다. 크리스토퍼는 혼자서 공연을 보러 온 에크만을 보며 약간은 슬퍼졌다.

팬터마임 공연은 사실 가족들을 위한 것이지, 어른들을 위한 공연은 아니었다. 아이들을 데리고 가야만 제대로 즐길 수 있는 그런 공연이었다. 그게 사실이었다. 적어도 크리스토퍼의 눈에는 그랬다. 만약 아이가 없다면 친구나 자기 자신의 아이라도 데리고 와야 했다.

팬터마임 공연에서는 이런 풍경이 낯설지 않았다. 할머니, 할아버지들은 손주들과 함께 공연을 보는 동안 "네 뒤에 있네!" 하고 소리를 치거나 "우아, 진짜네!"라고 하는 아이들의 말에 "아니지!"라고 어깃장을 놓기도 했고, 악당이 나타나면 대놓고 쉿 소리를 내기도 했다. 아이스크림과 어둠에 둘러싸인 그 짧은 시간 동안 이들도 동심의 세계로 돌아간 것일지도 모르겠다.

하지만 그 틈바구니 속에 에크만은 혼자 앉아 있었다. 갖고 있는 옷 중 가장 좋은 옷을 입은 듯한 그는 작고 통통한 모습이 꼭 어린아이 같아 보이긴 했다. 갤러리 밖에서 에크만을 보면 크리스토퍼는 항상 기분이 이상했다. 그에게는 갤러리가 어울렸다. 갤러리 밖에 있는 그의 모습은 마치 물 밖에 나와 헐떡이는 물고기 같아 보였다.

크리스토퍼는 에크만이 안타까웠다. 에크만에게도 한쪽에는 부인이 그리고 다른 쪽에는 아이들이 있었다면 좋았을 텐데 말이다. 그랬다면 에크만은 행복했을 테고, 영원히 행복하게 살아갈 것이다.

하지만 에크만은 파피를 사랑했고, 파피는 그의 존재조차도 거의 알지 못했다. 그녀에게 그는 그저 갤러리를 운영하는 남자이자, 수도원 밖 길거리에서 동상처럼 서서 공연을 할 때면 지나치게 돈을 많이 넣어 준 남자일 뿐이었다. 돈을 많이 넣어 준 사람은 그가 처음은 아니었다. 그리고 아마 마지막도 아닐 것이다. 어찌 보면 직업적 위험이었다. 얼굴이 알려진 사람이라면 별별 일을 다 겪기 마련이다. 제아무리 별 볼일 없는 광장의 동상일지라도.

얼마 후 파피는 알게 되었다. 아니 적어도 조금은 의심을 하게 되었다. 어째서 에크만이 자신에게 갤러리 일을 제안했는지에 대해서 말이다. 하지만 파피는 그게 잘못되었다고 생각하지 않았다. 그녀는 그에게 어떤 식으로든 여지를 주지 않았다. 그녀는 처음부터 명백하게 선을 그었다. 둘의 관계는 어디까지나 공적일 뿐이라고 말이다. 그리고 어쨌든 에크만도 조각 작업과 다른 업무를 병행하려면 갤러리를 봐 줄 사람이 필요할 테니까.

로비드는 파피가 갤러리에서 일하는 걸 좋아하지 않았다. 아니, 사실 에크만을 좋아하지 않았다. 어쩌면 질투일지도 모르겠다. 사람들이 그의 작품에 대해 예술이니 마이크로 공학이니 해도, 확실한 건 그가 돈을 잘 번다는 것이었다. 여타의 예술가들보다는 말이다. 예술 활동만으로 걱정 없이 살 만큼 돈을 버는 예술가는 나라 전체를 통틀어도 몇 되지 않을 것이다. 따라서 예술가들은 대개 다른 일을 병행했다. 학교에서 학생들을 가르치거나 식당에서 웨이터 일을 하기도 했다. 혹은 예술을 그만두고 현실과 타협하여 다른 일을 찾아 떠나기도 했다.

파피가 처음 갤러리에 출근했을 때는 바쁜 시기가 아니어서 말을 많이 할 일이 없었다. 하지만 그녀는 그런 걸 별로 좋아하지 않았다. 연휴로 학교가 쉬는 시기가 되면 갤러리는 활기를 띠기도 하는데, 며칠 지나면 다시 예전 상태로 돌아간다.

에크만이 처음 파피에게 제안한 일은 자신이 스튜디오에 올라가서 조각 작업을 하는 동안 매표소를 봐 달라는 것이었다. 하지만 실제로는 그렇지 않았다.

에크만은 작업을 위해 몇 시간, 아니 심지어는 며칠씩이라도 스튜디오에 처박혀 있을 수 있었지만 그렇게 하지 않았다. 오히려 작업에서 벗어날 핑곗거리를 찾아 댔다. 일이 잘 안 풀린다, 허리가 아프다, 눈이 아프다, 집중력이 떨어진다, 영감이 떠오르지 않는다(본인은 믿지 않았지만 남들은 저 말을 믿을 거란 걸 알았기에) 하면서 말이다. 그는 파피에게 커피를 마시겠냐고 묻고선 직접 커피를 타 오기까지 했다. 파피로서도 간만에 누군가와 대화를 한다는 게 반가웠다.

"이렇게 조용한데 장사가 돼요?" 그녀는 물었다.

"겨울에는 그렇죠. 하지만 여름에는 굉장히 바빠요. 거리의 예술가들과 같죠."

"그렇군요."

"돈을 쓸어 담는다니까요!"

"돈을 많이 버시나 봐요?"

"쓸고 또 쓸어 담고…."

그는 그녀가 이 사실을 알아주길 바랐다. 그래서 계속 반복해서 말했다. "쓸어 담는다고요!"

파피는 커피를 마시며 신기한 듯 그를 쳐다봤다.

그녀는 몹시도 담배를 피우고 싶었지만 그렇게 하지 않았다. 무용수들은 무분별하게 흡연을 하곤 했지만 에크만은 자신의 갤러리에 담배 냄새가 배는 걸 싫어했다. 비록 그 자신은 종종 집에서 시가를 태웠지만 말이다.

"에크만 씨…."

"에른스트라고 불러요…."

"에른스트…."

그때 관람객이 한 명 들어왔고, 그 뒤로 또 다른 관람객이 들어왔다. 두 사람 모두 미국인이었다. 두 관람객은 낯선 타지에서 동향 사람을 만나서인지 서로 무척이나 반가워했다. 둘은 표를 구입한 뒤 나란히 갤러리 안으로 들어갔다. 그러고는 미니어처 조각들을 구경하면서 떠들썩하게 감탄사를 연발했다.

"저한테 뭐 물어보려고 한 거 아니었어요?"

그러나 파피는 자신이 무얼 물어보려 했는지에 대해 이미 까맣게 잊어버린 후였다. 어자피 별로 중요한 이야기는 아니었다.

그녀는 너무나 영국인 같은 그가 어째서 이국적인 이름을 갖게 된 것인지 물어보려던 참이었다. 그리고 그것이 다시 기억났을 때는 물어볼 가치가 없는 질문이라고 생각했다.

이번에는 에크만이 그녀에게 질문을 던졌다. 다만, 직접적으로 묻지 않고 자신의 생각과 제안을 슬쩍 늘어놓으며 원하는 결과에 필연적으로 도달하게끔 그녀의 대답을 유도했다.

"제 다음 작품에 대해 생각을 해 봤어요." 그는 말했다.

파피는 흥미로운 척하려 했지만 계속 담배 생각이 났다. 생각을 안 하려고 할수록 점점 더 심해졌다. 그녀는 자신이 담배에 중독되었다고 생각하진 않았다. 그럴수록 에크만의 말에 집중하려고 노력했다.

"정말 더 필요하세요?" 그녀는 별 생각 없이 물었다.

에크만은 놀라서 파피를 쳐다봤다. 지금껏 한 번도 받아 본 적 없는 질문이었지만, 그에 대한 답은 필요 없다였다. 그는 더 이상 새 작품이 필요하지 않았다. 앞으로도 필요하지 않을 것이다. 적어도 지금 있는 작품들이 낡아서 부서지거나 보수가 필요해지기 전까지는 말이다. 하지만 그건 좀 더 복잡한 문제였다. 에크만은 예술가였다. 아니, 적어도 그는 그렇게 생각했다. 만약 아무런 창작 활동도 하지 않는다면 대체 그는 뭘 하는 사람일까? 그저 갤러리를 운영하는 장사꾼일 뿐이다. 만약 예술가가 예술을 하지 않으면 그 사람을 무엇이라고 해야 할까? 만약 예술 활동을 멈추면 무얼 하며 시간을 보내야 하며, 그의 인생은 어떻게 될까? 만약 그가 그 자신이 아니면 그는 대체 누구란 말인가?

"작업은 계속해야죠." 그는 말했다. "다른 도시에 새 갤러리를 열 수도 있잖아요. 아니면 작품을 팔 수도 있고요."

"작업 중인 작품이 있지 않나요? 전에 그렇게 말씀하셨던 것 같은데…."

"네, 마을 미니어처요. 그런데 규모가 엄청나서…."

파피는 거의 피식하고 웃음을 터트렸다. '규모가 엄청나서'라는 에크만의 말이 너무나 얼토당토않게 들렸다. 그래 봤자 고작 스노볼 유리 돔 안에 든 크리스마스 설경일 텐데 말이다.

어느 날 오후 에크만은 파피에게 작업 중인 작품을 보여 주겠다고 했다. 스튜디오로 그녀를 안내하고 자신은 조그만 강아지처럼 그녀 뒤를 따라 올라갔다. 눈에 보이진 않지만 꼬리도 흔들고 있을 터였다. 그는 먼저 그녀에게 현미경 초점 맞추는 법을 알려 줬다. 덩치는 작지만 그 누구보다도 멋진 신사처럼 말이다. 하지만 그가 혼자서는 초점도 제대로 맞추지 못하는 사람을 대하듯 일일이 설명을 해 대는 모습이 도리어 파피를 피곤하게 만들 것이라곤 결코 상상도 하지 못했을 것이다.

유리 돔 아래에는 마을의 풍경이 담겨 있었다. 작품을 설계하면서 어려웠던 일들에 대해 설명하는 에크만의 숨결이 파피의 볼에 와 닿았다. 순간 그녀는 가까이 서 있는 에크만의 존재가 부담스러워졌다. 하지만 에크만은 신사 그 자체였다. 키다리는 아니었지만 무척이나 신사답게 행동했다.

"굉장한 규모라…."

물론 그에게는 그렇게 느껴질 수 있다. 하지만 파피에게는 그저 유리 돔 아래에 있는 작은 마을일뿐이었다. 예쁘고 멋진 건 사실이지만 대체 어찌라는 *거지*? 이건 진짜가 아니라 그냥 조각일 뿐이잖아?

이들은 다시 1층으로 내려갔다.

"동시에 많은 작업을 해야 해요." 에크만은 계단을 내려가면서 말했다. "그리고 그사이에 해야 할 일이 있는데… 혹시….."

"혹시?"

"그냥 든 생각인데 발레리나는 어떨까 싶어서요."

"발레리나요?"

"파피 씨 같은 발레리나요."

"네?"

"조그만 발레리나를 바늘 끝에 세워 두는 것 말이에요."

"바늘 끝이요? 바늘 위를 말씀하시는 거죠? 바늘귀인가? 그 뭉툭한 부분?"

"아니요, 침이요."

"뾰족한 부분이요?"

"네, 뾰족한 부분이요."

"그렇게 작게 만드실 거라고요?"

"네, 튀튀를 입히고 얼굴에는 눈물과 미소를 그려 줄 거예요."

"저처럼요?"

"네?"

"저 같은 발레리나 동상을 말하는 건가요?"

"그래요. 물론이죠. 맞아요, 그거예요. 거기서 영감이 떠오른 것 같아요. 광장에서 파피 씨를 보면서 말이죠."

파피는 미소를 지었다. 에크만은 파피가 그 말을 믿으리라 기대한 걸까? 하지만… 그녀는 으쓱해졌다.

"그러면….."

그는 공기 중에 질문을 띄워만 두었다. 마저 묻지도 않았고, 답을 구하지도 않았다.

갤러리에 전시된 작품을 감상하던 관람객들은 환한 빛으로 나오면서 눈을 깜빡거렸다.

"대단해요!"

"황홀해요!"

"정말 멋져요!"

관람객들은 방명록에 그런 말들을 남긴 후, 다음 관광지인 의상 박물관으로 향하거나 찬바람이 부는 겨울임에도 지붕 없는 2층 버스를 타러 갔다. 혹은 차를 마시러 펌프 룸에 가거나 최선을 다해 삼중주로 유명 클래식 음악을 연주하고 있을 곳으로 갈 것이다.

"무슨 이야기를 하던 중이었죠?" 관람객들이 모두 나가자 에크만이 파피에게 물었다. 마치 잊어버리기라도 했다는 듯 말이다. "아, 그래요. 그러면 꽤 멋질 것 같거든요. 그리고 단순히 발레리나 조각뿐만 아니라 그 발레리나를 움직이게 만들면….."

파피는 에크만을 쳐다봤다.

"움직여요?"

"춤추는 걸 보기 위해서요."

"춤이요? 실제로 춤을 추게 한다고요? 어떻게요?"

"회전을 하는 거죠."

"회전이요?"

"계속 빙글빙글 돌도록 말이에요. 바늘에 장치를 연결하면 천천히 돌 테고….”

“아, 전 정말로 춤을 춘다는 줄 알았어요…. 실제로 춘다고 말이에요.”

“그건 어려울 것 같아요.”

“맞아요.”

“멋진 생각이지만 어려운 일이에요.”

에크만은 불가능하다는 의미로 손을 펼쳐 보였다. 정확히는 사과의 손짓에 가까웠다. 그렇게 할 수 없음에 대한 미안함을 전달하기라도 하듯, 그가 지금껏 만든 경이로운 작품들은 이제 더 이상은 멋진 것이라고 할 수 없게 된 듯 말이다.

하지만 무엇보다 경이로운 점은 바로 이것이었다. 멋진 것들은 순식간에 평범해지기 마련이고, 사람들은 점점 그것들을 당연시하기 시작한다. 그리고 또 다른 새로운 걸 찾는다. 매일매일 일어나는 기적이지만 그 가치를 충분히 인정받지 못하는 하늘의 달이나 별 그리고 해보다 평범하다고 여겨지면 제대로 된 눈길도 받지 못했다.

파피는 에크만을 쳐다봤고, 갑자기 다른 조명에 비친 그가 눈에 들어왔다. 그녀는 항상 그를 순수한 사람이라고 여겼지만 그 순간만큼은 확신이 없었다. 작고 오동통하니 어린아이 같은 모습 때문에 그렇게 생각한 것일 수도 있다. 영원히 어른이 되지 않는 작은 피터 팬처럼 말이다. 통통하고 작은 손은 보드랍고 깨끗했다. 살포시 포개진 에크만의 손을 보고, 파피는 어떤 이유에서인지 굴이 담긴 접시와 갓 태어난 쥐가 있는 둥지가 떠올랐다.

어쩌면 그는 그녀가 생각한 것만큼 순수하지 않을 수도 있었다. 어찌 되었든 그는 소년이 아닌 성인 남자였고, 수도원 광장에 있는 카페에서 늦은 저녁 식사를 마친 후 그가 무얼 하러 가는지는 아무도 모를 일이었다. 곧바로 집이나 스튜디오로 가지 않고 다른 곳에 들를 수도 있지 않은가. 돈이 없는 것도 아니었으니.

에크만의 의도를 눈치챈 파피는 본능적으로 거절의 뜻을 전했다. 그녀는 자신이 조금이라도 책임져야 할 일에 대해서는 미루는 성향이 있었다. 로버트도 그녀의 그런 점을 잘 알고 있었고, 이는 둘의 공통점이기도 했다. 내일보다는 현재가 더 중요하고, 순간의 즐거움이 미래에 대한 계획보다 우선이었다.

"아, 전 자신이 없어요…."

하지만 에크만은 가능성을 감지했다.

"오래 걸리지는 않을 텐데…." 그는 말했다.

그녀의 생각은 달랐다.

"하지만 계속 가만히 서 있으려면…."

"파피 씨는 전문적으로 동상 연기를 하잖아요."

"제 말이 그거예요. 전 하기 싫을 때는 안 하거든요."

순간 에크만은 돈을 지불하겠다는 말을 꺼낼까도 했지만 그러면 저속해 보일 수도 있고 파피를 오히려 기분 나쁘게 만들 수도 있다는 생각이 들었다.

"음, 잘 모르겠어요." 그녀는 또 말했다. 그러고는 새어 나오는 하품을 손으로 막았다.

그는 자신의 손목에 둘러진 시계를 들여다봤다. 일부러 이 값비싼 시계를 파피가 볼 수 있게 대놓고 드러내 보인 것이었다.

"생각이라도 한번 해 보세요." 그는 말했다. "그럼 이따가 봐요. 저는 이제 약속이 있어서요."

"알겠어요."

"오후에 돌아올 거예요."

"그렇게 하세요, 에크만 씨."

"에른스트라고 불러 줘요."

하지만 그녀는 에른스트라고 부르지 않았다. 적어도 이때만큼은 말이다. 에크만은 갤러리 밖으로 나갔다. 진짜로 약속이 있는지는 모를 일이었지만 말이다. 아니, 어쩌면 그냥 말만 그렇게한 것일 수도 있다. 그는 오후 내내 길거리를 돌아다니며 보석 가게나 구경하거나, 강가를 따라 걷다가 벤치에 앉아서 샌드위치를 먹고 부스러기는 새들에게 던져 주었을지도 모른다. 그리고새 모이를 줄 때 어쩌면 그는 그네를 타는 아이들처럼 다리를 앞뒤로 구르다가 자리에서 일어날 때 폴짝 땅으로 뛰어내렸을 수도있다.

그는 하교 시간 전에 갤러리로 돌아가려고 했다. 가끔 길에서 마주친 10대 아이들이 큰 소리로 무식하게 그를 조롱했기 때문이다. 그 아이들은 초콜릿을 사 먹기 위해 신문 가게에 가는 길이었는데, 몸만 컸지 속은 여전히 어린애들이었다. 넥타이는 셔츠칼라에 삐뚤빼뚤 매달려 있었고, 허리춤의 셔츠는 잔뜩 삐져나와있었다. 몇몇 여자아이들은 갑자기 너무 커 버려서인지 치마가 작아 보이기도 했다. 아무래도 그 아이들의 부모님은 치마를 새로사 줘야 한다는 걸 인지하지 못한 모양이었다. 그게 아니라면 형편이 빠듯한 것일 수도 있다.

갤러리로 돌아온 에크만은 공기 중에 밴 퀴퀴한 담배 냄새를 맡을 수 있었다. 그는 쿵쿵 냄새를 맡더니 마음에 안 든다는 얼굴로 노려보았다. 파피는 전시실을 가리켰다.

"아까 어떤 사람이 담배를 피웠어요." 그녀는 말했다. "그래서 담배를 끄거나 갤러리를 나가 달라고 말했어요."

에크만은 짜증이 나서 머리를 절레절레 흔들었다.

"안내문이 안 보이는 것도 아닐 텐데." 그는 말했다. 그리고 그건 사실이었다. 하지만 어쩌면 사람들은 보고 싶지 않은 것들은 보지 않을지도 모른다.

에크만은 개인 공간이라고 적힌 문으로 향했다. 그 문은 위층, 서류와 장부가 가득 있는 방 그리고 다락에 있는 스튜디오로 이어진다.

문고리를 돌리면서 그는 가볍게 물었다. "그런데… 혹시 생각해 봤어요?"

"무슨 생각이요? 동상 말인가요?"

"네."

"얼마나 걸릴까요?"

"오래 안 걸려요. 우선 스케치를 한 다음, 찰흙으로 조각을 대략적으로 만들 거예요. 그게 완성되면 그걸로 미니어처를 만들 거예요."

"음, 곧바로 만드는 게 아니에요?"

"그건 너무 어려워요. 모형을 만들 때, 그리고 어쩌면 마지막 마무리 작업 때도 모델이 되어 주어야 할 것 같아요."

"생각해 볼게요." 파피가 말했다.

"알겠어요." 에크만은 대답했다. 그는 웃으면서 문을 닫고 스튜디오로 올라갔다.

그날 오후 그는 작업을 하지 않았다. 대신 카메라 오브스쿠라에 상이 맺힌 도시의 삶을 지켜봤다.

뚜렷한 목적 없이 오가는 사람들의 삶이 그의 눈앞에 펼쳐져 있었다. 이건 마치 소리도 대본도 없는 그리고 사건이 일어나지 않는 드라마를 보는 것만 같았다. 희한하게도 인생이란 오히려 무질서하고, 계획이나 목표 또는 의미 없이 되는 대로 흘러가는 듯 보인다. 그래도 그것이 인생이었다.

어쩌면 드라마는 현실보다 더 현실적일 수도 있다.

얼마 후 에크만은 아래층에서 퇴근 인사를 하는 파피의 목소리를 들었고, 그 역시 인사를 했다. 그리고 갤러리 문이 닫히는 소리가 났다.

그날은 조금 일찍 어둠이 깔렸다. 잿빛과 갈색으로 어둑하니 울적한 겨울밤, 나트륨 등의 노란 불빛 사이로 비가 부슬부슬 내렸다.

에크만은 카메라 오브스쿠라의 망원경 부분에 손을 뻗어서 렌즈를 바꾸고 필터를 끼운 다음, 접시에 맺힌 상에 다시 초점을 맞췄다. 그러고는 유리 프리즘을 갖다 댔다. 빛이 사방으로 부서지면서 다양한 색들로 분산되었다.

요크의 리처드는 헛된 싸움을 했다(Richard of York Gained Battles In Vain). 한번 배우면 절대 잊을 수 없다. 비록 이상하리만치 의미가 없는 문장이었지만, 그래도 무지개의 색을 외우는 데 도움이 되었다. 빨강(R), 주황(O), 노랑(Y), 초록(G), 파랑(B), 남색(I), 보라(V).

그 색들 사이사이에는 미묘한 다른 색들도 존재했다. 하지만 딱 일곱 개의 색만 있는 것처럼 가르친다. 사실 세상에는 7천 가지 이상의 색이 있는데 말이다. 아니, 어쩌면 색은 무한한 것일지도 모른다. 숫자처럼 색도 끝없이 이어져 있을지 모른다. 단지 셀 수 있을 만큼만 셀 뿐, 끝까지 셀 수는 없는 것이다. 끝이란 존재하지 않으므로.

프리즘에서 조각난 색채들이 요상한 각도로 뻗어 나갔다. 마치 관절이 많은 팔다리 같아 보였다.

에크만은 오랫동안 그 색들을 쳐다봤다. 그러더니 서랍에서 공책을 꺼내 공식과 방정식이 가득 적혀 있는 페이지를 넘겨 새롭게 수정 사항들을 갈겨쓰기 시작했다. 그는 작게 툴툴거렸는데 마치 '그래, 그래. 이거지. 이거였어.'라고 말하는 것 같았다.

그는 금세 그 일에 빠져들었고, 조각을 만들 때처럼 시간이 가는 줄 몰랐다. 마침내 주린 배에서 시간이 늦었음을 알리는 소리가 들렸다. 그는 배가 고팠고 목이 말랐다. 그리고 혼자 있는 게 지겨워졌다. 그는 코트와 종종 쓰는 모자를 챙겨 든 채 갤러리 문을 닫고 광장에 있는 카페로 향했다.

카페에는 가스등이 켜져 있었고, 비를 막기 위한 천막이 설치되어 있었다. 하지만 야외 테이블에 앉은 사람은 거의 없었다. 그런데 커플 한 쌍이 에크만이 제일 좋아하는 자리를 차지하고 있었다. 웨이터는 에크만을 다른 테이블로 안내했고, 보이지 않는 부스러기라도 있는 듯 완벽하게 깨끗한 식탁보 위를 손으로 훑는 시늉을 했다.

"오늘은 어떤 걸로 하시겠어요? 늘 드시던 걸로 준비할까요?"

에크만은 고개를 끄덕였다. 남들이 자신에 대해서 안다는 것, 자신이 필요로 하는 걸 미리 안다는 것, '늘 먹던 것'이 있다는 것이 좋았다. 에크만은 돈을 지불하는 손님이었고, 충실한 단골손님이자 식당 사업의 훌륭한 자산이었다. 그는 은행의 돈 같은 존재였다.

웨이터는 반병짜리 와인을 가지고 와서 테이블 위에 놓인 잔에 따랐다. 에크만은 살짝 고개를 끄덕인 다음, 와인을 홀짝였다. 그리고 미소를 지었다. 그는 불이 켜져 있는 자신의 갤러리 다락 창문을 올려다봤다.

그랬다. 그는 일종의 돌파구를 찾은 것이었다. 이제 방법을 거의 찾아냈다. 사람들은 이렇게 보는 눈을 갖고 있지 않았다. 그들은 과학과 예술은 본디 혼합되어 있고, 하나가 다른 하나의 본질적인 부분임을 알지 못했다. 하지만 다빈치, 대성당이나 피라미드를 지은 위대한 건축가들을 보자. 예술 속에 숨어 있는 과학, 과학 속에 숨어 있는 예술을 보자. 실행하지 않은 계획이 무슨 소용일까? 실용성이 없는 아이디어는? 실현 가능한 지식과 능력이 없는 꿈은 다 무슨 의미일까?

함께 잔을 부딪칠 사람이 없었던 에크만은 즉흥적으로 자신의 테이블을 차지하고 있는 커플을 향해 몸을 돌렸다.

"건강을 위해!" 그는 잔을 들며 건배사를 외쳤다.

"아… 건강을 위해." 커플은 어리벙벙해져서 회답을 했다.

"아름다운 밤이에요." 에크만이 말했다. 물론 그렇지 않았다. 하지만 커플은 에크만의 말에 동의해 주었다. 낯선 사람이 주저리주저리 말을 걸면 미친 건지 아니면 술에 취한 건지 잠시 생각하다가, 말을 멈추고 그만 가 주길 바라는 마음에서 차라리 장단이나 맞춰 주자 하게 되는데, 이 커플의 심정이 바로 그랬다.

　다음 날 파피는 여러 번 고심 끝에 그의 발레리나 조각 작품의 모델이 되기로 결정했다고 말했다.

　"오히려 제가 영광이죠. 조각의 모델이 될 기회를 주셨으니. 비록 그 조각을 보기 위해서는 현미경이 필요하지만 말이에요." 그녀는 말했다.

　에크만은 자신의 기쁜 마음을 그녀에게 전했다.

　"후회하지 않을 거예요." 그는 말했다.

　"아무래도 발레리나 복장이 필요하겠죠?" 그녀는 물었다.

　에크만은 그렇다고 대답했다. 그리고 화장품, 신발, 타이츠와 드레스까지 전부 가져오라고 말했다.

　그는 발레리나 조각을 작업할 생각에 들떴다.

　도무지 그때까지 기다릴 수 없을 것 같았다.

빛의 속임수

파피는 다른 사람에게는('다른 사람'이라 하면 로버트를 의미했다.) 이 일에 대해 말하지 않기로 했다. 사람들은 별것도 아닌 일을 가지고 이상하게 생각하기도 하고 질투를 하기도 했다. 결코 그럴 일이 아닌데도 말이다. 특히나 개인적인 일에 있어서는 독립적일 필요가 있었다. 각자 자신만의 생활이 있어야 한다. 어쩌면 서로에게 자유를 주고 개별적인 생활을 존중해 줌으로써 사이가 더 돈독해질 수도 있다.

계단에 둔 우유처럼 방치된 사랑은 상하기 마련이다. 무엇이든 신선하게 보관해야 한다.

그래서 그녀는 사람들에게 아무 말도 하지 않기로 했다. 우선은. 작업이 끝나면 사람들은 직접 볼 수 있을 것이다. 그리고 그렇게 되기까지는 오래 걸리지 않을 것이다. 이번 일이 이력서에 쓸 만한 일일까?

'불가능의 예술 갤러리 전시품 모델. 발레리나 미니어처. 그게 바로 접니다.'

아니, 어쩌면 쓸 수 없을 것이다.

그래도 매표소에 가만히 앉아만 있는 것보다는 나았다. 물론 그것도 얼마 후면 끝이다. 이제 곧 팬터마임 공연제가 다시 시작될 것이고, 운이 좋으면 6주에서 8주간 일거리가 생길 것이다. 그러면 이월이 될 테고, 대략 2주 동안은 어딘가 따뜻한 곳으로 휴가를 갈 수도 있을 것이다. 그 후에는 다시 동상으로 분장하고 공연을 할 수 있는 봄이 찾아오겠지.

그녀는 의상을 꺼내서 세탁을 할 수도 있고, 아니면 완전히 다른 이미지를 만들 수도 있다. 어쩌면 화상법도 새롭게 바꿀지 모른다. 내년에는 발레리나가 아닌 다른 동상이 될 수도 있었다.

그렇게 봄이 지나 여름이 되면 공연을 하고, 학원 일 또는 다른 일을 하거나 에크만의 갤러리에서 일을 할 수도 있고, 저녁에는 아이들을 가르칠 것이다. 그러다가 또 팬터마임 공연에 참여하게 될지도 모른다.

유명해질 필요는 없다. 반드시 〈로미오와 줄리엣〉의 줄리엣이나 〈백조의 호수〉의 오데트, 〈호두까기 인형〉의 소녀가 될 필요는 없는 것이다. 있는 그대로 나답게 삶을 살아 내면 되는 것이다. 그러면 시간은 알아서 흐를 것이다. 그게 성공 아닐까? 그게 바로 인생이다.

그러다가 어느 날, 어느 해 봄이 오고 다시 동상 공연을 할 때가 되어도 그녀는 그 공연을 하지 않을 수도 있다. 어쩌면 그녀는 거울을 들여다보며 시간의 흐름을 느끼고 아이를 갖고 싶어질 수도 있다. 그리고 로버트와 크리스토퍼 그리고 태어난 아이와 함께 행복하게 살 것이다.

그게 지금까지 그녀가 생각해 본 인생 계획이었다. 오랫동안

고민한 것은 아니었다. 그저 본능적으로 알고 있었다. 하지만 말을 하건 안 하건 아직까지는 계획일 뿐이었다. 인생이란 자유롭게 흘러가는 대로 두면 알아서 제자리를 찾게 되어 있다.

그리고 그렇게 되기 전까지는 그녀의 곁에 로버트와 크리스토퍼가 있고, 일거리와 친구들, 또 에크만과의 일 같은 예기치 않은 비밀과 놀라움도 있다. 산다는 건 어렸을 때나 지금이나 그런 것이었다.

그녀는 그다음 월요일, 갤러리에 복장을 들고 갔다. 그날 오후 에크만은 날씨도 좋지 않고 더 이상 손님도 오지 않을 테니 문을 일찍 닫겠다고 했다. 그는 문에 닫힘 표지판을 걸고선 자물쇠를 걸어 잠그고 스튜디오로 올라가자고 했다.

"여기서 하면 안 될까요?"

"빛 때문에요." 그는 설명했다. "위에 있는 스튜디오가 빛이 더 좋아요. 그리고⋯."

그는 말을 제대로 끝마치지 않았고, 파피는 그 이유가 무엇 때문인지 알 수 없었다.

에크만을 따라 좁은 계단을 올라간 그녀는 서류와 장부가 놓인 바닥을 지나 다락 스튜디오로 갔다.

'혹시 이상하게 행동하면 어떻게 하지?' 파피는 스스로에게 물었다. 하지만 그건 말도 안 됐다. 그리고 행여 그가 이상한 짓을 한다 해도 그녀의 키가 훨씬 컸다. 위험에 처할 사람은 오히려 에크만이었다. 만약 선을 넘으려고 한다면 그는 쓰라린 퇴짜의 맛을 보게 될 것이었다.

그녀는 하지만 걱정할 필요가 없었다. 에크만은 여전히 완벽한 신사였다. 그는 파피가 옷을 갈아입을 수 있도록 한동안 스튜디오 밖에 나가 있었고, 그녀가 "다 됐어요!"라고 외치기 전까지는 절대 안으로 들어가지 않았다.

그는 어째서인지 수줍고 쑥스러운 듯 방으로 들어갔다. 그녀를 마주 볼 마음의 준비가 되지 않은 것이다. 마침내 그녀를 봤을 때는 다행히도 직업적 본능이 앞섰다. 그는 그녀에게 자신이 원하는 스타일로 자세와 드레스를 고쳐 달라고 부탁했다. 그녀를 직접 만지는 일은 없었다. 그는 허공에 대고 손짓을 하며 자신이 원하는 것들을 보여 주었을 뿐, 그녀가 직접 움직이도록 기다려 주었다. 다만 그가 직접 자세를 고쳐 줬다면 훨씬 빨랐을 것이다.

마침내 파피의 의상과 자세가 완벽해지자 그는 참고용으로 스케치북에 밑그림을 그렸다. 그리고 만족할 만한 그림이 나왔을 때 그는 찰흙으로 작은 모형을 만들었다. 크기는 팔에서 십 인치 정도 되었다.

"모형을 더 만들어야 해요." 더 이상 자세를 유지하기 힘들었는지 피곤한 기색이 역력한 파피를 보며 그는 말했다. "잠시 쉬었다가⋯ 이번에는⋯." 주저하는 에크만을 보며 파피는 대신 말해 줬다.

"뒷모습이요?"

"네, 뒤로 돌아서 주세요."

이들은 수요일 갤러리 영업이 끝난 이후 저녁 시간에 다시 작업을 계속 이어 가기로 했다. 에크만은 자주 갤러리 문을 닫는 걸 별로 좋아하지 않았다. 어쩌다 한 번 정도는 괜찮았지만 불규칙적으로 영업을 한다는 소문이 나면 사람들이 잘 찾아오지 않기 때문이었다.

그는 다음 작업 때 추가 수당을 주겠다고 제안했지만 파피는 거절했다. 일이라기보다는 호의로 그를 돕는 것이었기 때문이다. 또한 이 일은 그녀에게 있어 일종의 영원불멸의 존재가 되는 것이기도 했다.

에크만은 파피가 옷을 갈아입을 수 있도록 다시 방을 나갔다. 그녀는 의상을 스튜디오에 둬도 괜찮은지 물었고, 에크만은 이의를 제기하지 않았다. 그는 옷걸이를 찾아서 창가 커튼 봉에 걸어 뒀다. 축 늘어진 채 걸린 의상은 어딘지 생기가 없었고, 죽은 나비가 매달려 있는 것처럼 보였다.

"혹시 다음에는… 화장을…." 그는 망설이며 말했다.

파피는 고개를 끄덕였다.

"물론이죠. 제가 미처 생각을 못 했어요. 이번에 가져오려 했는데 깜빡했나 봐요."

그녀는 다음에는 꼭 메이크업 박스를 가져와서 그가 미니어처 발레리나를 완성한 뒤 똑같이 그려 낼 수 있도록 자신의 얼굴에 눈물을 그리겠다고 말했다.

수요일 저녁 두 번째 작업이 끝난 후 에크만은 세 번째 작업이 필요하다고 느꼈고, 어쩌면 네 번째 작업도 해야 할지 모른단 생각이 들었다. 파피는 거기에 대해 미적지근한 반응을 보였다. 그녀는 이 정도로도 충분하다고 생각했고, 발레리나 복장에 얼굴에 눈물까지 그린 채로 그의 스튜디오 안에 가만히 서 있으려니 왠지 자신이 어리석은 기분이 들었다.

하지만 에크만은 끈질기게 설득하면서 이 작품의 생명은 섬세함에 있다고 그녀를 구슬렸다. 그리고 미니어처 조각을 작업하기 전에 반드시 머릿속에 모든 걸 제대로 그려 넣어야 한다고 했다. 그래서 그녀는 금요일 저녁 한 번 더 모델이 되기로 했다. 그리고 그다음 주말에 갤러리를 떠나겠다고 말했다.

에크만은 소스라치게 놀랐다. 단순히 충격을 받은 것 이상이었다. 그는 마치 얼굴을 한 대 맞은 듯 몸을 움찔했다.

"떠나다니요? 무슨 뜻이죠?"

"겨울 동안 무용 공연에 참여해 달라는 제안이 들어왔어요."

"그러면 갤러리는…." 에크만은 항의하듯 말했다.

"겨울엔 손님이 별로 없잖아요." 파피는 말했다. "그러니까 제가 필요 없을 것 같아요. 그리고 어차피 정식으로 고용된 것도 아니었잖아요. 원하시면 저 대신 일할 사람을 찾아볼게요. 다른 것도 아니고 공연 제안을 거절할 순 없지 않겠어요?"

"여기서 일하는 게 싫어요?"

"좋아요. 하지만 그건 좋고 싫고의 문제가 아니에요. 저는 무용수예요. 무용수가 춤을 추지 않으면 무슨 소용이 있겠어요? 그러면 더 이상 무용수가 아닌 거잖아요."

에크만은 고개를 끄덕였지만 얼굴이 허옇게 질린 채 입술을 꼭 깨물고 있었다. 분노와 상처받은 마음을 드러내지 않기 위함 같았다.

그는 재료들을 치우고 정리를 한 후 손에 묻은 찰흙을 닦으러 갔다. 그의 작업대 위에 두 개의 작은 찰흙 무용수가 앉아 있었다. 동작을 취하고 있는 파피와 휴식을 취하는 파피.

파피는 찰흙 조각을 바라봤다. 훌륭한 작품이었다. 유사성도

탁월했다. 그녀는 자신의 이러한 생각을 에크만에게 말했고, 그는 미소를 지었다. 카메라 오브스쿠라 쪽으로 걸어간 파피는 바깥 마을 풍경이 담긴 접시를 바라봤다.

"이게 에크만 씨의 취미였군요." 그녀는 말했다. "다른 사람들을 훔쳐보는 일."

파피의 농담을 진담으로 받아들인 에크만은 얼굴이 붉게 달아올랐다.

"아니에요, 그런 게 아니랍니다."

"농담이에요. 모든 말을 다 진지하게 받아들이진 마세요. 봐도 될까요?"

그녀는 손을 뻗었고 에크만은 고개를 끄덕였다. 그녀가 렌즈를 이리저리 움직이며 마을의 다른 부분을 비추자, 상점가와 반짝이는 불빛이 시야에 들어왔다. 아직 몇 주나 남았지만 창가에 크리스마스 장식이 달린 곳들도 보였다.

"아름다워요." 그녀는 말했다. "마치 나만의 작은 세상을 가진 기분이에요."

에크만은 고개를 끄덕였다. 그는 용기를 내서 제안했다.

"조금 이따 식사를 하러 갈 건데 혹시 저녁을 함께… 그게… 간단한 식사라…."

파피는 시계를 쳐다봤다. 로버트는 지금 일을 하고 있었고, 그 후에는 크리스토퍼를 데리고 극장에 갈 것이다. 그녀는 딱히 할 일이 없었다. 에크만과 저녁을 함께한 후 나중에 아파트에 가도 됐다.

"좋아요."

파피가 단번에 수락하자 에크만은 오히려 당황했다. 이렇게 쉽게 답을 들을 것이라고는 생각하지 못했던 것이다. 남녀가 같이 저녁을 먹으러 가는 게 이렇게 아무렇지도 않고 간단한 일이었으며, 격식을 차릴 것도 없고 용기를 낼 일도 아니었단 말인가?

잠시 후 이들은 코트를 입고 광장에 있는 카페로 갔다.

"항상 야외 자리에서 드세요?"

"아니요, 아주 춥지 않을 때만요. 그런데 지금처럼…."

가스등 아래 찬 공기 속에서 따뜻한 숨결이 느껴지니 어딘지 모르게 분위기가 있었고 낭만적이었다. 웨이터는 언제나처럼 무표정한 얼굴로 나타났다.

"안녕하세요…."

그는 메뉴판 두 개를 가져왔다. 마치 에크만이 언제나 젊고 매력적인 여성들을 데리고 식사를 하러 왔던 것처럼, 늘 있는 일인 것처럼 말이다. 웨이터는 어떠한 언급도 없었다.

이들은 음식을 주문하고 와인을 마시며 이야기를 나눴고, 약간의 웃음도 오갔다. 하지만 파피에게는 그저 아는 사람과 평범하게 한 끼 먹는 것뿐인 이 식사 자리가 에크만에는 그 이상의 의미로 다가왔다. 이는 획기적인 사건이었고, 분수령이었으며, 역사의 한 순간이었다. 한 번도 일어난 적 없는 일이었다. 그는 그 순간만큼은 키 큰 남자가 된 기분이었다.

웨이터가 계산서를 가져오자, 파피는 자기가 먹은 음식에 대한 돈을 내기 위해 가방을 뒤적거렸다. 하지만 에크만은 그녀가 그렇게 하도록 두지 않았고, 순식간에 공격적으로 변했다. 와인의 기운 때문이었고 파피도 그걸 느낄 수 있었다. 그래서 그녀는 그가 계산을 하도록 가만히 있었다. 그는 요란하게 신용카드를 계산서 위에 놓았고, 웨이터는 그걸 들고 갔다.

"그럼 이제…?" 에크만은 유리잔 속 브랜디를 빙빙 돌리면서 대놓고 말했다. 마치 아직 밤이 깊지 않았고 그들을 위한 시간이 기다리고 있기라도 하듯 말이다. "어떻게 할까요?"

"저는 이만 가 봐야 해요."

잔 속의 브랜디가 회전을 멈췄다. 그는 손을 멈췄다.

"가 봐야 해요?"

"네, 가야 할 곳이 있어요."

"하지만…."

"식사 고마웠습니다. 좋았어요."

하지만 충분하지 않은 것처럼 느껴졌다. 에크만에게는. '좋다'는 표현만으로는 충분하지 않았다. 단순히 충분하지 않았다. '아주 좋다'는 조금 낫긴 했지만, 그냥 '좋다'는 그에게 있어 거의 모욕에 가까웠다. 항상 돈을 내고 최선을 다하지만 결론은 늘 이것이었다. 매번 그랬다. 사람들은 그를 이용하기만 하고 그에게 보상은 하지 않는다. 그는 평생 같은 상황을 겪어야 했다. 친절을 베풀면 여자들은 그걸 취하곤 그대로 떠나갔다. 늘, 언제나. 예술가로서도 마찬가지였다. 자신이 갖고 있는 모든 걸 내주지만 돌아오는 건 무엇인가? 아무것도 없다. 적절한 인정이 아닌 그저 멸시뿐.

아무도 그의 작품 속 진정한 예술을 보지 못했다. 그의 작품은 그 어디에서도 본 적 없을 정도로 섬세하고 아름다웠다. 하지만 사람들은 그저 기괴한 작품이라고만 여겼다. 바늘귀 속 낙타,

연필심에 새긴 엠파이어 스테이트 빌딩, 성냥 머리에 조각한 대성당. 그래, 참 흥미롭긴 하군. 그런데 이제는 진짜 예술을 보러 가야지.

그의 머릿속에서 오만 가지 생각이 오갔다. 하지만 파피의 눈에는 그저 취기가 오른 작은 남자가 문득 딴생각에 잠긴 것처럼 보일 뿐이었다.

"아, 그렇군요. 그렇죠. 갈 곳이 있으면… 갈 곳이 있다고 했으니…. 그러면 내일 봐요…."

그녀는 가방과 코트를 집어 들었다.

"네, 물론이죠. 그리고 저녁 감사해요."

"한 번 더 작업하는 거 맞죠?"

"네."

"다음 주 금요일 어때요?"

"좋아요, 금요일로 하죠."

그녀는 미소를 지으며 떠나갔다. 에크만은 광장을 가로지르며 멀어지는 그녀의 모습을 지켜봤다. 그녀는 발레리나처럼 걸었다. 우아하면서도 깔끔했고, 편안하면서도 기품이 있었다.

"여성분이 먼저 가셨나 봐요?"

웨이터는 에크만의 신용카드를 들고 돌아왔다.

"네, 여성분은 가야… 먼저 갔어요."

그는 동정이나 멸시의 흔적을 찾기 위해 웨이터의 얼굴을 살폈다. 하지만 무표정한 얼굴에는 딱히 그렇다 할 표정이랄 게 없었다. 그의 생각은 보이지 않는 잉크 같았다.

"카드 여기 있습니다."

"고마워요."

"감사합니다. 좋은 저녁 보내세요."

에크만은 특유의 뒤뚱거리는 걸음으로 광장을 가로질렀다. 그의 갖은 노력에도 불구하고 뒤뚱거리는 걸음걸이는 고쳐지기는커녕 나아지지도 않았다.

다시 스튜디오로 돌아가는 편이 나았다. 이제 달리 할 일이 없었다.

그는 스튜디오로 가서 불을 켰다. 거기에는 파피의 발레복이 커튼 봉에 걸려 있었다. 그는 발레복 쪽으로 다가가 손으로 만져봤다. 그리고 거기에 얼굴을 파묻고는 향내를 들이마셨다. 그녀의 향내를.

'그 생각을 하면, 그 생각만 하면….'

그는 코트 주머니에 손을 넣고는 작은 빨간 보석 상자를 꺼냈다. 상자를 열자 다이아몬드 팔찌가 나왔다. 다이아몬드의 커팅 된 면이 별처럼 반짝반짝 빛났다.

다이아몬드를 반짝이게 만드는 것은 빛의 속도다. 일반적인 믿음과 달리 빛의 속도는 일정하지 않았다. 진공 상태라면 그럴 테지만 다이아몬드 위에서는 아니었다. 광물 위에서 빛은 다양한 속도로 이동하고, 한 면에서 다른 면으로 굴절되거나 반사됐다. 그게 바로 다이아몬드의 마법의 비밀이었다. 다양한 빛의 속도.

'그 생각을 하면, 그 생각만 하면….'

…그는 그녀에게 사랑 고백을 할 생각이었다.

그는 웃었다. 사실대로 말하자면 그는 코웃음을 쳤고, 그와 동시에 콧물이 튀어나왔다. 그리고 그는 비참하게 울부짖기 시작했다. 그는 자신의 자그마한 몸집을 손으로 쳐 댔고, 살집을 움켜쥐고 잡아당기고 비틀며 욕을 퍼부었다. "싫어, 정말 이런 내가 싫어!"

그는 작업대 근처에 있는 의자에 걸터앉아 코를 훌쩍였다. 코에서는 끔찍하게 많은 콧물이 흘러내렸고 얼굴은 눈물로 범벅이 되었다. 우는 내내 그는 다이아몬드 팔찌를 손에 꼭 쥐고 있었는데, 얼굴을 타고 흘러내리는 눈물이 마치 다이아몬드처럼 반짝거렸다.

마침내 모든 울분과 격한 감정이 가라앉았다. 그는 키친타월을 한 장 뜯어서 코를 풀고 얼굴을 닦았다.

그러다가 문득 어떤 생각이 그의 머릿속을 스쳤다. 마지막 퍼즐의 한 조각이 맞춰지는 순간이었다. 빛의 속도. 그래, 이제 그는 해낼 수 있다. 그것은 너무도 명백한 일이었다. 조각을 움직이게 만들 수 있고, 조각에 생명을 불어넣을 수 있게 된 것이다.

빛의 속도. 다른 속도로 이동하는 바로 그 방식이었다. 속도를 늦출 수 있는 방법과 그것이 만드는 차이점.

그는 팔찌를 들고 창가로 갔다. 곧바로 프리즘과 필터를 준비한 다음, 망원경에 비추던 빛을 그 위로 가져갔다. 그리고는 팔찌를 내려놓고 빛이 가장 큰 다이아몬드를 통과하는 모습을 지켜봤다.

그래, 그래. 이거였다. 물론 이것보다는 더 필요했다. 이렇게 간단하진 않을 것이다. 전기장과 강력한 전자석을 만들어야 한다. 그리고 시작도 하기 전에 불에 타 버리거나 산산이 부서질 위험도 있었다….

하지만 이론적으로는 가능했다. 가능하지 못할 이유가 없었다. 그는 서둘러 공책을 가져와 공식이 적힌 페이지를 펼쳤다.

그리고 그녀에게 사랑 고백을 하려 했던 그 생각만 하면….

수치심에 온몸이 달아올랐다. 그녀가 집에 가서 뭐라 할지, 둘이서 얼마나 비웃을지. 어쩌면 아이가 이들의 이야기 소리와 웃음소리를 듣고 깰지도 모른다. 파피와 로버트, 웃음소리. 그리고 사랑을 나누겠지.

그를 제물 삼아.

그에게는 금요일까지 시간이 있었다. 넉넉하진 않았지만 충분했다.

이류 발레리나와 삼류 화가에게 웃음거리가 될 뻔했다니.

자신 같은 사람을… 그녀 같은 사람이… 착각을 했다니.

그녀에게 사랑 고백을 할 생각을 했다니.

그는 분명 미쳤던 게 틀림없다. 어쩌면 여전히 미친 것일 수도 있다.

왜냐하면 심지어 지금도 그는 그녀를 사랑하고 있기 때문이었다.

작은 발레리나

"에크만 아저씨?"

에크만은 갤러리 매표소에 앉아 있었다. 그는 읽던 신문 너머로 시선을 올렸다.

"크리스토퍼로구나."

"새 작품 없어요?"

소년은 학교를 마치자마자 이곳에 들른 바람에 교복 차림이었고, 가방은 벗은 채 손으로 어깨끈만 잡고 서 있어서 바닥에 질질 끌리고 있었다.

"새 작품?" 에크만은 되물었다. 그러고는 신문을 접고 내려놨다.

"그냥 들러 본 거예요."

무슨 이유에서인지 크리스토퍼는 파피가 있을 때는 갤러리에 가는 게 싫었다. 하지만 그녀가 없어진 지금, 크리스토퍼는 다시 갤러리를 마음껏 들르고 싶은 기분이 들었다. 파피는 리허설 때문에 떠나기 전날 아빠와 다퉜다. 그래서 인사도 한마디 없어 가 버렸고, 크리스토피는 실망했다. 하지만 늘 그래 왔듯 아빠와 파피는 다시 화해를 할 것이다. 둘은 별것도 아닌 일로 다투고 나면 며칠간 뿌루퉁한 상태로 상대방이 먼저 전화하길 기다렸고, 그러다 결국 며칠 후 둘 중 한 명이 먼저 사과를 하곤 했다. 그러면 적어도 다음번 다툼이 있기 전까지는 평화로운 관계를 유지한다.

"새 작품이라…. 매일 새로운 작품을 만들 수 없단 걸 너도 알잖아."

"저도 알아요, 에크만 아저씨."

"조각 하나를 만드는 데 얼마나 오랜 시간이 걸리는지도 알지…?"

"알아요. 그런데 아저씨는 항상 무언가 작업을 하잖아요."

"네 말이 맞다. 난 항상 작업을 하지. 왜 그럴까?"

"왜냐하면 아저씨는 예술가니까요."

"그렇지. 그리고 만약 예술가가 작업을 안 하면 그 사람은 어떻게 될까?"

"더 이상 예술가가 아니게 되겠죠."

"이미 알고 있구나?"

"아빠도 같은 말을 했거든요."

"아."

에크만의 얼굴에 먹구름이 드리워졌다.

"그러면 갤러리에 있는 예전 작품들을 구경해도 돼요?"

"물론이지…. 그런데 잠시만… 이거 한번 구경해 볼래?"

"새 작품이에요?"

"어쩌면."

"어디에 있어요?"

"이걸 네게 보여 줘도 되는지 모르겠구나."

"왜요?"

"아직 개발 중이라… 완벽하지가 않거든."

크리스토퍼는 눈빛이 더욱 초롱초롱해져서 흥분했고, 심지어 말투도 조급해졌다.

"완전히 다른 작품이에요?"

에크만은 진지하게 고개를 끄덕였다. 사실 그는 쇼맨십 기질을 갖고 있었다. 순진무구한 사람들을 상대로 긴장과 기대감을 고조시켜 마치 경이로운 일이 펼쳐질 것 같은 환상을 심어 주는 걸 좋아했던 것이다.

그는 크리스토퍼에게 가까이 다가오라고 손짓했다. 크리스토퍼는 매표소 책상에 몸을 기댔다. 에크만은 갤러리에 이들의 대화를 엿듣는 사람이 없는지 확인하기 위해 오른쪽을 한 번, 그리고 왼쪽을 한 번 살폈다. 마치 횡단보도를 건널 때 자동차가 오는지 보기 위해 양쪽 좌우를 확인하는 것처럼 말이다.

"이 작품은 움직일 수 있단다." 그는 말했다.

소년은 입을 떡 하고 벌린 채 그를 쳐다봤다.

"움직일 수 있다니요? 움직이는 물체 위에 작품이 올라가 있는 거예요?"

"아니, 아니란다. 작품이… 스스로 움직이는 거야."

"하지만… 어떻게요?"

"아하!"

에크만은 또다시 쇼맨이 되었다. 청자에게 전부 다 알려 주지 않은 채 오기심을 자극하는 것이다.

"구경해 봐도 돼요?"

"이리 오렴. 스튜디오에 있단다."

에크만은 닫힘 표지판을 문에 걸고 길을 안내했다. 크리스토퍼는 에크만의 뒤를 조용히 따라갔다. 에크만은 오리처럼 뒤뚱거리면서 계단을 올랐고, 잠시 서서 숨을 골랐다. 그리고 다시 계단을 마저 올라 스튜디오 안으로 들어갔다.

"이게 뭐예요?"

스튜디오 안은 많은 게 바뀌어 있었다. 하늘을 향한 현미경이 있던 자리에는 렌즈와 필터들이 정교하게 놓여 있었고, 그 아래에는 철로 된 둥근 물건이 있었다. 그리고 그 주변에는 전선과 유리 배관 그리고 레이저처럼 생긴 장치가 있었다.

에크만은 자신조차 그 기계의 존재를 깜빡하기라도 한 듯 멍하니 쳐다봤다. 아니면 감춰 뒀어야 했는데 미처 그렇게 하지 못하기라도 한 듯이.

"실험 중인 게 있어서 말이야." 그는 말했다. "이리로 오렴."

에크만은 크리스토퍼를 작업대로 데리고 갔다. 작업대 위에는 작은 유리 돔이 놓여 있었는데, 아래층 갤러리에 전시되어 있는 것들과 별 다를 바 없는 생김새였다. 전시 전 마무리 작업을 하는 중이었는지 모른다.

"자, 이거란다."

하지만 이 작품은 달랐다. 검정색 페인트로 반쯤 가려져 있어서 어두웠다. 그 옆에는 조명을 켤 수 있는 타이머 스위치가 있었다. 조명이 켜져 있는 시간은 정확히 60초뿐이었고, 그 시간이 지나면 조각은 다시 어둠 속에 숨어 버렸다.

"어떻게 하면 돼요?"

"현미경을 들여다보면서 타이머를 누르렴."

크리스토퍼는 작업대에 섰다. 에크만과 크리스토퍼는 키가 똑같았기 때문에 현미경은 조정할 필요가 없었다. 지금은 소년을 보며 웃고 있지만, 머지않아 저 소년이 자신보다 키가 커지고 힘도 세질 거란 걸 에크만은 알고 있었다. 자신이 올려다보던 어른보다 키가 커지고 나면 소년은 어떤 기분이 들까? 자신보다 작은 어른을 존경할 수 있을까? 아니면 어른이 가진 위엄 같은 걸 갑자기 느끼지 못하게 되는 걸까? 물론 에크만에게도 그런 위엄이 있는지는 모르겠지만 말이다.

"이 버튼이요?"

"그래, 그 버튼."

"이 조각은 이름이 뭐예요?"

에크만은 주저했다. 그는 입술을 핥은 후 이렇게 말했다.

"작은 발레리나."

"작은 발레리나요?"

소년의 되묻는 목소리 속에 의문이 담겨 있었다.

"작동시켜 보렴." 조각을 본 크리스토퍼의 반응이 기대된 에크만은 말했다. "어서 버튼을 눌러 봐."

버튼을 누르라는 그의 말은 마치 방아쇠를 당기라는 말처럼 들렸다.

버튼을 누르면, 방아쇠를 당기고 나면, 다신 되돌릴 수 없게 된다.

크리스토퍼는 버튼을 누르고 현미경을 들여다봤다.

빛.

바늘 위에 작디작은 모형이 서 있었다. 바늘귀 위가 아니라 침, 침의 끝에 있었다.

그 위에는 발레화와 튀튀를 입은 작은 마리오네트, 무용수가 서 있었다. 단정하고 깔끔하게 뒤로 묶은 머리에는 리본이 달려 있었다.

"아름다워요, 에크만 아저씨. 멋있어요!"

에크만은 미소를 지었다. 그래, 그렇지. 아름답고말고. 그도 알고 있었다. 하지만 다른 사람들로부터 확인을 받는 건 분명 기분 좋은 일이었다.

"도대체 어떻게 하셨어요?"

"다 방법이 있지."

크리스토퍼는 현미경에서 눈을 떼지 못했다.

에크만은 반응을 마저 기다리며 조심스레 소년을 쳐다봤다.

드디어 반응이 왔다. 소년은 온몸이 굳어 버린 듯했다. 그리고 현미경에 눈을 좀 더 바싹 붙이고는 이렇게 외쳤다.

"와, 아저씨! 우아!"

발레리나가 춤을 추기 시작했다. 바늘 끝에서 회전을 하고 있었다. 천천히 우아하게 회전을 하는 발레리나의 모습은 수도원 광장에서 누군가 상자에 돈을 넣으면 흘러나오는 음악에 맞춰 춤을 추는 파피를 닮아 있었다.

"우아, 아저씨, 정말 대단해요!"

조그만 모형이 회전을 하자, 크리스토퍼는 그 모형의 작은 부분 하나하나까지도 완벽하게 만들어진 걸 볼 수 있었다. 에크만이 만든 조각들 중 놀라울 정도로 실물과 가장 똑같았다. 심지어는 눈마저 반짝반짝 빛나는 게 마치 살아서 움직이는 것 같았다. 에크만은 마리오네트 얼굴처럼 발레리나 얼굴을 칠했다. 무표정하지만 어딘지 모르게 슬퍼 보이는 얼굴이었다. 그리고 각각의 눈 아래에는 커다란 눈물이 그려져 있었다.

천천히 회전을 하며 춤을 추는 발레리나는 태엽 장치로 고정된 게 아니었다. 음악상자나 보석함 속 팔다리가 얼어붙어 움직이지 않는, 그저 제자리에서 돌기만 하는 발레리나와는 달랐다. 완전히 달랐다. 이 발레리나는 팔을 움직였다. 발레리나의 관절 마디마디는 실제로 유동성 있게 움직이고 있었다.

"아저씨! 도대체 어떻게 만드신 거예요?"

어느덧 60초가 지나 발레리나는 어둠 속에 갇혔다.

"또 봐도 돼요?"

크리스토퍼는 발레리나의를 향하고 있는 조명을 다시 켰고, 춤추는 발레리나를 한 번 더 보기 위해 이미 타이머 버튼 위에 손가락을 갖다 대고 있었다.

"안 돼!"

에크만은 크리스토퍼의 팔목을 낚아챘다.

"아야! 아저씨! 아파요!"

에크만은 곧바로 아이의 손목을 놓았다.

"미안하다, 크리스토퍼. 미안해. 내 잘못이야. 진작 말을 했어야 했는데…. 버튼을 연거푸 누르면 안 된단다. 작품을… 쉽게 해줘야 하거든. 기계라는 게 원래 그렇잖아. 계속 작동시키면 과열될 수 있거든. 게다가 이건 아직 초기 단계라서 말이지.

그래서 그런 거란다. 아직 만든 지 얼마 안 돼서 작동을 많이 하면 안 돼."

"아, 알겠어요. 죄송해요."

"아니다. 내 잘못이야. 자, 이제 내려가자. 갤러리 구경해야지."

"좋아요. 그런데 어떻게 만드신 건지 알려 주시면 안 돼요? 어떻게 조각을 움직이게 하신 거예요?"

"아핫, 그게 다 방법이 있단다, 크리스토퍼. 요령이지."

"아니, 어떻게요? 네? 컴퓨터 칩이에요?"

"뭐 어쩌면. 영업 비밀이란다."

"발레리나가 엄청 작잖아요. 그러니까 제 말은, 저렇게 작은데 어떻게 그 안에 기계장치를 넣어서 움직일 수 있는 건지…."

"자, 이리로 오렴. 내려가야지. 몇 시나 됐지? 아빠가 집에서 기다리고 계신 거 아냐?"

"잠깐은 괜찮아요. 그리고 열쇠도 저한테 있어요."

"이제 갤러리 구경하려무나. 물론 이미 다 본 것들이지만 그래도 원하면…."

"네, 감사합니다. 작은 발레리나는요? 그 작품도 전시하실 거예요?"

"아마도. 하지만 아직 잘 모르겠구나. 조금 걱정이 되는 부분이… 음…."

"어떤 부분이요?"

"아까 말했듯이 반복해서 작동시키는 것 말이다."

"발레리나가 망가질까 봐서요?"

"그래, 참, 비스킷이 있는데 좀 있는데 줄까? 아니면 초콜릿 바? 초콜릿 좋아하니?"

"감사합니다. 그러면 발레리나가 망가질까 봐 걱정이 되시는 거예요?"

"그게… 아까 말한 것처럼… 새 작품들은….."

"분명 굉장한 구경거리가 될 거예요, 아저씨."

"그렇게 생각하니?"

"그럼요! 다들 보고 싶어 할걸요. 모두가요! 다른 조각들도 환상적이지만 이렇게 조그만 조각이 움직이기까지 하다니. 분명 사람들이 줄을 설 거예요. 저 블록 끝까지요. 하루 종일 타이머 버튼을 눌러서 조명을 켜 대려 할걸요."

갑자기 에크만의 인상이 어두워졌고, 뭔가 걱정이 되는 듯 기분이 가라앉았다.

"그래, 네 말이 맞을 거야."

"아저씨는 비스킷 안 드세요?"

"나는 아까 먹었단다. 그리고… 나도 모르겠구나. 어쩌면 그냥 스튜디오에 작품을 두는 게 나을 것 같기도 해."

"혼자만 보시려고요?"

"그래…. 혼자만."

"그리고 친구들과 특별 손님한테도요."

"그래, 어쩌면."

"개인 관람도요?"

"어쩌면."

"다음에 또 볼 수 있을까요?"

"그럴 수 있을 것 같구나."

"저 발레리나를 보고 뭐가 떠올랐는지 아세요, 아저씨?"

순간 에크만은 경직되었다. 그의 목소리는 순식간에 퉁명스럽게 변했다. 이 대화가 빨리 끝나기를 초조하게 바라는 듯했다.

"뭐가 떠올랐는데?"

"〈토이 스토리〉요."

"〈토이 스토리〉?"

"〈토이 스토리〉 보신 적 없으세요?"

"본 적이 없다."

"애니메이션 영화인데 등장하는 장난감들이 모두 살아 움직이는 내용이에요."

"아, 그렇구나."

"꼭 한번 보시길 추천해요. 비디오로도 보실 수 있어요. 그리고 후속편도 있고요."

"한번 보도록 하마. 고맙구나, 크리스토퍼."

"감사합니다, 에크만 아저씨. 다음에 또 놀러 와도 돼요?"

"물론이지."

"너무 자주 오진 않을게요. 성가시게 굴고 싶진 않거든요. 만약 제가 방해가 된다면 말씀해 주세요."

"그렇게 하마. 걱정하지 않아도 돼."

"사실대로 말씀해 주시는 게 더 나아요. 그리고 별로 기분 나쁘게 들을 일도 아닌걸요."

"그렇지. 그렇고말고. 이제 충분히 다 구경했니? 그럼 나도 이만 갤러리 문을 닫아야겠구나."

"네, 감사합니다. 가방만 갖고 나올게요."

"그래, 가방을 잊으면 안 되지. 매표소 근처에 있단다."

"감사합니다."

"밖에서 기다리고 있을게."

"있잖아요, 에크만 아저씨. 아저씨 작품들을 보면 저는 어떤 생각이 떠오르는데, 그게 뭔지 아세요?"

"어떤 생각인데?"

"삶의 가치와 그에 대한 사람들의 관점이요."

"그랬니?"

"사람들은 크기가 작을수록 가치가 없다고 생각해요. 그거 아셨어요?"

"그럼 알지. 나도 네 말이 맞는다고 생각한다."

"고래나 코끼리 같은 동물들은 보호하려고 하잖아요. 그것들은 정말 거대하고 아름답고 웅장하죠. 그런데 만약 총을 꺼내 코끼리를 쏜다면…."

"끔찍한 범죄가 되겠지."

"맞아요. 다들 그렇게 말하죠. 그런데 쥐나 파리를 생각해 보세요. 아니면 모기도 있고…. 한 순간도 망설이지 않고 손가락으로 짓눌러 버리잖아요."

"그렇지."

"실제로 그러잖아요. 왜냐하면 대상에 따라 바라보는 관점이 달라지니까요. 사람들은 코끼리는 죽이지 않으면서 벌레는 아무렇지 않게 죽이고, 또 망설임 없이 쥐덫을 사죠. 그래서 제가 어떤 생각을 했는지 아세요?"

"모르겠구나. 어떤 생각을 했니, 크리스토퍼?"

"만약 코끼리의 크기가 파리만 하면 어떨까 생각했어요. 아니면 만약 인간이 개미만 하다면? 왜냐하면 만약 누군가를 없애고 싶단 마음이 생기면…."

"크리스토퍼! 나는 아무도 없애고 싶지 않아! 상상력이 과하구나!"

"아니요, 그러니까 제 말은, 아저씨가 아니라 일반적인 사람들을 말한 거예요. 저를 예로 들면, 저는 대부분의 사람들을 좋아하지만 학교에는 제가 잘 어울리지 못하는 사람들도 있거든요. 그래서 종종 그 사람들을 죽일 수도 있겠단 생각을 해요. 물론 진짜로 그러고 싶다는 건 아니에요. 말이 그렇다는 거죠. 절대 그렇게 하면 안 되는 거니까. 누군가의 생명을 앗아 가는 건 최악의 일이잖아요. 안 그래요?"

"그럼, 당연히 그렇지."

"누군가의 삶을 앗아 간다는 건 최악의 짓이에요."

"크리스토퍼, 너는 도덕심이 강하고 양심을 가진 아이란다. 물론 요즘 아이들이 대체로 버릇없거나 나쁘다고 생각하는 사람들도 있긴 하지. 하지만 나는 그렇게 생각하지 않아. 나는 대부분의 아이들이 수준이 굉장히 높다고 생각해. 그래서 나는 미래에 대한 믿음이 있단다. 아무 문제없을 거라는 믿음 말이지."

"어쨌든 만약 인간이 개미만 하면 어떨까요? 아마 지금 같지 않을 거예요. 사람들은 작다는 이유로 삶을 가치 있게 여기지 않을 거예요. 아마 누군가를 죽이고도 살인이라고 생각하지도 않을걸요. 왜냐하면 벌레를 죽이는 것도 일종의 살해이지만 아무도 신경 쓰지 않잖아요. 안 그래요?"

"신경 쓰는 사람도 있단다. 그런 종교가 있거든. 자이나교는 모기조차 함부로 죽이지 않는다는구나."

"하지만 대부분의 사람들은 크기를 따져요. 작은 크기의 생명체는 사람들이 죽이거나 망가트리는 걸 아무렇지 않아 하죠. 양심의 가책을 전혀 느끼지 못한다거나 생명의 가치에 대해 깨닫지 못하는 것 같아요."

에크만은 문을 열었다.

"그래, 이건 생각해 볼 만한 문제로구나, 크리스토퍼."

"네, 감사해요, 아저씨."

"잘 가렴."

"다음에 뵐게요."

크리스토퍼는 떠났고, 에크만은 갤러리의 불을 껐다. 그는 스튜디오로 올라가 작은 발레리나가 들어 있는 유리 돔 가까이로 다가갔다. 에크만은 버튼을 눌러 조명을 켰고, 발레리나를 작동시켰다.

하지만 발레리나는 움직이지 않았다. 그녀는 바늘 끝에 서서 꼼짝도 하지 않았다.

기계에 문제가 생긴 게 틀림없었다.

에크만은 그녀에게 말을 걸기 시작했다. 마치 그 발레리나가 살아서 그의 목소리를 들을 수 있기라도 한 것처럼, 그는 그녀에게 춤을 추라고 설득을 했다.

하지만 만약 그녀가 살아 있다 할지라도, 그의 말소리는 저 조그만 귀와 신경 밀단에는 그저 알아들을 수 없는 고함 소리일 뿐이었다. 마치 하늘에서 내리치는 폭풍 소리처럼.

발레리나는 여전히 움직이지 않았다.

에크만은 유리 돔을 열고 스포이트로 바늘 위에 작은 물방울을 떨어트렸다.

물방울은 거의 대부분 아래로 흘러내렸지만, 표면 장력으로 인해 바늘 끝에 조금 남았다.

하지만 그만큼의 물로 뭘 할 수 있는지는 알 수 없었다.

특히 기계장치에 문제가 생긴 거라면 말이다.

추락

로버트는 파피에게 전화를 하지 않았다. 그녀가 자신에게 전화를 걸어 올 때까지 기다리기로 한 것이다. 떠난 것은 그녀였다. 굳이 그렇게 하지 않아도 되는데 일을 핑계 삼아 떠났다.

어쩌면 이 모든 건 연기였을 수 있다. 질투, 시기, 불안, 절박함, 사랑 같은 건 실제로 존재하지 않는 듯 무심한 척해 왔던 지금까지의 그 모든 시간들이 말이다. 그런 것 따윈 아무래도 상관없고 둘은 서로에게 구속된 관계가 아닌 척해 왔던 것일 수 있다. 왜냐하면 이들에게 그런 건 지나치게 관습적이고 편협하고 고리타분했기 때문이다. 이론적으로는 말이다.

그래서 로버트는 파피가 먼저 전화를 할 때까지 기다린 것이다. 지난번에는 그가 먼저 전화를 해 둘 사이의 침묵을 깼다. 따라서 이번에는 그녀의 차례였다. 그리고 그 역시 그녀만큼이나 고집을 부릴 수 있었다. 아니, 그녀보다 더할 수도 있었다.

"아빠, 파피한테 전화 왔어요?"

"아직."

"바쁜가 보네요."

"그런가 보구나."

마치 너무 바빠서 전화 한 통, 문자 한 통 혹은 이메일 한 통 보내지 못하는 사람이 실제로 있기라도 한 듯 말이다. 하지만 그 누구도 그렇게까지 바쁠 수는 없다.

결국 그가 지고 말았다. 그는 크리스토퍼의 휴대전화로 파피에게 문자를 보냈지만 답장은 오지 않았다. 그래서 전화를 걸었지만 자동응답기로 넘어갔다. 그는 문자를 하나 더 보냈고, 거기서 멈췄다. 그다음 어떤 일이 일어날지는 이제 그녀에게 달렸다. 만약 그녀가 극장에서 다른 무용수와 눈이 맞은 것이라면 그대로 이들은 끝이었다. 서로에게 구속된 관계가 아니니 말이다. 하지만 그녀는 로버트에게 적어도 무어라 언질은 해 줬어야 했다.

크리스토퍼는 이런 상황이 안타까웠다. 크리스토퍼 역시 파피를 좋아했고, 파피가 보고 싶었다. 파피는 크리스토퍼로 하여금 이번만큼은 다를 거란 기대를 굳이 가질 필요가 없는 사람이었다. 하지만 결국 이렇게 되어 버렸다. 그래, 어른들은 누군가와 관계를 맺고 서로 좋아하는 사이가 되면 이런 일이 일어날 수도 있다는 걸 감수한다.

하지만 아이들은 다르다. 아이들은 모른다. 아이와 친구가 되고, 아이로 하여금 자신을 좋아하고 의지하게 만든 후 아무 말 없이 사라져서는 안 되는 일이었다. 그건 나쁜 짓이다. 아이들이 관계에 따른 보이지 않는 계약을 알 리 없었다. 아무도 아이들에게 그런 게 있다는 경고를 해 주지 않기에 아이들은 무조건적으로 마음의 문을 연다.

그로부터 또 한 주가 흘렀고, 크리스토퍼는 골똘히 생각에 잠겼다. 물론 아빠는 전에도 여자 친구가 있을 때도 있고, 없을 때도 있었다. 하지만 크리스토퍼는 이번만큼은 다르다고 생각했다. 영원할 것이라고 말이다. 로버트도 말은 하지 않지만 사실은 파피를 그리워하고 있고, 파피가 연락을 하지 않아 상처 받았다는 걸 크리스토퍼는 알 수 있었다.

크리스토퍼는 혹시 에크만이 파피에 관해 무슨 소식이라도 들은 게 없을까 싶어서 학교가 끝난 어느 날 오후 갤러리에 들러 넌지시 물어보기로 마음먹었다. 그리고 어쩌면 전에 스튜디오에서 보았던 그 작은 발레리나도 한 번 더 볼 수도 있을지도 모르니 말이다.

날은 금세 어두워졌고, 빗물에 도로가 번들거렸다. 사람들은 우산을 쓰고 지나갔다. 축축한 양털 냄새가 나는 코트를 입은 사람들도 있었다. 여름철의 분위기나 따스함은 이제 기억도 잘 나지 않았다. 하지만 여름은 기필코 다시 올 것이고, 그때가 되면 마찬가지로 지금의 계절이 어땠는지 기억해 내기 어려울 것이다. 냉동실에 손을 넣지 않는 한 말이다. 어떤 게 나을까? 더워서 땀을 식히는 게 나을까, 아니면 추워서 몸을 덥히는 게 나을까?

크리스토퍼는 함께 하교한 친구들과 헤어진 뒤 갤러리로 이어지는 길로 접어들었다. 밝은 창문과 크리스마스 장식들이 달린 건물들을 지나쳤다. 따뜻한 분위기를 내는 빨강색과 금색의 장식들은 추운 바깥 날씨를 상쇄해 주었다. 소년은 창문에 가마가 있는 가게를 지났다. 실제로 사용할 수 있는 가마가 아니라 모형이었는데, 판매를 위해 천이 씌워져 있었다.

갤러리의 유리문 너머로 에크만이 보였다. 그는 매표소의 높은 의자에 앉아 고개를 숙인 채 그림을 그리고 있었다. 섬세한 스케치를 하듯 손에는 연필이 들려 있었고, 눈에는 보석상 안경이 끼워져 있었다. 크리스토퍼가 들어서자 그는 고개를 들었다.

"안녕하세요, 에크만 아저씨."

"안녕."

그는 오늘 기운이 없어 보였다. 울적하고 조용했다.

크리스토퍼는 그게 예술가의 기질이란 걸 알고 있었다. 자신의 아빠도 그랬기 때문에 알 수 있었다. 그리고 선생님들도 그랬다. 사실 크리스토퍼가 아는 모든 사람들이 그랬다.

예술가의 기질은 예술가가 아닌 사람들에게서도 볼 수 있었다. 아니면 모든 사람이 예술가인지도 모르겠다.

"구경해도 돼요?"

"그럼, 물론이지."

그는 다시 스케치에 집중했다.

"발레리나를 볼 수 있어요?"

에크만은 고개를 들었다. 눈에는 여전히 보석상 안경이 끼워져 있었는데, 마치 해적 같아 보일 지경이었다.

"그래, 좋아."

"지금 갤러리에 있어요?"

"아니, 여전히 위층 스튜디오에 있단다."

"제가 올라가서… 아니면 기다릴까요?"

에크만은 갤러리 안을 훑어보았다. 안에는 관람객 몇 명이 천천히 작품을 둘러보고 있었다. 이들은 "세상에!", "와!", "이것 좀 봐!", "대단하다!"라며 서로 자신이 구경한 작품으로 관심을 끌었고, 그 소리는 매표소에 있는 에크만에게까지 닿았다. 그들은 빠른 시간 내 관람을 마칠 것 같지 않아 보였다.

"올라가렴. 어디에 있는지 알잖아. 하지만 발레리나만 봐야 한단다."

"걱정 마세요, 아저씨. 다른 건 절대로 건들지 않을게요. 그 정도 사리분별은 할 줄 알아요."

그 말에 에크만은 미소를 지었다.

"네가 사리 분별을 할 줄 아는 아이란 건 당연히 알지."

"제가 나이보다는 성숙하거든요."

"누가 그런 말을 했니?"

"아저씨가요."

"그랬지. 내가 깜빡했구나."

"올라가서 봐도 돼요?"

"그럼."

크리스토퍼는 계단을 올라갔다. 그러다가 갑자기 멈췄다.

"혹시 파피한테서 연락 없었어요?"

에크만은 다시 고개를 들었다. 여전히 눈에는 안경알이 끼워져 있었는데, 왠지 일종의 기이한 신체 일부 같아 보였다.

"아니, 연락 없었단다. 파피가 네 아버지한테 연락 안 했니?"

"안 한 것 같은데… 잘 모르겠어요. 제가 알기론 없었어요."

"일 때문에 바쁜가 보구나."

"그런가 봐요."

크리스토퍼는 혼자 스튜디오로 올라갔다.

다락방에 혼자 있다는 건 약간 오싹하면서도 특별한 기분이었다.

조그만 형상들이 조용히 카메라 오브스쿠라 정면을 가로지르며 움직이고 있었다. 사람들은 자신이 감시당하는 줄도 모른채 이리저리 바삐 움직였다. 길거리에 있는 감시 카메라마저도 이런 사실을 전혀 알지 못했다.

크리스토퍼는 가방을 내려놓고 손을 뻗어 카메라 오브스쿠라의 렌즈를 움직였다. 커다란 접시에 수도원 광장의 상이 맺혔다. 이젤을 놓고 일본 소녀를 그리는 자신의 아빠의 모습도 보였다. 소녀의 친구들이 다가와 그림을 구경했고, 마음에 든다는 의미로 웃음을 지었다.

로버트는 손을 따뜻하게 유지하기 위해 손가락이 없는 장갑을 끼고 그림을 그렸다. 그의 이젤은 카페 외부 가스등 가까이에 놓여 있었다. 그렇게 얻은 약간의 온기는 그를 비롯한 그의 손님들을 따뜻하게 해 주었다.

크리스토퍼는 이제 빽빽하게 늘어서 있는 물건들을 구경하기 시작했다. 렌즈, 필터, 상자, 통, 전자석 그리고… 나머지는 크리스토퍼가 알 수 없는 것들이었다. 소년은 어딘가 복잡해 보이는 저것들이 어디에 쓰이는 것인지 궁금해졌다.

크리스토퍼의 눈에 마을 모형이 담긴 스노볼이 들어왔다. 지난번에 봤을 때보다는 더 완성된 모습이었다. 에크만이 부지런히 작업을 한 모양이다. 이제 수도원 처마널에 괴물 석상이 있었고, 가게마다 간판도 달려 있었다.

그리고 또 다른 스노볼 속에 작은 발레리나가 있었다. 작은 이름표도 붙어 있었다. 어둠 속 발레리나는 누군가가 불을 켜 주기를 기다리고 있는 듯했다.

크리스토퍼는 현미경에 눈을 갖다 대고 버튼을 눌렀다. 조명이 돔을 비췄다. 그리고 그 안에 그녀가 있었다. 바늘 끝에 말이다. 조명이 발레리나를 놀라게 한 듯했다. 그리고 발레리나는 지난번처럼 춤을 췄다. 종이 위에 찍힌 마침표만큼이나 작은 발레리나는 마리오네트 분장과 발레복 그리고 뺨 위에 그려진 눈물까지 아름답고 완벽했다.

크리스토퍼는 발레리나가 회전을 하는 모습에 마음을 빼앗겨 넋을 놓고 쳐다봤다. 그때 갑자기 탁 하는 소리와 함께 불이 꺼졌고, 그렇게 1분이 지났다.

크리스토퍼는 또 보고 싶어졌다.

소년은 다시 버튼을 눌렀다. 불이 켜졌고 발레리나는 춤을 췄다. 방금 전과 움직임이 거의 같았지만 완전히 똑같진 않았다. 그래서 더 매력적이었다. 도대체 에크만은 이걸 어떻게 만들었을까? 이렇게 작은 모형이 춤을 추게 만들다니. 게다가 움직임도 다양하게 말이다.

1분이 지났다. 불이 꺼졌다. 크리스토퍼는 또다시 보고 싶었다. 그래서 세 번째로 버튼을 눌렀다. 크리스토퍼는 연속으로 버튼을 누르면 안 된다는 에크만의 경고를 까맣게 잊은 듯했다. 발레리나는 다시 춤을 추기 시작했다. 하지만 이번에는 조금 지쳐 보였다. 피루엣 동작을 유지하느라 애를 쓰는 게 보였다. 그러더니 10초 혹은 15초쯤 뒤 발레리나는 밤이 되면 지는 꽃처럼 아래로 쳐지기 시작했다. 야윈 모습이 형언할 수 없이 피곤해 보였다.

그녀가 추락했다.

끝없이 아래로 떨어졌다. 바늘 끝에서 돔의 바닥으로 떨어지고 말았다. 하지만 굉장히 느린 속도였다. 마치 발레리나가 너무 작아서 중력의 법칙이 적용되지 않기라도 하듯 말이다. 그렇게 천천히 떨어진 발레리나는 결국 나무 바닥에 곤두박질쳐졌다.

발레리나는 그 상태로 그대로 움직이지 않았다. 인형처럼 가만히 누워 있었다. 사지가 수천 조각으로 부서진 것처럼.

크리스토퍼는 현미경을 통해 그녀를 쳐다봤다.

갑자기 배 속에서부터 오싹한 느낌이 들었다. 그러다 온몸이 서늘해지면서 죄책감이 밀려왔고, 모든 게 자기 탓인 것만 같았다. 하지만 크리스토퍼는 아무것도 잘못한 게 없었다. 아니, 잘못한 게 맞는 걸까?

"난 아무것도 잘못한 게 없어. 내가 한 게 아니야!"

크리스토퍼는 그게 공허한 외침일 뿐이란 걸 알았다. 그렇지만 그건 사실이었다.

아니, 그건 사실이 아니었다. 그녀는 죽었다. 크리스토퍼가 그녀를 죽인 것이다.

하지만 이건 멍청한 생각이었다. 그녀는 모형이고 조각일 뿐, 살아 있는 인간이 아니었으므로.

그래, 크리스토퍼는 그녀를 망가트린 것뿐이다.

하지만 그것 역시 사실이 아니었다. 크리스토퍼는 아무것도 잘못한 게 없었다. 그녀는 단지 쓰러진 것일 뿐이다. 그가 한 것이라고는 조명을…

…세 번 연속으로 켠 것뿐.

그렇다고 해서 꼭 무슨 일이 일어나리라는 법이 있는가?

크리스토퍼는 오싹함뿐만 아니라 다른 감정도 느꼈다. 두려움이었다. 에크만이 화를 낼지 모른다는 두려움과 자신의 말을 믿지 않을 거라는 두려움, 에크만이 무슨 말을 할지에 대한 두려움 말이다. 키 작은 에크만은 대개 친절했지만, 만약 선을 넘거나 그의 조각을 건드린다면….

크리스토퍼는 발레리나를 건드리지 않았다. 분명 건드린 것은 아니었다. 크리스토퍼는 잘못한 게 없었다. 그저 버튼을 눌렀을 뿐.

타이머 조명이 꺼졌다.

크리스토퍼는 네 번째로 버튼을 눌렀다. 발레리나는 여전히 바닥에 있었다. 팔다리를 벌린 채. 트래펄가 광장의 넬슨 동상이 기둥에서 떨어지는 것과 맞먹는 추락이었다.

크리스토퍼는 서둘러 갤러리로 내려갔다.

"에크만 아저씨, 아저씨!"

크리스토퍼의 거친 발걸음에 텅 빈 나무 소리가 쿵쾅거리면서 울렸다.

"에크만 아저씨! 아저씨!"

한 층 그리고 다음 층을 내려갔다. 마침내 갤러리를 나서는 마지막 관람객 뒤로 문을 닫는 에크만이 보였다.

"아저씨…."

"크리스토퍼, 무슨 일이니?"

크리스토퍼는 가쁜 숨을 몰아쉬고 있었다. 소년은 아무 말도 하지 않았다. 그저 이름만 부를 뿐.

"아저씨…."

"응? 왜 그러니? 숨 좀 돌리렴."

크리스토퍼는 말을 멈추고 숨을 들이마셨다. 그러고는 마침내 말을 꺼냈다.

"떨어졌어요."

"떨어져?"

"작은 발레리나요. 저는 아무것도 안 했어요. 아무것도 만지지 않았어요. 그런데 발레리나가 떨어졌어요. 바닥으로요. 발레리나는 그냥 누워 있어요. 움직이지 않아요. 저는 그저 보기만 했어요. 정말이에요. 전 아무것도 안 했어요!"

에크만은 아무 말도 하지 않았다. 그는 몸을 돌려 서둘러 계단을 올라갔다. 크리스토퍼는 어쩔 줄 몰라 하며 에크만을 뒤따라갔고, 에크만이 자신을 용서한다는 말을 해 주길 바라며 같은 말만 반복했다. "전 아무것도 하지 않았어요." 하지만 안타깝게도 크리스토퍼는 아무 말도 듣지 못했다. 소년은 그저 에크만이 "괜찮단다. 네 잘못이 아니야."라고 말해 주길 바랄 뿐이었다.

에크만은 아무 말도 하지 않았다.

크리스토퍼는 무서워졌다. 마치 자신이 가치 있는 무언가를 망가트린 것만 같았다. 하지만 분명 그럴 의도는 아니었다. 또 망가트릴 만한 짓을 한 적도 없다. 어쩌면 그 조각이 얼마나 약한지에 대해서 제대로 듣지 못한 것일 수도 있다.

둘은 스튜디오 안으로 들어섰다. 에크만은 돔을 향해 달려갔고, 조명을 켜기 위해 급히 버튼을 누르며 현미경을 들여다봤다.

에크만의 굽은 등이 천천히 펴졌다. 그는 크리스토퍼를 돌아봤다.

"괜찮다." 그는 말했다. "별 문제 아닌 것 같구나. 망가지지
않았어."

"발레리나가 추락했어요." 크리스토퍼는 같은 말을 반복했
다. "하지만 저는 아무 짓도 하지 않았어요."

"세상에 고칠 수 없는 건 없단다." 에크만은 말했다. "이건 나
중에 내가 다시 보도록 하마. 이제…."

그는 초조하게 크리스토퍼가 돌아가기만을 기다렸다. 소년
은 머뭇거렸다. 현미경을 다시 들여다보고 싶었던 것이다. 인형처
럼 축 늘어져 있는 작은 발레리나가 보고 싶었다. 정말 망가지지
않았는지, 고칠 수 없는 건 아닌지, 아무 문제가 없는지 에크만은
어떻게 아는 걸까?

"죄송해요, 아저씨."

"괜찮다, 크리스토퍼, 넌 착한 아이구나. 아주 착한 아이야."

에크만은 크리스토퍼에게 다가가 계단 옆문으로 안내했다.

"일부러 그런 게 아니에요."

"나도 안다."

에크만은 손짓을 하며 크리스토퍼에게 다가갔다. 소년은 몸
을 돌려 계단을 향했다.

"다시는 구경할 수 없겠죠?"

"그건 시간이 지나야 알 수 있을 것 같구나. 지금 당장은 걱
정하지 않아도 돼."

크리스토퍼는 계단을 내려갔다. 에크만은 바로 그 뒤를 따라
내려왔다. 크리스토퍼는 망설여졌지만 뒤에 있는 에크만은 강압

적이었다. 그렇다고 위협적인 것은 아니었다. 하지만 단호했다. 크리스토퍼는 이제 집에 가야 할 시간이었다.

둘은 1층으로 내려왔다. 에크만은 아이에게 가방을 건넸다.

"자, 가방 받으렴. 그리고 정말로 걱정하지 않아도 돼."

"에크만 아저씨…."

에크만은 문을 열러 가는 길이었다.

"제가…."

"응?"

"버튼을 눌렀어요."

"그래?"

"세 번 눌렀어요. 연달아서요."

"그랬구나."

"아마 그게 잘못되었던 건가 봐요."

"하지만 넌 몰랐잖아. 난 분명 너에게 말했다고 생각했는데, 아니었나 보구나. 괜찮다."

"어쩌면 기계가 과열됐던 건가 봐요. 쉬지 않고 세 번이나 눌러 댔으니. 일부러 그랬던 건 아니에요. 순간 잊어버렸었나 봐요."

"아마도 그런 것 같구나. 어서 코트 단추 채우렴. 밖이 제법 춥단다."

열린 문 사이로 찬바람이 들어왔다.

여전히 크리스토퍼는 머뭇거렸다.

"아저씨…."

"그럼 잘 가렴, 크리스토퍼. 조심히 가거라."

크리스토퍼는 축축하게 젖은 길 위에 서 있었고, 그 뒤로 갤러리 문이 닫혔다. 열쇠가 돌아가고 안전장치를 잠그는 소리가 들렸다.

크리스토퍼는 코트를 잠그고 어깨에 가방을 들쳐 멘 다음, 집으로 향했다.

소년은 군중 사이를 가로질러 신호를 기다리는 자동차 앞을 지나갔다. 슈퍼마켓 계산대에는 줄이 길게 늘어서 있었다. 하지만 소년의 눈에는 아무것도 들어오지 않았다. 소년은 발이 이끄는 대로 걸었고, 발은 본능적으로 아이를 집으로 이끌었다.

소년은 끔찍한 기분이 들었다. 비밀 때문이었다. 누구한테도 털어놓을 수 없는 그런 비밀 말이다. 누가 믿겠는가? 소년 스스로도 믿을 수 없는 것을. 어쩌면 소년이 잘못 보았던 것일 수도 있다. 착각을 했거나 기억이 잘못됐거나 말이다. 아니면 빛 때문에 원래 없던 게 보인 걸 수도 있다.

하지만 소년은 봤다. 분명히 봤다. 그리고 확신했다. 발레리나가 아래로 떨어지기 바로 직전의 모습. 마지막 회전을 하던 발레리나는 갑자기 지친 기색이 역력했고 축 늘어졌다. 마치 더 이상은 춤을 출 수 없을 것처럼 힘들어 보였다. 그때 얼굴에 그려진 눈물 위로 빗방울 같은 게 떨어지는 걸 봤다.

발레리나는 울기 시작한 것이었다. 그녀는 진짜 눈물을 흘리고 있었다. 그리고 추락했다. 크리스토퍼는 퇴근하는 사람들, 관광객, 일꾼, 가족과 친구 무리 사이로 번들거리는 거리를 걸었다.

다만 소년은 집으로 가지 않았다. 대신 수도원 광장으로 향했다. 환하게 켜진 가로등은 괴물 석상을 비추고 있었고, 땅바닥에 그림자를 만들어 냈다. 첨탑에도 조명이 비췄다. 광장의 악사들은 어깨에 우비를 걸치고 서둘러 악기를 챙겼다. 여성들은 검정색 드레스를, 남성들은 넥타이와 연미복을 입고 있었다.

크리스토퍼는 광장 한구석 카페 근처에 있는 아빠를 발견했다. 아빠는 물건을 챙겨 낡은 가죽 가방에 집어넣고 있었다.

"아빠!"

"크리스토퍼!"

"집에 갈 거예요?"

"이제 가려고. 어서 가자. 가는 길에 가게에 들러야 해. 아빠가 요리해 줄까? 아니면 피시 앤드 칩스 먹을래?"

"전 아무거나 상관없어요. 아빠가 정하세요."

소년은 아빠를 도와 이젤을 접고 함께 집으로 향했다. 부자는 한참을 말없이 걸었다. 크리스토퍼는 어떻게 말을 꺼내야 할지 몰라 자꾸 아빠만 힐끗거리며 쳐다봤다. 만약 말을 한다 해도 아빠가 자신의 말을 믿을 확률이 얼마나 될지 알 수 없었다.

두 사람은 피시 앤드 칩스 가게에 들러 2인분의 식사와 케첩 한 병을 샀다.

가게에서부터 집까지는 2분이면 도착했다. 저녁거리를 들고 집으로 가는 길은 언제나 식욕을 자극하고 집에 조금이라도 빨리 도착하기 위해 조바심이 나기 마련이다. 또 음식을 접시에 담고 (겨우 피시 앤드 칩스를 담느라 접시까지 사용하진 않겠지만) 감자튀김 위에 케첩을 뿌린 뒤 소금과 식초를 곁들여서 식사를 하는 상상을 하기도 한다.

다만⋯ 오늘 저녁 크리스토퍼는 배가 고프지 않았다.

로버트는 현관문을 열었다. 그는 현관 복도에 소지품을 내려놓고는 부엌으로 향했다. 식탁에 음식을 차리고 우유 두 잔을 따른 후 이들은 손을 씻고 자리에 앉았다.

"왜 그래?" 로버트가 물었다.

"뭐가요?"

"무슨 일 있니?"

"없어요."

"크리스토퍼, 무슨 일 있는 거 다 알아. 뭔데 그래?"

"아무것도 아니에요, 아빠."

"학교에서 무슨 일 있었어?"

"아니에요, 아무 일도 없었어요."

"무슨 일이 있는 게 분명한걸. 아빠가 모를 것 같아? 어서 말해 봐."

"아빠…."

"그래."

둘은 식사를 했다.

"오늘 오후에 에크만 아저씨네 갤러리에 놀러 갔었어요."

"그랬니?"

정확하게 말하자면 로버트는 크리스토퍼가 갤러리에 놀러 가는 걸 허락하지 않은 적은 없었다. 다만 허락을 한 것도 아니었다. 사람들에게는 자유를 줘야 한다. 자유는 책임감을 의미했으므로, 아이들은 주어진 자유를 통해 그걸 배워야 한다.

"그래서?"

"그런데…."

"그런데 왜?"

"누군가를 본 것 같아서요."

"누굴?"

"파피요."

로버트는 굶주린 사람처럼, 아니 거의 화가 난 듯 입안 가득 감자튀김을 쑤셔 넣고는 우유 반 컵을 들이켰다.

"파피를 봤다니, 무슨 말이니?"

"에크만 아저씨의 갤러리에서요."

"다시 거기서 일하고 있는 거였어?"

"아니요, 그런 뜻이 아니에요."

"그러면?"

"그게… 파피를 본 게…."

"본 게?"

"설명하기가 어려워요."

"음, 그래도 해 보렴."

로버트의 말대로 크리스토퍼는 설명해 보려 했다. 하지만 이 야기를 시작한 순간부터 화난 듯 초조하게 방 안 여기저기를 둘러보는 아빠의 모습을 보며, 소년은 아빠가 자신의 말을 믿지 않는다는 걸 알 수 있었다.

"난 가끔은 네가 무슨 생각을 하는지 도통 알 수가 없구나, 크리스토퍼." 크리스토퍼가 이야기를 마치자 아빠는 이렇게 말했다. "네가 하는 말이나 지어 낸 이야기 같은 것들 말이다."

로버트는 그림을 그리기 위해 자리에서 일어났다.

발견

    크리스토퍼는 양손을 머리 뒤에 대고 침대에 누운 채 천장 유리 너머로 달을 바라봤다.

    만약 지구 외에 다른 행성이 존재하고, 그 행성에 사는 사람들이 모두 자신보다 크다면 어떨지 크리스토퍼는 생각했다. 자신보다 두세 배 혹은 네 배 큰 게 아니라 한 천 배쯤 크다면 말이다. 그렇다면 같은 언어를 사용한다고 해도 과연 소통이 가능할까? 동굴처럼 깊은 목청에서 나와 울려 퍼지는 천둥 같은 소리를 알아들을 수 있을까? 자기 몸집보다도 훨씬 커다란 글자로 쓰여진 단어를 과연 읽을 수 있을까? 아마도 불가능할 것이다. 'O'의 글자 모양을 따라 걷기만 해도 일주일은 족히 걸릴 테니 말이다.

    이상하게도 책에 묘사된 외계인들은 하나같이 인간과 다른 모습이었다. 어째서 인간처럼 생긴 외계인은 없는 걸까? 크기가 더 크거나 작은 형태로 말이다. 세계 속 또 다른 세계에 살 수도 있지 않을까? 사실 어쩌면 거기에 다른 세계들이 존재하는 건 아닐까? 모든 존재 가능한 형태의 삶이 말이다. 그들이 시간과 공간의 경계부터 몇 광년 멀리 떨어져 있는 게 아니라 사실은 여기,

우리와 함께 있을 수도 있는 것이다.

만약 우주가 행성 크기의 분자와 원자들이 서로 회전하고 부딪히는 집합체였다면 어떨까? 그렇다면 충분히 멀리 떨어져서 그것들이 전부 무언가를 만들어 내고 있는 걸 볼 수 있을 것이다. 물 한 방울, 바닷가 모래 알갱이, 쥐, 수염, 넥타이 등.

모든 게 원자와 분자로 이뤄진 우리의 세계 속 세계가 자신만의 우주를 만들었다고 가정해 보자. 그 조그만 우주 속 행성 하나에 생명이 살고 있다면?

우주에 로켓을 발사하고 화성에 위성을 쏘아 올릴 수는 있지만, 어떻게 소금 알갱이의 회전하고 있는 원자로 로켓을 보낼 수 있을까? 만약 그럴 수 있고, 또 그렇게 했다고 가정했을 때 거기서 무엇을 발견하게 될까?

생명체?

"크리스토퍼!"

"네?"

"불 꺼야지!"

"잘 자라고 인사 안 해 주셨잖아요."

"아, 그랬구나. 지금 가마."

아빠가 방으로 들어왔다. 그는 기분이 조금 좋아진 듯 보였고, 크리스토퍼를 이미 용서한 듯했다.

"죄송해요, 아빠."

"아니야, 내가 미안해. 너한테 화를 낼 일이 아니었는데 말이야. 아빠가 피곤해서 그랬어."

"정말로 본 것만 같았어요. 그래서 말한 거예요."

"괜찮단다."

"파피에게 아무 일도 없겠죠?"

"당연히 아무 일도 없을 거란다. 내일 아빠가 전화해 볼게. 만약 전화를 안 받으면 파피의 공연을 담당하고 있는 회사에 연락을 해서 메시지를 남기도록 할게."

"네, 그럼 안녕히 주무세요."

"잘 자렴."

로버트는 크리스토퍼의 입가에 가볍게 입맞춤을 했다.

아빠가 아들에게 하는 입맞춤은 보통 딸에게 해 주는 것과는 달랐다.

조금 퉁명스럽게 느껴질지는 몰라도 애정의 크기만큼은 같았다. 어떤 사람들은 딸에게 하는 입맞춤이나 아들에게 하는 입맞춤에 차이가 없어야 한다고 한다. 하지만 분명 차이는 존재했다.

크리스토퍼는 눈을 감고 잠을 청했다. 잠을 청하다 보면 잡념이 사라져 버리기도 한다. 뒤죽박죽 뒤엉켜 버린 생각 덩어리가 점차 작아져 없어지기도 하고, 정리가 되기도 한다. 아이들이 갖고 노는 작은 나무 장난감 중 모양에 맞게 구멍에 끼워 넣는 장난감처럼 생각이 딱딱 들어맞게 된다.

자주 있는 일은 아니었지만, 그래도 가끔 그런 적이 있긴 했다. 그리고 모든 게 괜찮았고 설명이 됐다. 엄마가 왜 크리스토퍼와 아빠를 떠났는지, 무엇이 잘못되었고 왜 다시 돌아오지 않았는지 말이다. 파피도 마찬가지였다. 이들은 다 같이 부엌 식탁에 앉아 있었고, 모든 게 좋았다. 그리고 그 상태 그대로 유지될 예정이었다. 두 번 다시 누구도 떠나지 않을 것이었고, 셋은 영원히 함께 지낼 것이었다.

크리스토퍼는 사람들이 자신의 곁을 떠나는 게 싫었다.

사람들은 왜 떠나야만 했을까?

어째서 사람들은 곁에 남지 않을까? 왜 사람들은 자신이 가진 것에 대해 만족하지 못하는 걸까? 그들은 마치 크리스토퍼만으로는 만족하지 못해서, 더 나은 걸 찾으러 떠난 것처럼 느껴졌다. 하지만 아빠는 늘 곁에 있었다. 크리스토퍼에겐 아빠만으로 충분했다. 크리스토퍼가 바라는 것은 그뿐이었다. 아빠만 있어 준다면 말이다. 만약 아빠마저 사라져 버린다면 크리스토퍼는 견딜 수 없을 것이다. 아빠는 항상 그의 곁에 있을 것이다.

그렇지 않을까? 그렇겠지? 당연히 아빠는 크리스토퍼 곁에 있어 줄 것이다.

다만 어느 날 저녁, 아빠가 돌아오지 않는다면?

크리스토퍼는 몸을 뒤척이다 결국 이불을 발로 차 버렸다. 나중에 크리스토퍼의 방을 들여다 본 아빠는 아이가 추워서 깨지 않도록 다시 이불을 덮어 주었다. 그때는 이미 크리스토퍼를 괴롭히던 악몽이 사라지고 평온한 꿈을 되찾은 뒤였다. 마치 눈이 소복하게 내린 조용한 길거리 같았다.

로버트는 다음 날 파피에게 전화를 했다. 하지만 이번에도 파피는 받지 않았다. 그저 자동응답기로 넘어갈 뿐이었다. 로버트는 메시지를 남기지 않았다. 대신 파피의 친구에게 전화를 걸어 파피가 공연을 하기로 한 극단의 전화번호를 알아냈다. 극단에 전화를 건 그는 상황을 아는 누군가로부터 이야기를 들을 수 있었다. 그 사람의 말에 따르면 파피는 공연 날짜에 나타나지 않았고, 극단의 연락을 전부 무시했다는 것이다. 그래서 그들은 그녀가 일을 거절한 걸로 판단해 다른 사람을 채용했다고 했다. 그러면서 로버트에게 이런 사람들이 어떤 부류의 사람들인지 알지 않느냐고 말했다.

"아니요." 로버트는 화가 나서 말했다. "이런 사람들이 어떤 부류의 사람인지도 모르겠거니와 당신이 말하는 이런 사람이 뭘 의미하는지도 모르겠군요."

"그러니까, 예술가들 말이죠. 그런 사람들은 항상 예측할 수가 없거든요. 좀 더 나은 일이 들어왔다 싶으면 훌쩍 떠나 버리잖아요. 이런 사람들은 신뢰할 수가 없어요." 수화기 너머의 목소리가 말했다.

하지만 로버트의 경험상으로는 오히려 그 반대였다. '예술가'는 비가 오나 눈이 오나, 천식이 있든, 독감이 유행하든 이 세상에서 가장 신뢰할 수 있는 사람이었다. 그들이 약속 장소에 나타나겠다고 말하면 정말로 나타났다. 심지어 몸이 아플 때도 말이다. 왜냐하면 그들이야말로 일자리, 돈, 명예 등 잃을 게 많은 사람들이었으니까. 시간 약속 하나 못 지키고 잠수나 타 버리는 '예술가'를 고용하려는 사람은 없다. 공연은 계속되어야 하니까. 당연히 그렇지 않던가?

"어쨌든 감사합니다." 로버트는 이렇게 말하고는 전화를 끊어 버렸다.

에크만의 갤러리 문에는 차임벨이 달려 있었다. 그래서 누군가가 문을 열고 갤러리에 들어오면 화장실에 있거나 안쪽 사무실에서 커피를 만들다가도 그 사실을 알 수 있었다. 또 위층 스튜디오까지도 차임벨 소리가 들렸으므로 에크만은 "잠시만요! 조금만 기다리세요!" 하고 외치며 계단을 서둘러 내려가곤 했다.

물론 그는 매표소 일을 맡아 줄 직원을 구할 수도 있었다. 하지만 지금은 손님이 적은 시기였고, 파피가 떠난 이후 혼자서 운영하는 것도 나름 만족스러워 보였다.

다만 이번에는 손님이 아니었다. 소년의 아빠인 로버트 맬런이었다. 오후에 내린 비 때문에 그의 차림은 조금 후줄근했다. 그는 어깨에 포트폴리오가 든 가방을 둘러메고 있었고, 에크만이 예상한 대로 여러 갤러리를 돌면서 작품을 선보이는 중이었다.

"오, 로버트, 자네로군."

그는 친근하게 말을 붙여 보려 했지만, 목소리에 담긴 약간의 적대심 내지 질투심을 완벽히 숨기진 못했다.

"에른스트 씨."

"어떻게 지내나? 놀러 온 건가, 아니면…."

그는 로버트의 가방을 향해 곤란한 듯 손짓을 해 보였다.

"아니에요. 그림 팔러 온 거 아니니까 걱정하지 마세요."

"아니, 그런 뜻이 아니네. 갤러리에 전시하는 작품은 보통…."

"알아요. 직접 만드신 작품만 전시하잖아요."

"그럼 무슨 일 때문에 온 건가?"

"그냥 지나가다 들러 본 거예요. 혹시 파피한테서 연락 온 게 있나 해서요."

에크만은 어리둥절한 표정을 짓고는 고개를 저었다.

"아니, 없었네. 파피 씨가 떠난 게… 거의 2주 전이잖아. 그런데 무슨 일 있나?"

"파피하고 연락이 안 돼서요. 그것뿐이에요."

"아, 그렇군…." 에크만은 양손을 벌리고는 남자들끼리 통하는 게 있다는 식으로 손짓을 했다. "여자들이란…. 자네도 알잖아."

그렇다. 로버트는 여자에 대해서 알고 있었다. 하지만 에크만이 여자에 대해 뭘 알긴 아는 건지 로버트로서는 알 수 없었다. 행여 안다 해도 얼마나 알지 의문이었다.

"미안하네." 에크만이 말했다. "만약 연락이 오면 말을 전해 주지. 하지만 그것 말고는…."

"감사합니다."

에크만은 로버트가 그만 떠나 주길 바랐지만, 로버트는 갤러리 안을 들여다봤다.

"생각해 보니 에른스트 씨의 작품을 한 번도 제대로 본 적이 없는 것 같네요…."

"문을 닫을 참이었네만." 에크만은 이렇게 말했다. 다만 아직 세 시도 채 되지 않은 시각이었다.

"그럼 다음에 보기로 하죠."

"그래."

로버트는 문을 향해서 몇 발자국 움직이더니 다시 걸음을 멈추었다.

"사실, 에른스트 씨가 관심 있어 할 작품이 하나 있긴 한데 말이죠."

"그게 뭔가?"

"그림이요. 그녀의 그림."

에크만은 망설였다. 그리고 혀를 내밀어 입술을 핥았다.

"그녀라면… 파피?"

"네, 그 습작 누드화요."

"내게 팔 생각인가?"

"어쩌면요."

"왜지?"

"돈이 필요할 것 같아서요."

"그렇다면 먼저 그림을 봐야겠네."

"물론이죠. 그런데 여긴 빛이 좋지 않네요."

"가지고 올라가지. 스튜디오로."

그는 계단을 가리켰다.

둘은 스튜디오를 향해 올라갔고, 로버트는 가방을 내려놓은 뒤 책상 위에 포트폴리오를 펼쳤다.

에크만은 조심스럽게 한 장 한 장 작품을 넘겼다. 하지만 특정 작품이 보고 싶어 조바심이 날 지경이었다. 그는 심지어 손을 떨기까지 했다.

"이게 뭐예요?"

에크만은 로버트를 올려다봤다. 로버트는 유리 돔 안에 든 마을을 응시하고 있었다.

"아, 돔 안에 든 것 말인가? 마을 모형이야. 렌즈로 한 번 보게."

로버트는 렌즈로 마을 모형을 들여다봤다.

"아름다워요."

"고맙네. 그런데 그녀의 그림이 있다고 하지 않았나?"

"분명히 그 안에 있을 거예요. 제가 깜빡하고 놓고 오지 않은 한…."

에크만은 작품들을 뒤적거렸다.

"안 보이는군."

"잘못 보셨을 거예요. 다시 한 번 보세요."

스튜디오 안에는 또 다른 돔이 있었다. 그리고 이런 작품명이 적혀 있었다. '작은 발레리나'. 로버트는 몸을 앞으로 기대고 돔 위에 있는 현미경에 눈을 갖다 댄 후 조그만 버튼을 눌러 불을 켰다.

조명이 들어왔다.

작은 발레리나는 바늘 끝에 앉아 있었다. 그녀는 양팔로 무릎을 끌어안고 있었는데, 조명이 켜지자 손을 들어 올려 눈부신 빛을 막아 냈다. 마치 자신을 내려다보는 게 누구인지 쳐다보려는 것처럼.

어디선가 윙 하고 소리가 났다. 기계가 움직이는 소리였다. 하지만 로버트는 그 소리를 듣지 못했다. 그는 자신이 내려다보고 있는 것에 완전히 사로잡혀 버린 것이었다.

"이게 움직여요…. 발레리나가 움직여요…." 그는 중얼거렸다. "발레리나가… 살아 있어요."

불이 꺼졌다. 그는 다시 버튼을 눌렀다. 작은 발레리나는 일어섰다. 그녀는 무언극을 했다. 원하는 게 뭐야? 내가 뭘 하면 되는데? 내가 뭘 어쨌다고 이러는 거야? 왜 하필 나야? 왜 이렇게 만든 건데? 나한테서 원하는 게 뭐야?

불이 꺼졌다. 또 1분이 지난 것이다. 로버트는 또다시 버튼을 누르려다 말았다. 에크만, 포트폴리오. 그는 애초에 파피의 그림은 가져오지도 않았을 뿐더러, 에크만이 얼마나 줄 수 있든 간에 그에게는 보여 줄 마음은커녕 팔 생각 없는 그 작품에 대해 까맣게 잊고 있었다. 그는 에크만의 스튜디오에 들어가기 위해 파피의 그림을 파는 척 연기했던 자신의 얄은 속임수에 대해 완전히 잊어버리고 만 것이다.

그의 눈에 마지막으로 들어온 것은 흐릿한 주변 사물이었다. 그리고 눈앞이 깜깜해지고 두개골이 쪼개지는 듯한 고통을 느꼈다. 그 후 아무것도 보이지 않았다. 그저 침묵과 텅 빈 의식뿐이었다.

실종

크리스토퍼가 학교에서 돌아왔을 때 집에는 아무도 없었다. 딱히 이상한 일은 아니었다. 소년의 아빠는 종종 오후에 일을 하러 나가거나 갤러리를 돌거나 화구를 구입하기 위해 외출을 했다. 또 가끔은 '영감을 떠올리기 위해' 정처 없이 돌아다니기도 했다. 크리스토퍼의 아빠는 가끔 스스로도 뭘 찾는지 몰랐지만, 돌아다니다 보면 뭔가 느낌이 오길 바랐다.

하지만 영감만으로는 충분하지 않았다. 영감을 받았다고 해도 그걸 이용해 무언가를 만들어 내야 한다. 영감이란 그저 반죽이나 찰흙 덩어리 같은 것일 뿐이라, 그걸 다듬어 형태를 만들어 줘야 한다. 영감은 때로는 최악의 적이기도 했다가 최고의 친구기도 했다. 시작은 했지만 끝은 어떻게 맺어야 할지 모를 막다른 골목으로 이끌기도 하니 말이다.

크리스토퍼의 아빠는 보통 늦을 것 같으면 아들에게 이를 미리 알리곤 했다. 하지만 크리스토퍼는 걱정하지 않았다. 소년은 우유를 한 잔 따르고 (혼자인 관계로 평소보다 몇 개 더) 비스킷을 꺼낸 후 자리에 앉아 텔레비전을 봤다.

이젤과 화가용·손님용 접이식 의자들이 벽에 기대어져 있는 게 눈에 들어왔다. 그렇다면 아빠는 지금 수도원 광장에서 관광객들의 초상화를 그리고 있는 게 아니었다.

크리스토퍼는 30분 후에 숙제를 해야겠다고 생각했다. 하지만 또 다른 프로그램이 시작했고, 소년은 그것까지 보기로 했다. 그리고 또 다른 프로그램이 시작됐다. 그렇게 한 시간 반이 지난 후에야 크리스토퍼는 텔레비전을 껐다. 벌써 여섯 시가 넘었다. 시간을 확인한 크리스토퍼는 막연한 걱정이 들기 시작했다.

소년은 아빠의 방에 들어가 완성된 작품과 아직 작업 중인 그림들 틈에 있던 포트폴리오가 없어진 걸 알 수 있었다. 그렇다면 분명 아빠는 갤러리를 돌고 있을 터였다. 지금쯤 갤러리들이 문을 닫았을 테니 아빠는 곧 돌아올 것이다. 그제야 안심이 된 크리스토퍼는 우유를 한 잔 더 따른 후 숙제를 했다.

일곱 시쯤 되자 크리스토퍼는 배가 고파졌다. 숙제도 다 끝냈다. 보통 숙제는 세 과목 정도 있지만 오늘은 두 과목뿐이었고, 특별히 어려운 것도 없었다. 짧은 역사 글짓기와 수학 문제가 끝이었다.

크리스토퍼는 아빠에게도 휴대전화가 있었으면 좋았을 거라고 생각했다. 아빠는 안전을 이유로 아이에게만 휴대전화를 사줬고, 정작 본인은 사지 않았다. 그래서 아빠는 보통 집 전화로 아이에게 전화를 걸곤 했다.

크리스토퍼는 부엌으로 가서 냉장고를 열었다. 냉동실 안에 뭐가 있는지 살펴봤다. 무언가 먹을 걸 만들기 시작하면 아빠가 도착할 시간에 맞춰 끝낼 수 있을 것이다. 크리스토퍼는 감자튀

김과 채소가 들어간 소시지, 냉동 콩을 꺼내고 오븐을 켰다.

저녁 식사 준비가 다 됐다. 여전히 아빠는 오지 않았다. 크리스토퍼는 홀로 자기 몫을 먹고 아빠 몫은 접시에 덜어 오븐에 넣었다. 그리고 아빠가 오기 전까지 음식을 따뜻하고 촉촉하게 보관하기 위해 저온으로 켜 뒀다.

이제 거의 여덟 시가 다 되어 갔다. 소년은 본격적으로 걱정이 되기 시작했다. 이미 어느 순간부터 걱정하는 마음이 들긴 했지만, 지금은 숨겨지지 않을 정도였다.

소년은 아빠를 10분만, 아니 15분만 더 기다려 보기로 했다. 그때도 오지 않으면 다른 사람들에게 전화를 돌리거나 직접 아빠를 찾아 나설 작정이었다. 아이는 휴대전화를 쳐다보며 어째서 아빠가 전화를 하지 않는지 궁금해했다.

크리스토퍼는 거실로 갔다. 책을 읽어 보려 했지만 도통 집중을 할 수가 없어서 다시 텔레비전을 켰다. 퀴즈 프로그램이 시작할 시간이었다. 평상시라면 재미있게 봤을 테지만 오늘따라 문제들이 하나같이 멍청하게 들렸고, 아무것도 의미 없게 느껴졌다. 저러고 싶을까? 자신의 지식 혹은 무식을 텔레비전에 나와서 뽐내고 싶을까? 무엇 때문에? 그렇게 함으로써 뭘 증명할 수 있는 거지? 자신이 멍청하단 걸 혹은 똑똑하단 걸 증명하려는 걸까? 그들이 도무지 무엇을 말하고자 하는지 크리스토퍼는 전혀 알 수가 없었다.

소년은 텔레비전을 음소거로 해 놓고 화면만 켜 두었다. 크리스토퍼는 자리에 앉아 손톱을 물어뜯기 시작했다. 그러고는 작은 발레리나에 대해, 발레리나가 추락한 것에 대해, 자신이 봤다고 생각한 그 진짜 눈물에 대해 생각했다. 하지만 분명 그것은 크리스토퍼가 잘못 본 것일 터였다. 머릿속으로 상상을 한 것임에 틀림없다.

다만 에크만 아저씨는 어떻게 발레리나를 움직이게 만들었을까? 발레리나는 너무도 파피를 닮아 있었다. 아저씨는 분명 파피를 모델로 만들었을 것이다. 분명히 그랬을 것이다.

크리스토퍼는 또다시 시계를 쳐다보았다. 그리고는 일어나서 아빠 방 침대 옆 테이블에 놓여 있던 수첩을 갖고 왔다.

아이는 수첩에 적혀 있는 사람들의 연락처로 전화를 걸었다.

"안녕하세요. 저 크리스토퍼인데 혹시 아빠랑 같이 계세요?"

아니었다.

"안녕하세요, 미프 아저씨? 네, 저 크리스토퍼예요. 오늘 광장에 나가셨죠? 혹시 아빠 못 보셨어요? 아, 못 보셨군요. 네, 알겠어요. 감사합니다. 아니에요. 별일 아닐 거예요. 오늘 좀 늦으셔서요. 네, 알겠어요. 혹시 연락 오면 알려 주세요. 감사합니다. 아니요, 전 괜찮아요. 그래도 물어봐 주셔서 감사합니다. 네, 다시 전화 드릴게요. 아니에요, 집에 와 보지 않으셔도 돼요. 전 괜찮아요."

크리스토퍼는 경찰에 전화를 해야 할지 고민했다. 하지만 다시 생각해 보니 그리 늦은 시간은 아니었다. 다만 혹시라도 아빠가 사고를 당해 병원에 있는 것이라면?

갑자기 토할 것처럼 속이 울렁거렸고, 문득 홀로 남겨졌단 생각이 들었다. 형제자매 그리고 부모가 다 있는 아이들은 달랐다. 그 아이들은 가족끼리 투덕거리며 말다툼이나 가벼운 몸싸움이라도 하면 본인이 세상에서 가장 불쌍하다고 생각할 것이다. 하지만 적어도 그 아이들에게는 치고받고 싸우고 화해를 할 누군가라도 있다. 크리스토퍼처럼 의지할 사람이 단 한 명일 때는 마음을 놓을 수가 없었다. 그 사람마저 잃으면 곁에 아무도 없게 되니 말이다. 따라서 그 유일한 사람이 잘못되거나 사고를 당하는 일 같은 건 상상도 할 수 없었다.

크리스토퍼는 부엌 전화기 옆에 놓인 메모장에 아빠를 찾으러 나간다는 메모를 남긴 다음, 그사이에라도 아빠가 돌아오면 볼 수 있도록 문에 메모지를 붙여 뒀다. 아, 그리고 음식이 오븐 속에 있긴 하지만, 말라 가고 있기도 하거니와 어차피 아빠가 돌아왔을 때쯤이면 음식도 다 식었을 테니 오븐을 껐다는 말도 덧붙였다.

'죄송해요. 하지만 어린 제가 화재의 위험을 감수할 순 없으니까요. 이따가 봐요. 사랑해요. 크리스토퍼가.'

무언가 착오가 있었을 것이다. 아빠는 분명 누군가에게 늦을 거란 메시지를 전달했지만 그 사람이 크리스토퍼에게 전하는 걸 깜빡했을 것이다. 어쩌면 아빠는 파피를 찾았을지도 모른다. 그래, 그거였다. 어쩌면 둘은 지금 와인 한 병과 인도 레스토랑에서 포장한 음식을 들고 집으로 돌아오는 길일 것이다.

둘이 문을 벌컥 열고 들어오는 모습이 크리스토퍼의 눈앞에 훤히 그려졌다. 아빠는 다시 행복해졌고 파피는 웃고 있을 것이다. 음식이 담긴 종이봉투에서는 마늘과 고수향이 솔솔 풍겨 나오고, 아빠는 와인 병을 열고 파피는 음식을 접시에 담은 뒤 난을 뜯어서 아빠에게 건네줄 것이다. 아빠가 좋아하는 음식이니까.

혼자 있으니 너무도 조용하다. 크리스토퍼는 자신이 나간 동안 음식이 탈까 봐 메모에 적어 놓은 것처럼 오븐을 껐다. 자칫하면 아파트에 불이 날 수도 있으니 말이다. 조심하지 않으면 분명 일어날 수도 있는 일이었다. 혼자 있을 때는 더욱 조심해야 한다. 그런 일은 누군가가 대신 책임져 줄 거라고 기대하며 어린아이처럼 행동해선 안 된다. 그 정도는 스스로 할 줄 알아야 한다.

크리스토퍼는 코트를 걸치고 현관 열쇠를 챙긴 뒤 밤거리로 나갔다. 비가 그친 거리 위로 달이 떠 있었다. 잿빛 테두리의 먹구름이 한두 점 떠 있긴 했지만, 하늘은 대체로 맑은 편이었다.

크리스토퍼는 수도원 광장으로 걸어갔다. 하지만 아빠는 거기에 없었다. 소년은 아빠를 아는 화가들에게 물어봤지만 다들 고개만 저었다. 그리고 스코치에게 말을 걸었다. 스코치는 저글링 공연을 준비하면서 적잖이 몰려든 저 구경꾼들로 오늘 꽤 많은 소득을 올리길 바랐다. 하지만 스코치도 크리스토퍼의 아빠를 보진 못했다. 스코치의 입에서는 등유 냄새가 났다. 그는 공연 막바지에 종종 불을 삼키곤 한다. 그러다 보면 눈썹을 그을리기도 하는데, 모조리 타 버렸는지 지금은 흔적조차 없다.

크리스토퍼는 이번에는 카페의 웨이터에게 다가가 물었다. 웨이터는 가스등에 불을 켜고 있었다. 하지만 웨이터 역시 고개를 저었다. 그는 소년이 말하는 사람이 누군지조차 모르겠다고 했다. 크리스토퍼는 웨이터를 믿지 않았다. 그는 그저 소년을 돕고 싶지 않은 것이었다.

점점 걱정이 되고 무서워진 소년은 집에 전화를 걸어 혹시 아빠가 돌아오진 않았는지 확인했다. 하지만 아무도 전화를 받지 않았다. 집에 아무도 없다는 안내 멘트가 나오기 전까지 소년의 휴대전화에서는 연결음만 하염없이 흘러나왔다.

"어이, 꼬마야, 어딜 가니…?"

크리스토퍼는 서둘렀다. 길에는 소년 또래의 사람이라고는 한 명도 없었다. 다 성인들뿐이었다. 청년, 중년 그리고 다 큰 학생들과 자신이 다 컸다고 믿는 학생들뿐이었다. 그들은 바나 영화관으로 향했고, 나이가 더 많은 사람들은 레스토랑, 극장, 공연장에 갔다. 나이가 아주 많은 사람은 없었다. 어쩌면 그런 사람들은 밤에 밖에 나오는 게 겁이 나 집에 숨어 있는 것일지도 모르겠다.

어디로 가야 하지? 크리스토퍼는 이제 알 수가 없었다. 더 이상 떠오르지 않았다. 걱정은 두려움으로 변했고, 끔찍한 공허함이 다시 소년의 온몸을 엄습했다. 답을 모르는 오래된 질문들, 오래전에 해결했어야 하지만 그러지 못한 문제들이 다시금 머릿속으로 휘몰아쳤다. 왜 사람들은 떠나는 거지? 왜 사람들은 날 두고 떠나는 걸까?

소년은 발이 이끄는 대로 걸었다. 발이 목적지를 알기를 바랄 뿐이었다.

"꼬마야, 잠깐 이리 와 보렴…."

크리스토퍼는 뒤돌아보지 않았다. 그 낮은 목소리는 어서 무시하고 갈 길을 가야 한다는 걸 느끼게 해 주었다. 망설일 이유가 없다.

그런데 어디로 가는 거지? 소년의 발은 소년을 어디로 이끄는 걸까?

소년은 소리를 지르고 싶었다. 마치 커다란 마트에서 길을 잃은 아이처럼 말이다.

"아빠! 아빠!"

그러면 아빠가 달려올 것만 같았다.

"아빠가 날 떠난 줄 알았어요. 사라져 버린 줄 알았단 말이에요!"

다만 그렇게 말하진 않을 것이다. 대신 화를 내거나 울음을 터트리면 아빠는 이렇게 물을 것이다. "왜 그래? 무슨 일이야? 이제 괜찮아."

하지만 사실은 아빠를 영원히 잃어버리고 다신 보지 못할 것이라고 생각했던 것이다.

소년의 아빠는 길모퉁이 어딘가에 있을 것이다. 모퉁이를 돌면 포트폴리오가 든 가방을 둘러멘, 약간은 시무룩한 표정의 아빠가 서 있을 것이다. 일진이 안 좋기라도 했다는 듯이 말이다. 왜냐하면 갤러리들은 대부분 아빠의 작품을 사고 싶지 않아 하거나, 산다 해도 헐값에 매입하려 했을 테니 말이다. 하지만 아빠의 얼굴은 크리스토퍼를 보자마자 밝아질 것이고, 크리스토퍼는 집으로 돌아가면서 아빠를 어떻게 위로해야 할지 잘 알고 있었다. 아이는 아빠에게서 배운 것들을 그대로 말해 줄 것이다.

"아빠, 빈센트 반 고흐나 폴 고갱을 생각해 봐요. 그 사람들도 죽기 전까지는 유명해지지 못했어요."

그러면 아빠는 웃을 것이다.

"나는 유명해지거나 죽고 싶은 게 아니야. 그저 먹고살 만큼 돈을 벌고 싶은 거란다."

죽은 후에야 유명세를 얻고 인정을 받는 게 어떤 의미로는 일생 동안 겪은 무시에 대한 보상이 될 수 있다는 건 웃긴 발상이었다. 반 고흐는 죽을 때까지 가난했지만, 지금 그의 작품은 수백만 불에 거래가 된다. 그렇다고 해서 반 고흐의 형편이 나아질 것인가? 귀가 다시 생길까? 어쨌든 그는 지금 죽고 없는데 말이다.

　아빠는 이 말에 항상 웃곤 했다.

　"그렇다고 귀가 다시 생기는 건 아니잖아요, 아빠."

　모퉁이를 돌면 아빠가 있을 것이다.

　아빠는 없었다.

　죽음은 귀를 돌려주지 않는다. 죽음, 명예, 부는 소중한 걸 돌려주지 못한다. 돈으로는 물건을 살 수 있을 뿐 사람을 돌려주지는 못한다. 우리가 사랑하는 걸 돌려주지는 못했다.

　그래, 한 블록만 더 가 보자. 만약 거기에도 아빠가 없으면 그때는 그만두는 것이다. 그때는 집에 가서 경찰에 전화를 하거나 병원에 가 보는 것이다. 딱 한 번만 더, 딱 한 블록만 더 가 보는 것이다.

　아빠는 거기에도 없었다.

　아니 한 블록만 더 가 보자.

　크리스토퍼는 모퉁이를 돌았다. 아빠는 없었다. 크리스토퍼는 어쩔 수 없이….

　그때 크리스토퍼는 문득 자기가 어디에 와 있는지 알게 되었다. 소년은 에크만의 갤러리 앞에 서 있었고, 갤러리 안은 환히 빛나고 있었다. 창문에 붙은 안내판에는 '불가능의 예술 갤러리 운영 시간 10:00부터 5:30까지'라고 적혀 있었다.

크리스토퍼는 손을 뻗어 벨을 눌렀다. 벨 소리가 건물 전체에 울려 퍼지는 걸 느낄 수 있었다. 아무도 나오지 않았다. 에크만은 갤러리에 없는 모양이었다. 아마 보안을 위해서 불을 켜 놓고 퇴근한 것일지도 모르겠다. 크리스토퍼는 벨을 한 번 더 누르고 창문을 올려다봤다. 에크만의 스튜디오가 있는 다락방에서 그림자가 움직이는 걸 본 것 같았다.

다시 침묵만이 흘렀다. 소년은 세 번째로 벨을 눌렀다. 이번에는 길게 눌렀다. 급한 볼일이 있어서 온 거니 얼렁뚱땅 돌려보낼 생각은 말라고, 문을 열어 줄 때까지 절대 돌아가지 않겠다는 의미로 말이다.

갤러리 안의 다른 불들이 켜졌다. 그리고 에크만이 계단을 내려오고 있는 듯, 안에서 그림자가 움직였다.

"누구세요? 무슨 일이죠? 문 닫았습니다."

"아저씨, 저예요!"

크리스토퍼는 에크만이 자신의 얼굴을 볼 수 있도록 창문 가까이 얼굴을 들이밀었다.

"내일 다시 오세요. 오늘은 이미 문을 닫았습니다."

크리스토퍼는 창문을 세차게 두드렸다.

"아저씨, 저라고요!"

"내 말 안 들립니까? 술 취했어요? 경찰 부를까요?"

"에크만 아저씨! 저예요! 크리스토퍼!"

둘 사이에는 창문이 가로막고 있었다. 에크만은 창밖을 살폈고, 크리스토퍼는 창문 안쪽을 들여다봤다.

"크리스토퍼니?"

"아저씨, 아빠가 사라졌어요."

"뭐라고?"

"아빠 못 보셨어요? 집에 안 오셔서요. 아빠가 사라졌어요. 어떻게 해야 할지 모르겠어요."

"잠시만 기다리렴. 문을 열어 주마."

에크만은 열쇠를 돌려 빗장을 풀고 잠금장치를 열었다. 보안에 있어서만큼은 설렁설렁한 편이 아닌 그는 조각들을 이중, 삼중 보안장치로 보호하고 도난 경보도 두 개쯤 달아 놨다.

"에크만 아저씨, 아빠가 너무 걱정이 돼서…."

"안으로 들어오렴. 스튜디오로 올라가자꾸나."

"아빠를 찾을 수가 없어요."

"올라가서 이야기하렴. 마지막으로 언제 아빠를 봤니?"

"오늘 아침에 학교 가기 전 집을 나설 때요."

에크만은 스튜디오로 앞장서서 올라갔다.

"여기 앉으렴."

"뭘 어떻게 해야 할지 모르겠어요. 아빠는 지금까지 한 번도 집에 안 들어온 적이 없거든요. 이런 적이 없었어요. 너무 걱정돼요. 혹시 아빠 못 보셨어요? 제 말은, 혹시 아빠가 여기에 오지는…."

"자, 자, 자리에 좀 앉으렴. 우선 진정을 하고 천천히 말해 보거라. 어쩌면 걱정하지 않아도 될 일인지도 모르잖니. 미리 겁먹을 필요는 없단다. 이런 상황에서는 가장 하지 말아야 할 일이지. 자, 처음부터 이야기해 볼래?"

그리스토퍼는 에크만의 말이 옳다는 걸 알았다. 소년은 의자

끝자락에 걸터앉아 깊게 숨을 내쉬고는 진정해 보려고 노력했다. 에크만이라면 자신을 도와줄지도 모른다. 도와주고 싶어 하는 게 보였다. 에크만은 좋은 사람이다. 겉보기엔 어딘가 낯설고 슬퍼 보이긴 하지만 마음만은 따뜻한 사람이었다. 이 시간에 계단을 내려와 문도 열어 주고, 이렇게 시간을 내준다는 게 얼마나 고마운….

그렇긴 한데… 그런데… 갑자기 크리스토퍼는 마치 에크만이 자신이 올 것을 어느 정도 예상했던 것처럼 느껴졌다. 어쩐지 자신을 보고도 그다지 놀라지 않은 것 같았다. 그저 놀란 척 연기를 하는 것일 수도 있다는 생각이 들었다.

"잠시만, 크리스토퍼, 내가 문을 잠그는 걸 깜빡한 것 같구나. 내려가서 문을 잠그고 오마. 아무도 기웃거리는 사람은 없겠지만 혹시 모르는 거니까…."

그는 서둘러 계단을 내려갔다. 크리스토퍼는 달가닥거리는 에크만의 구두 소리를 들었다. 마치 달가닥달가닥거리며 다리를 건너는 미니어처 조랑말이 낼 법한 소리 같았다.

달가닥달가닥. 누가 그런 소리를 내더라? 그래, 『염소 삼형제』에서 염소가 그랬지. 아니다. 그건 달가닥달가닥이 아니었다. 다른 소리였다. 딸깍딸깍. 이 소리였다. 딸깍딸깍 소리를 내면서 다리를 건넜다.

트롤이 있는 다리를 말이다.

트롤은 짤막하고 다부진 몸에 못생기고 목도 거의 없었다. 마치 몸통 위에 바로 머리가 달라붙은 것 같이 생겼지만 힘이 세고 똑똑했다. 심지어 사악하기까지 했다.

나는야 트롤, 껄껄껄. 딸깍딸깍, 딸깍딸깍 하고 다리를 건넜다. 제일 작은 세 번째 염소 그러프가 말이다. 염소는 트롤에게 상대도 안 됐다. 껄껄껄.

크리스토퍼는 주변을 살폈고, 이상하게 속이 울렁거렸다. 소년은 작은 발레리나가 들어 있는 돔으로 갔다. 버튼을 누르고 렌즈를 들여다봤다. 조명이 들어왔지만 발레리나는 그 안에 없었다. 돔은 텅 비어 있었다. 바늘만 바닥에 세워져 있을 뿐이었다. 딸깍딸깍. 크리스토퍼는 방 안을 살폈디. 현미경, 렌즈들, 카메라 오브스쿠라 그릇, 투명한 유리관, 전자석과 집광렌즈, 레이저까지. 이것들은 다 어디에 쓰이는 것일까? 대체 저것들로 뭘 하는 거지?

크리스토퍼는 다른 작업대로 가서 마을의 모형이 담긴 돔을 내려다봤다. 그 역시 텅 비어 있었다. 먼지만 쌓여 있을 뿐. 이상하게도 조각들이 모두 어딘가로 옮겨진 듯했다.

잠금장치를 거는 소리가 들려왔다. 에크만의 작은 발이 또다시 달가닥 소리를 내면서 계단을 올라왔다. 에크만의 숨소리가 점점 가까워졌다.

그때 크리스토퍼는 에크만의 작품들과 밑그림들이 사이로 보이지 않게 숨겨져 있는 무언가를 발견했다. 아빠의 포트폴리오 가방이었다. 아빠가 학생 때부터 들고 다니던 낡은 가죽 가방 말이다. 크리스토퍼는 그것이 아빠의 것임을 즉각 알 수 있었다. 가방에는 아빠의 이니셜인 R. M.이 빛바랜 금색으로 새겨져 있었다.

에크만이 스튜디오에 들어오자 크리스토퍼는 급히 다른 곳을 쳐다봤디.

"문은 이제 다 잠갔단다. 나는 어디를 갈 때 문을 잠그지 않고 방치해 두는 걸 싫어하거든. 무슨 일이 일어날지 알 수 없으니 말이다."

크리스토퍼는 일부러 계속 다른 곳을 쳐다봤다. 자신이 뭘 봤는지 에크만에게 들키고 싶지 않았다. 왜인지는 알 수 없었다. 그냥 싫었다.

"자… 그럼… 우리가 무슨 이야기를 하고 있었지?"

크리스토퍼는 에크만을 밀어붙여야 할지 고민이 되었다. 아니면 문으로 달려가야 할지 말이다. 에크만의 몸집은 크리스토퍼보다 크지 않았다. 더 무거울지는 몰라도 확실히 크진 않았다. 하지만 힘이 세 보였다. 에크만의 팔목은 두툼했고 검은 털이 잔뜩 나 있었다. 그리고 손가락은 퉁퉁하고 짤막했다. 어쩌면 에크만은 힘이 셀지 모른다. 아주 말이다. 하지만 크리스토퍼는 어리고 재빠르다.

이제 도망칠 시간이 되었다, 하지만 그 후에는? 답을 듣지 않고 떠날 순 없잖아?

"아저씨… 오늘 아빠 본 적 없으시죠?"

"네 아빠?"

"네."

"내가? …없단다. 네 아빠가 여길 왜 오겠니?"

"저도 모르겠어요…. 혹시나 아저씨가 아빠를 보지 않았을까 해서요…. 길에서라도요."

"오늘 나는 밖으로 나간 적이 없단다, 크리스토퍼."

"아."

어딘가 잘못되었다. 에크만은 분명 숨기는 게 있었다. 어째서 말해 주지 않는 거지? 어째서 거짓말을 하는 걸까? 왜?

"에크만 아저씨…."

"왜 그러니?"

그는 문가에 서 있었다. 도망칠 길이 없었다.

"발레리나는 어디에 있어요?"

"발레리나?"

"작은 발레리나요. 돔을 봤는데 발레리나가 없었어요."

"아, 내가 잠시 옮겨 놨단다. 발레리나는 안전한 데 있어."

"저 이제 가 봐야 할 것 같아요, 아저씨."

"하지만 네 아빠에 대해서 이야기하던 중이었잖아."

"어쩌면 지금쯤 집에 오셨을 수도 있을 것 같아요. 정말 가 봐야 할 것 같아요."

에크만은 꿈쩍도 하지 않았다. 그는 문가에 서서 크리스토퍼의 얼굴을 골똘히 쳐다봤다. 마치 자신의 맞은편에 서 있는 소년의 생각을 읽으려는 것처럼 말이다.

"마을이 아름다워요." 크리스토퍼는 불쑥 말을 뱉었다. "저 마을 모형 말이에요. 다만 사람이 없어요."

에크만은 고개를 끄덕이며 동의했다.

"그래, 사람이 없는 게 흠이지. 사람이 없으면 집이 아닌 것처럼 마을도 빈껍데기일 뿐이야…. 사람이 없으면."

에크만은 문가에서 물러나 돔 안에 든 작은 마을을 들어 올려서 선반 속에 넣었다. 도망친다면, 지금이 바로 그때였다. 하지만 만약 이내로 도망친다면 아빠가 대체 어디로 간 것인지 끝끝

내 알아낼 수 없을 것이다.

"에크만 아저씨…."

"크리스토퍼, 내가 무슨 생각을 하는지 아니? 나는 네가 똑똑한 아이라고 생각한단다. 때로는 네가 말하는 것보다도 더 많은 걸 알고 있는 것 같단 말이지."

크리스토퍼는 침을 꿀꺽 삼켰다. 입안이 바싹 말랐다.

"에크만 아저씨, 작은 발레리나요… 꼭 파피처럼 생기지 않았어요?"

"그렇게 생각하니?"

"네, 파피랑 똑같이 생겼어요."

에크만은 크리스토퍼의 눈길을 따라 쳐다봤다. 그는 자신이 포트폴리오 가방을 완벽히 숨기지 못했다는 걸 깨달았다.

"그래, 크리스토퍼." 그는 말했다. "파피 씨를 닮았지. 파피 씨가 모델이 되어 주었단다. 어떻게 보면 모델 그 이상이었지."

"에크만 아저씨…."

"그래, 크리스토퍼?"

"저거… 혹시 제 아빠의 포트폴리오인가요?"

"포트폴리오?"

그는 그럴싸하게 놀란 척 연기를 했다.

"저게 네 아빠 포트폴리오니?"

에크만은 크리스토퍼가 가리킨 쪽으로 가서는 포트폴리오를 꺼냈다.

"그래, 그렇구나. 네가 아빠한테 갖다주면 되겠구나."

에크만은 소년에게 포트폴리오 가방을 건넸다. 소년이 들고 가기에는 꽤 크고 무거웠다. 하지만 에크만 역시 소년보다 조금 클 뿐이었다.

"이 말을⋯." 에크만은 생각을 하기 위해 잠시 말을 멈췄다. "고맙지만⋯ 거절한다는 말을 대신 전해 주렴. 그림도 마음에 들고 작품으로서 가치도 있을 뿐 아니라 재능도 상당하지만, 다만⋯."

"다만, 뭐요?"

"이 갤러리와는 어울리지 않는 것 같구나. 다른 갤러리에 문의를 해 보는 게 좋을 것 같아."

에크만은 포트폴리오를 내려놓고는 크리스토퍼에게 가져가라고 손짓했다. 어찌 되었든 크리스토퍼의 것이 맞지 않은가? 아니, 원래 아빠의 것이지만 아빠가 없으니 그 아들이 가져가는 게 맞겠지.

크리스토퍼는 손을 뻗었다. 묻고 싶지 않았다. 에크만이 왜 진실을 말하지 않는 건지. 그가 거짓말을 하고 있다고 은연중 암시하듯 질문하는 것 자체가 모욕적일 것 같았다.

하지만 그렇다고 시도도 해 보지 않고 떠날 순 없었다. 소년은 아빠를 찾아야만 했다.

"에크만 아저씨?"

"왜 그러니?"

그는 이미 그림들을 깔끔하게 정리하느라 분주했다. 그는 깔끔하고 체계적인 사람이었다.

"그런데 아저씨는 보지 못했다고 하셨잖아요."

"누굴 말이니?"

"아빠요."

"그래, 그랬지."

"그런데 만약 아빠가 포트폴리오를 여기에 두고…."

"아, 그거. 그게 말이지… 생각해 보자…. 이삼 일 전이구나. 내가 네 아빠한테 작품을 한번 보고 싶다고 말을 했거든. 그런데 생각해 보니…."

그랬을 것이다. 에크만의 말대로라면 포트폴리오는 이미 며칠 전부터 아파트에 없었을 것이고, 소년은 그걸 단순히 알아차리지 못했던 것일 뿐이다. 하지만 아빠가 갤러리를 돌아보러 나간 게 아니라면 대체 어딜 간 걸까? 그리고 어째서 크리스토퍼에게 아무런 말도 하지 않았을까? 하다못해 메모라도 남길 수 있지 않았을까? 그리고 파피는 어떻게 사라져 버린 거지? 여전히 풀리지 않는 의문이 남아 있었다.

"에크만 아저씨?"

"응?"

"작은 발레리나를 어떻게 움직이게 만드셨어요?"

"아, 그 작은 발레리나."

"네, 어떻게 만드신 거예요?"

"그건 영업 비밀이라니까."

"저한테 말씀해 주시면 다른 사람한테는 절대로 말하지 않을게요. 제가 남의 비밀이나 떠벌리고 다니는 아이는 아니란 거 아시잖아요."

"꼭 알아야만 하겠니?"

"어쩌면요. 그러니까, 정말로 알려 주기 싫으시다면 어쩔 수 없지만….”

“글쎄다, 크리스토퍼…. 영업 비밀이라서 말이지. 기밀을 유지하는 건 나한테 정말 중요하거든. 만약 내 경쟁자들 중 한 명이라도….”

“하지만 경쟁자가 없잖아요. 아저씨는 유일한 사람인걸요. 이런 건 오직 아저씨만 할 수 있는 일이잖아요. 아저씨밖에는 없어요.”

“어쩌면 그렇지. 그런데 혹시나 알 수 없는 일이잖니….”

“아무한테도 말하지 않을게요. 약속할 수 있어요. 절 믿으셔도 돼요.”

“확실하지?”

“그럼요.”

“그 누구한테도? 네 아빠가 돌아와도 말하지 않을 거지?”

“아빠가 어디 있다고 생각하시는데요?”

“아, 분명 멀리 가지는 않으셨을 거야.”

“금방 돌아올 거라고 생각하세요?”

“그럴 거라 생각한다.”

“알겠어요. 그 발레리나는 어떻게 만드셨어요?”

“칩.”

“컴퓨터 칩이요?”

“그래, 정말이지 아주 조그만 칩이란다. 그런데 선을 연결하는 게 사실상 거의 불가능하고 수리도 어려워. 그래서 안타깝게도 실패했다. 아주 잠깐 동안만 작동하고는 선이 타 버려서… 실패란다.”

"아, 안타까운 일이네요."

"그래, 하지만 만약 처음에 성공해 내지 못하면…."

"다시 시도하고 또 해라?"

"그렇지. 다시 시도하고 또 해라."

"계속해서."

에크만은 소년의 영특함에 감탄하며 미소를 지었다.

"그래, 계속 노력하는 거지."

"절대 포기하지 말 것."

"포기하지 말 것."

"아저씨, 저는 절대 포기하지 않을 거예요, 절대. 내가 정말로 원하는 거나 찾아야 하는 게 있다면 절대 포기하지 않을 거라고요."

"그래, 그럴 것 같구나."

"아저씨."

크리스토퍼는 포트폴리오를 향해 팔을 뻗었다. 그러고는 무릎을 굽혀 조심스럽게 들어 올렸다. 포트폴리오는 아빠의 것이었고, 아빠의 거의 모든 것이라고 할 수 있었다. 아빠의 옷만큼이나 개인적이고 또 친밀한 물건이었다. 크리스토퍼는 자신을 뚫어지게 쳐다보고 있는 에크만을 바라봤고, 에크만의 얼굴에 드리운 근심과 걱정을 본 순간 그를 향한 불신이 눈 녹듯 사라졌다. 크리스토퍼는 괜히 의심한 것 같다는 생각이 들었다. 에크만은 착한 사람이었다. 그는 분명 소년을 돕고 싶어 했다. 크리스토퍼는 그런 그의 마음을 사실은 알고 있었다.

"에크만 아저씨… 저는 이제 어떡해야 할까요?"

이 소년도 로버트나 파피처럼 어둠을 지나 다른 세계로 보내 버리면 훨씬 간단할 것이다. 그곳에는 크리스토퍼가 그토록 찾던 사람들이 모두 있었다. 작은 마을의 모형이 된 이들은 소년으로 부터 불과 몇 미터 떨어진 선반에 갇혀 있었다.

그곳은 밤이었다. 유리 돔 아래로 어둠이 깔려 있었다. 그게 그들에겐 하늘이었다. 어쩌면 작은 불빛이 선반 문틈 사이로 들어올 수도 있었다.

아주 쉽고 알맞은 방법이었다. 복잡한 문제를 논리적으로 해결할 수 있는 방법. 소년은 도망칠 수도 없었다. 에크만은 그보다 훨씬 힘이 셌다. 황소 떼만큼이나 힘이 셌다는 말이다.

하지만….

에크만은 참았다. 그 남자와 그 여자는 그가 원하고 필요로 하는, 또한 그에게 유일하게 없는 단 한 가지를 훔치려고 하지 않았던가….

…사랑 말이다. 하지만 아이는….

그 자체가 사랑이었다.

"전화를 한번 해 보도록 하자꾸나, 크리스토퍼."

"그럴까요?"

"그래."

"경찰에요?"

"응."

"병원에도요?"

"어쩌면. 하지만 우선 경찰에 연락해 보자."

"아빠가 사고라도 당한 걸까요? 그 생각도 해 보긴 했어요.

다른 화가들하고 공연하는 사람들한테도 물어봤거든요."

"아니, 아닐 거야. 그건 아닐 거야. 혹시 그랬다 하더라도 큰 사고는 아닐 거란다. 하지만 만일을 대비해서… 마음을 편히 가질 수 있도록 전화를 해 보자."

"아저씨가 전화해 주실 수 있어요?"

"내가?"

기분이 이상했다. 에크만은 지금까지 이런 경험을 해 본 적이 없었다. 다른 사람이 자신에게 기댄다는 것, 자신에게 의지를 하고 자신의 도움을 필요로 한다는 것을 말이다.

"내가?"

"제발요. 아저씨 말이라면 들어줄 거예요. 아저씨는 어른이잖아요."

그건 사실이었다. 그는 성인이었다. 그의 음성만 듣고 그의 겉모습이 어떨지 누가 알겠는가?

"부탁드려요."

에크만은 순간 가슴이 뜨거워졌다. 그는 자신 안에서 솟아나는 이 감정을 무엇이라 정의 내릴 수 없었다. 하지만 이건 동정심이었다. 누군가를 돕고 싶은 마음 그리고 그로 인해 얻게 되는 따뜻한 가치. 비록 크리스토퍼를 불안과 공포에 떨게 만든 사람이 다름 아닌 바로 에크만 그 자신이었지만, 그는 소년에게 동정심을 느꼈다.

그는 약한 사람에게는 강한 동정심을, 모르는 사람에게는 알려 주고 싶은 마음이 들었다. 그리고 만약 이 상황을 종결시키고 소년이 겪는 고통을 치유할 수만 있다면 그는 기꺼이 그렇게 할 것이다. 아빠를 잃을까 봐 두려워하는 마음, 버림받을지 모른다는 두려움, 이 세상 유일한 자신의 편이고 무조건적으로 자신을 사랑한다는 걸 아는 그 한 사람마저 잃을지 모른다는 공포를 말이다.

다만, 하는 척이라 할지라도 말이다.

그는 닫힌 선반 문을 쳐다보았다. 물론 진짜 정답은, 진정한 해결책은….

그것은 그의 능력 밖의 일이었다. 무언가를 작게 줄일 수는 있다. 하지만 그 과정을 역으로 돌리는 법을 그는 아직 할 줄 몰랐다. 아니, 어쩌면 영원히 알 수 없을지도 모른다. 그건 불가능한 일일 수도 있다.

만약 에크만이 그 방법을 알고 있다 해도, 과연 그렇게 했을까? 그렇다면 그가 얻는 건 무엇일까? 발레리나는 이제 오롯이 그의 것이었다. 비록 만질 수는 없었지만 분명 그의 것이었다. 만약 그녀를 다시 이 세상의 것으로 되돌릴 수 있다면 그는 그렇게 할까?

"아저씨, 부탁해요."

부탁이라…. 소년은 거의 빌다시피 했다. 정말로 에크만을 원하고 필요로 했다. 그는 소년을 도와줄 것이다. 무엇이든… 할 수 없는 것은 제외하고 해 줄 것이다. 소년에게는 친구가 필요했다. 그리고 이 소년을 돌봐 주고 책임을 져 줄 누군가가 필요했다. 그는 바로 에크만이었다.

그는 또다시 반쯤 어둠 속에 숨겨진 작은 마을에 대해서 생각했다. 갑자기 자신이 한 짓에 대해 씁쓸한 후회가 밀려왔다. 되돌릴 수도, 고칠 수도 없는 짓을 말이다. 하지만 동시에 승리, 성공, 강인함을 느꼈다.

그랬다가 또다시 자신의 앞에서 절망에 빠져 있는 소년에 대한 동정심이 차올랐다. 에크만은 자신이 마치 무고한 소년의 가족을 살해해 놓고, 살아남은 저 소년에 대한 죄책감 때문에 그 아이에게 집을 주고, 심지어는 자기 자식처럼 키우는 전쟁 영웅인 것처럼 느껴졌다.

'자기 자식처럼 키우다.'

에크만은 거절당할까 봐 두렵긴 했지만, 동시에 기대에 찬 눈빛으로 크리스토퍼가 자신을 쳐다보는 걸 알아차렸다. 소년은 너무나 어리고 약해 보였다. 에크만은 소년의 영혼을 들여다볼 수 있을 것만 같았다. 그 안에는 순수함과 연약함 그리고 소년을 집어 삼키려는 끔찍한 공포만이 있을 것뿐이다. 이제는 에크만이 답을 할 시간이었다. 부탁을 들어주거나 거절하거나, 둘 중 하나였다. 소년이 죽느냐 사느냐의 문제가 그에게 달려 있었다.

"물론이지." 그는 말했다. "내가 지금 전화를 해 보마."

그는 전화기를 들어 경찰서에 전화를 걸었다.

"경찰을 좀 보내 주세요." 그는 수화기 건너편에 말했다. 그러고는 "실종된 사람을 찾고 있습니다. 지금 제가 그 사람의 아이와 같이 있어요. 혹시 사고가 난 게 아닐까 걱정이 됩니다."

에크만은 크리스토퍼를 향해 안심할 수 있도록 미소를 지어 보이려 했다. 에크만이 그토록 원했던 것처럼, 마침내 누군가를 열정적으로 도와줄 완벽한 기회였다. 도움을 요청하는 사람을 거절하거나, 그를 피해 다른 길로 돌아가지 않는 착한 사마리아인처럼 말이다.

"아무 걱정하지 마, 크리스토퍼. 아빠를 찾을 수 있을 거야."

그리고 에크만도 그렇게 믿었다. 그 역시 자신의 친절함을, 자신의 진정한 동정심을 믿었다. 크리스토퍼의 아빠에게 실제로 어떤 일이 일어났던 것인지 그조차도 잠시 깜빡한 듯했다.

아이의 아빠를 그 안에 가둔 게 자신이 아닌 다른 사람이기라도 하듯 말이다.

적어도 아이는 지금 자신이 할 수 있는 걸 하고 있고, 이 세상에 친구가 한 명쯤은 있다는 걸 알게 되어 기분이 한결 나아졌다. 자신이 의지할 수 있고 믿을 수 있는 사람을 말이다.

"이제 경찰이 아빠를 찾아낼 거야." 에크만은 미소를 지었다. "분명 그럴 거란다."

크리스토퍼는 고개를 끄덕였고, 그제야 마음을 놓을 수 있었다. 아이는 에크만이 계속 전화를 하는 동안 의자에 앉아 아빠의 포트폴리오를 끌어안고 있었다.

"경찰이 아빠를 찾아 줄 거야, 크리스토퍼." 그는 또다시 말했다. 경찰이 절대 찾아내지 못할 거란 걸 알면서도.

피후견인

두 사람이 함께 있으면 호기심을 자극하는 그림이 만들어진다. 어떻게 보면 독특한 한 쌍으로도 보였으나, 이들은 어떤 형태로든 짝을 이루지 않았다. 두 사람은 절대 한 쌍도, 짝도 아니었다. 그저 내쳐진 각각의 개개인일 뿐이었다.

가령 제아무리 헤어지고 각자 반대편 벼랑 끝에 서 있는 관계들일지라도, 그들 사이에는 확실하면서도 분명한 그리고 부정할 수 없는 유대감이 존재한다. 비록 그것이 부패한 것일지라도 말이다.

하지만 이들의 경우에는 유대감이란 게 존재하지 않았다. 혹은 적어도 눈에 띄게 명백하지 않았다. 이들이 어떤 사이인지 알 수가 없었다. 어쩌면 한 명은 감사한 마음이었고, 다른 한 명은 애정이었기 때문일 수 있다. 한쪽에서는 몸에 밴 듯한 존경심과 약간의 예의를 갖추며 행동했고, 다른 쪽에서는 그저 뿌듯한 마음을 담아 상대방을 사랑스럽게 쳐다보며 그가 하는 이야기를 들었다. 이들은 서로에 대해 어느 정도는 알고 있었지만, 얼마만큼 그리고 어디까지 안다고 말하기는 어려웠다.

둘 중 키가 더 큰 쪽은 소년이었다. 소년은 가슴 쪽 주머니에 문양이 수놓아져 있는 재킷과 어두운 회색의 비싸 보이는 사립학교 교복 바지를 입고 있었다. 애비 스쿨은 전통이 깊은 명문 학교임에도 불구하고, 놀라울 정도로 현대적이며 시대의 흐름을 따르는 걸 두려워하지 않았다. 이미 25년 전부터 여학생에게도 학교를 개방했다. 당시로써는 무척 파격적인 결정이었다.

학교는 수도원 근처에 위치해 있었는데, 크리스마스나 부활절 또는 기타 종교 행사 때 합창단과 교회 의사를 제공했다. 합창단에 뽑히는 것은 일종의 영광으로 여겨졌다. 크리스토퍼 역시 합창단에 발탁이 됐지만, 합창단원으로서 해야 할 연습량이나 그로 인해 빼앗기는 시간이 싫었다.

에크만은 단 한 번도 소년의 공연을 놓친 적이 없었다.

자신이 가진 것은 아니었지만, 돈이라는 존재는 크리스토퍼로 하여금 어느 정도의 안정감을 느끼게 해 줬다. 둘이 함께 길을 걸을 때면 크리스토퍼는 큰 보폭으로 성큼성큼 걸었고, 조그만 남자는 소년의 곁에서 걸음을 따라잡기 위해 총총거리듯 빠르게 발걸음을 옮겼다.

이들은 아침을 먹기 위해 싸구려 카페로 향하는 길에 거리의 예술가들을 지나쳤다. 크리스토퍼를 알아본 이들은 소년에게 그동안 어떻게 지냈느냐고 물어 왔다. 잠시 후 그들은 고개를 끄덕이며 크리스토퍼를 향해 애매한 미소를 지었고, 그러는 동안 에크만은 퉁명스럽게 고개를 까딱거렸다. 귀한 물건을 더럽히는 파리 떼를 쫓아내기라도 하듯 말이다.

그는 보헤미안, 특히 예술가들을 싫어했다. 이들은 대개 쓸모가 없었다. 적어도 에크만의 관점에서 그들은 마치 예술이 나태하게 인생을 낭비하는 고주망태의 전유물인 듯 행동했다. 그는 예술가란 직업을 그렇게 묘사하는 문학작품이나 영화를 원망했다. 하지만 열심히 일하고 세금을 내며 사고를 치지 않는, 존경받아 마땅한 예술가의 삶을 그린 영화들은 별로 인기를 얻지 못한다. 대중이 원하는 것은 예술가들의 퇴폐적이고 난잡한 모습이었다. 그들은 영국 왕립 미술원이나 스리피스 정장이 아닌 물랭루주를 원했다.

공들인 듯 말쑥하게 비싼 옷을 차려입고 걸어가는 둘의 모습에서 아빠와 아들이 어렴풋하게 보이기도 했다.

왼쪽에 서 있는 부유한 전문직 남성은 아들이 열심히 공부해서 언젠가 자신만큼이나 많은 돈을 벌고 사람들로부터 존중받을 수 있는 직업을 갖길 전전긍긍 기대하고 있었고, 오른쪽에는 아빠보다 훌쩍 커 버린 아들이 있었다.

여느 부자들의 모습처럼 말이다.

이런 모습은 사실 어디서든 쉽게 볼 수 있다. 자신의 부모보다 훌쩍 커 버린 빼빼 마르고 덩치 큰 자식들은 이미 10대 초반부터 자신보다 스무 살 혹은 서른 살 더 많은 아빠의 벗겨진 머리를 내려다보기 시작한다.

세상은 그렇게 점점 더 커지고 있었다.

에크만 역시 그런 점들을 별로 신경 쓰지 않았다. 그는 오히려 소년과 자신의 키 차이에 대해 만족감을 느끼기까지 했다. "저 사람 아들 좀 봐." 그는 사람들이 이렇게 말하는 걸 듣곤 했다. "아빠보다 훨씬 크네."

따라서 그에게는 아무런 문제가 되지 않았다. 에크만은 이 소년과 함께 다닌다는 게 자랑스러웠다. 사람들이 자신들을 부자지간으로 생각하는 게 뿌듯했다. 따지고 보면 완전히 틀린 말도 아니었다. 소년은 에크만의 아들이었다. 아니, 아들이나 거의 다름없었다.

크리스토퍼는 여자아이 둘과 함께 학교 정문을 향해 걸어가는 친구를 발견하고는 손을 흔들었다.

"리스!"

키가 크고 나풀거리는 금발 머리를 가진 그 소년은 누가 자기를 부르는지 보기 위해 몸을 돌리더니 인상을 찡그렸다. 대개 사람들이 길에서 친구를 만나면 기쁘기보단 성가시고 귀찮게 생각하듯 말이다.

"안녕, 맬런."

순간 에크만은 극심한 복통을 느꼈다. 아무리 애비 스쿨이 시대의 변화를 잘 읽는다 해도 완벽히는 아니었다. 학생들 사이에는 여전히 구시대적 호칭 문화가 자리하고 있었다. 적어도 남학생들은 성으로 서로를 부르곤 했다.

'맬런.'

만약 '에크만'이었다면 듣기에도 좋고 더 적절했을 것이다.

크리스토퍼의 학비를 내는 게 누군지 생각해 보면 당연한 일 아닌가?

"어서 가 보세요." 크리스토퍼가 말했다. "이따가 봬요."

"알겠다, 크리스토퍼. 다 챙겼지?"

"네, 네, 다 챙겼죠. 그만 좀 물어보세요."

크리스토퍼의 목소리에 묻어난 짜증조차도 에크만을 기쁘게 했다. 이건 지나치게 야단스러운 아빠에 대한 아들의 지극히 평범한 반응이었다.

"네, 네, 아빠. 이제 제발 저 좀 두고 가 주세요."

물론 크리스토퍼가 저렇게 말을 했다는 것은 아니다. 더군다나 소년은 에크만을 그렇게 부르지도 않았다. 소년의 아빠는 신성불가침한 존재로, 그 누구로도 대체될 수 없었다. 크리스토퍼는 여전히 아빠에 관한 꿈을 꿨고, 아빠가 돌아오리란 믿음을 버리지 않고 있었다.

"맬런, 빨리 와! 안 들어갈 거야?"

리스는 크리스토퍼를 향해 고함을 질렀다. 여자아이 둘이 쳐다보고 있었다. 그중 한 명이 몸을 돌려 다른 여자아이에게 무어라 말을 하자, 그 아이는 미소를 지었다. 아마 크리스토퍼에 관한 이야기를 한 모양이었다. 어쩌면 저 중 한 명이 크리스토퍼를 좋아하고 있는 것일지도 모른다. 아니면 에크만이 웃기게 생겼다고 말한 것일 수도 있다. 어쩌면. 혹은 아닐 수도. 둘은 완전히 다른 이야기를 한 것일 수도 있다.

어찌되었든 상관없었다. 평생 남의 시선에 예민하게 반응할 수는 없는 노릇이다. 적어도 겉으로는 말이다. 하지만 속으로는….

"가 볼게요, 에른스트."

본인의 이름을 듣자 에크만은 마음이 따뜻해지는 동시에 슬퍼졌다. 자신을 부르는 저 소리가 아직도 낯설었다. 차디찬 돌풍 같기도 하고 몸을 녹여 주는 브랜디 샷 같기도 했다. 몸이 살짝 떨릴 정도였다.

소년이 그를 꽤 오랫동안 불러 왔던 호칭은 '에크만 아저씨'였다. 에크만은 끈질기게 소년을 설득해야 했다. 하지만 매서운 강요는 아니었다. "크리스토퍼, 에크만 아저씨 말고 다르게 불러 보렴." 이렇게 하다 보면 언젠가는 소년이 자신이 원하는 그 단어로 자신을 불러 주리라 믿었다.

"어떻게요, 아저씨? 뭐라고 부르면 좋을까요?"

"그렇게 말이다…. 너무 딱딱하지 않으면 좋겠는데."

"아저씨를 '후견인'라고 부를 순 없잖아요."

"그렇지, 그럴 순 없지."

둘은 웃었다.

"여하튼 다른 호칭을 생각해 봐야겠구나. 우리가 같은 집에서 살기 시작하면…."

"그러면…."

"그러면?"

이 호칭이 뭐라고 에크만은 이렇게까지 호들갑인지 스스로도 알 수가 없었다. 어쩌면 그 호칭을 얻음으로써 그는 이 세상과의 진정한 연결고리가 생기게 되는 것일 수도 있다. 어쩌면 그 호칭을 통해 그는 남들처럼 지속성과 연관성을 얻은 것일 수도 있다. 이젠 그에게도 과거와 미래가 생겼으니 말이다.

그도 아들이 있는 남자가 된 것이다.

"혹시 그러면…?"

그가 진정으로 하고 싶은 말은 이것이었다.

"나를 '아빠'라고 부르면 어떻겠니, 크리스토퍼? 그것도 괜찮단다. 이해할 수 있어. 물론 내가 절대 네 아빠를 대신할 수 없단 걸 알아. 하지만 삶은 계속되잖아. 선택의 여지가 없지. 과거에 어떤 일이 일어났든 삶은 계속되고 산 사람은 계속해서 살아야 하지. 그러니까 말이다, 크리스토퍼, 네가 원한다면 나를….”

“아저씨의 이름인 에른스트로 부르면 어떨까요?”

“에른스트?”

예상치 못한 답이었다. 솔직히 그는 충격에 빠졌다. 물론 과거에 그렇게 부르라고 한 적은 있었지만 그때는 지금과 상황이 달랐다. 하지만 지금으로써는 그게 최선이란 생각이 들었다, 그는 이 정도 타협안에 만족해야 했다. 어려운 상황에 대한 유일한 답이었으니.

“그래, 크리스토퍼. 그게 좋겠구나.”

그 후로 그는 소년으로부터 ‘에른스트’라는 호칭으로 불리게 되었다.

에크만은 서둘러 친구들에게 달려가는 크리스토퍼의 뒷모습을 지켜봤다. 큰 키, 곧게 뻗은 몸, 호감 가는 외모, 밝은 미래, 자랑스러운 아들의 뒷모습을 말이다.

크리스토퍼는 에크만이 저 나이 때 너무도 갖고 싶었지만 가지지 못했던 모든 걸 갖고 있었다. 정말이지 지독하리만치 불공평했다. 그토록 어린 나이에 에크만은 고달픈 인생을 살았고, 많은 상처를 받았다. 그리고 그것들은 전부 그의 인생에 영향을 미쳤고, 삶을 망가트렸다. 절대 극복하지 못할 일이었다. 반면 다른 사람들은 결점 하나 없는 삶을 살았다. 정말이지 불공평했다.

에크만은 비통함으로 가슴이 저려 왔다. 그는 혹시 크리스토퍼가 친구들과 교문을 들어서기 전 뒤돌아 자신을 향해 인사를 하진 않을까 싶었다.

에크만은 조금 숨이 찼지만 가만히 서서 기다렸다. 한때 수도원 광장에서 춤추던 발레리나 주변에 서서 그녀가 자신을 알아봐 주길 바라던 때와 같은 기대와 희망을 품은 채 말이다.

"안녕, 리스."

"안녕, 맬런. 오늘 수학 시험 있잖아."

"거짓말. 복습 안 했는데!"

"트루디, 수학 시험 맞지?"

"리스 말 무시해. 장난치는 거야."

"트루디… 너 맬런 좋아하는구나."

"야, 조용히 해!"

학교 안으로 사라진 아이들은 이제 부모며 집 할 것 없이 바깥세상에 대해 까맣게 잊는다. 에크만은 자신이 마땅히 가졌어야 했지만 그럴 수 없었던 어린 시절에 대한 또 다른 고통과 향수를 느꼈다.

하지만 그때 그는 크리스토퍼와 친구들이 신나게 학교 안뜰을 지나 대강당으로 향하는 모습을 봤다. 아이들이 서로 밀치며 농담을 하고 웃는 모습에 가슴 벅찬 기쁨이 차올랐고, 부모의 마음으로 가득 찬 그의 얼굴에는 미소가 절로 떠올랐다.

크리스토퍼에게 행운이 가득하길. 저 아이들 모두에게 행운이 가득하길. 에크만도 이제는 간접적으로나마 애정, 걱정, 보육, 양육 세계의 일원이 되었다.

그에게도 가족이 생긴 것이다. 그에게도 현재와 미래 그리고 과거를 연결 지을 고리가 생긴 것이다. 그에게도 아들이 생긴 것이다.

그는 경쾌한 발걸음으로 갤러리로 향했다. 하지만 갤러리에 도착하기 전, 로만 배스 입구에서 멀지 않은 명품 백화점 식료품관에 들렀다.

식료품관 진열대에는 값비싼 통조림들이 나열돼 있었다. 평범한 물건들 사이에 고급 수프와 캐비아 캔도 있었다. 정성스럽게 규칙적으로 쌓여 있는 신선한 과일과 채소는 만만치 않은 가격을 자랑했고, 한 알 한 알 닦은 듯한 사과에서는 빛이 났다. 토마토는 강렬할 정도로 빨갰고, 노란색과 녹색, 빨간색의 고추는 놀라우리만큼 선명한 빛깔을 뿜어냈다. 짙고 짙은 보라색을 띤 가지는 마치 화가의 팔레트 위에 놓인 보라색 물감 튜브 같았다. 저 보라색 가지를 잡고 꽉 누르면 보라색 물감이 튀어나올 것만 같다. 색칠을 할 수 있는 음식이자 먹을 수 있는 물감인 것이다.

다른 곳에서 장을 봤다면 식비를 반으로 줄일 수도 있었지만, 에크만은 저렴한 식품을 찾을 시간도 의지도 없었다. 그는 오히려 터무니없는 가격을 지불할 때 돈 많은 남자의 삐뚤어진 여유로움을 즐겼다. 지불할 능력이 있는데, 그러지 않을 이유가 있겠는가? 게다가 이곳의 식재료는 품질이 좋았고, 더군다나 소중한 누군가를 위해 사는 게 아니던가?

통조림, 신선한 과일과 채소와 더불어 에크만은 상당한 양의 생수를 샀다. 그는 계산을 마친 뒤 화장품 상점에 들러 기본적인 것들과 여자가 쓸 만한 것들을 구입했다. 그가 계산을 하는 동안 점원은 감동 어린 미소를 지었다. 그도 그럴 것이, 남들이 보기에 적어도 그는 직접 쇼핑을 하기엔 바쁘거나 몸이 아픈 아내를 대신해서 쇼핑을 나온 남자처럼 보였기 때문이다.

점원의 추측은 틀리기도 했고, 맞기도 했다. 그가 구입한 제품들은 분명 여성을 위한 것이었다. 하지만 에크만은 그 여성과 결혼을 하지 않았다. 영원히 하지 못할 것이다.

쇼핑백은 무거웠다. 장을 제대로 볼 시간만 있다면 둘이 주말 내내 그리고 주중까지도 생활할 정도로 넉넉하게 살 수 있다. 양손은 무거웠지만 에크만은 가뿐히 들었다. 그의 상체는 두툼하고 단단했다. 그는 구부정하게 보이지 않으려고 최대한 허리를 꼿꼿이 세운 채 고개를 들고 갤러리로 걸어갔다. 그는 '아들'과의 키 차이를 줄여 보고자 최근에 굽이 있는 구두를 사기도 했다.

에크만이 갤러리에 도착하자 수도원의 종이 울리며 시간을 알렸다. 그는 쇼핑백을 내려놓고는 열쇠를 찾았다. 그는 갤러리 문을 열려 했지만 문 뒤쪽에 쌓인 우편물과 카탈로그들 때문에 문이 제대로 열리지 않았다. 그는 힘껏 문을 밀어 문틈 사이로 겨우겨우 몸을 쑤시고 들어간 다음, 우편물들을 멀찍이 밀어 두고 다시 밖으로 나가 장 본 물건들을 갤러리 안으로 옮겼다.

매표소에 들어서자 경보 알람이 울리기 시작했다. 그는 다시 쇼핑백을 내려놓고 코드를 입력했다. 그러자 사방이 조용해졌다. 그는 여직원이 출근하면 우편물을 볼 수 있도록 책상 위에 던져뒀다. 이 여직원은 인력 사무소에서 소개받은 임시 직원이었다. 에크만은 누가 됐든 자신의 갤러리에서 오래 근무하는 게 싫었다. 한때는 익숙한 환경을 중시했지만, 지금은 정기적으로 새롭게 직원을 새로 뽑는 편을 선호하게 되었다. 새 직원이 올 때마다 일을 다시 가르쳐야 해서 예전처럼 효율적이지 않았고 불편했다. 하지만 이와 동시에 새로운 직원이 지나치게 호기심이 생기거나 자신의 일에 간섭할 만큼 가까워질 새도 없었다.

그는 시계를 쳐다봤다. 여직원은 30분 후에나 출근할 것이다. 그 정도면 넉넉했다. 그는 쇼핑백을 들고 계단을 오르다 중간쯤 서서 잠시 숨을 고른 다음, 다락방 작업실 안으로 갔다. 그는 항상 건강을 위해 가능하면 어디든 항상 걸어 다니려고 노력했지만 최근 들어 살이 좀 쪘다. 어쩌면 단순히 나이가 든 것일 수도 있다. 어쩌면 이제는 조금 천천히 움직여야 할지도 모른다. 그는 자신을 돌봐야 했다. 이제 그는 혼자의 몸이 아니었고, 그의 곁엔 다른 누군가가 있었다. 그에게는 가족이 있었고, 책임을 져야 할 누군가가, 먹여 살려야 할 누군가가 있었다.

그는 자신을 향해 숨길 수 없는 미소를 지었다. 심지어 역설적인 이 상황에 웃음이 났다. 그에게 가족이, 먹여 살려야 할 식구가 있다니. 그중에는 아주 조그만 식구도 있었다.

죽은 사람들을 살려 두는 것은 꽤나 큰 책임감이 따르는 일이었다.

7년이 걸린다. 적어도 이 나라에선 그랬다. 다른 곳에는 다른 전통과 관습이 있을 것이다. 하지만 이곳에서는 누군가가 죽기까지 정확히 7년이 걸린다. 단, 시체가 없으면 말이다. 누군가 실종되고 7년이 지나면 그때는 사망한 것으로 간주한다.

물론 누구나 사라질 권리가 있다. 흔적도 없이, 사전에 알리거나 메모나 주소를 남기지 않고 누구나 그렇게 사라질 특권이 있다. 하지만 어떤 상황에서는 누군가가 사라지고 7년이 지나면 그 가족, 부인이나 자식은 법적으로 실종자가 사망했다고 신고할 수 있고 유산을 공증할 수 있게 된다.

그래서 그때까지 적어도 법적으로는 실종자들이 살아 있을 가능성이 있다고 보는 것이다. 크리스토퍼가 두려움에 떨며 반쯤 정신이 나간 상태로 아빠를 찾으러 에크만의 스튜디오에 온 게 어느덧 3년 전 일이었다. 3년이란 시간 동안 어떠한 설명도 연락도 없었다. 그리고 여전히 크리스토퍼는 아빠가 놀아올 가능성이 있다고 믿었다.

설사 7년이 지난다 해도 크리스토퍼는 절대 아빠와 파피에 대한 사망 신고를 진행하지 않을 것이었다. 머릿속으로 그들은 크리스토퍼가 살아 있는 한 살아 있는 것이었고, 오직 그가 죽어야만 그들도 죽는 것이었다. 아니, 어쩌면 그때도 그들은 죽지 않을 수 있었다.

끔찍한 외로움이 찾아올 때마다 이와 같은 생각이 소년을 갉아먹었다. 이럴 땐 에크만의 친절함도 도움이 되지 않았다. 아빠와 파피에게 무슨 일이 일어난 것인지 알지 못한다는 사실 때문이었다. 그렇게 시간이 갈수록 공포가 공포를 낳았고, 무수한 상상력이 더해졌다. 대체 그들에게 어떤 일이 일어난 걸까? 납치, 살해, 감금, 인질, 고문, 수모? 어딘지 모를 어두운 곳에 갇혀 두려움과 고통, 절망에 빠져 있는 건 아닐까? 그렇게 그들이 살아 있을 거라고 생각할 바엔 차라리 죽었다고 생각하는 게 나았다. 그렇게 생각하는 편이 크리스토퍼도 마음이 편했다.

이건 풀 수 없는 난제였다. 어떤 설명을 듣든 그 끝은 결국 고통뿐이었다. 그에게나 그들에게나. 만약 그들이 의지와 상관없이 사라지게 되었고 지금까지 연락이 없다면, 그들은 죽었거나 어딘가에 감금되어 도망치지도 연락도 못 하는 상황일 것이다.

하지만 만약 그게 아니라면, 그들이 자유의지로 떠난 것이라면, 어째서 아빠라는 사람이 말 한마디 없이 아들을 버릴 수 있겠는가? 그랬다면 그것은 사랑이 아니라 증오였을 것이다. 앙심을 품은 증오만이 자기 자식을 사랑 없이 버리는 냉혈한으로 만들 수 있다. 살 집도, 보호해 줄 가족 하나 남기지 않고 말이다.

하지만 크리스토퍼는 자신의 아빠가 결코 그런 짓을 할 사람이 아니라는 걸 알고 있었다. 소년은 자신이 아빠를 사랑했던 만큼 아빠도 자신을 사랑했다는 걸 알았다. 아들을 버리느니 차라리 죽을 사람이었다. 그렇다면….

다시 첫 번째 가정으로 돌아가 버리고 만다….

아니면 또 다른 세 번째 가정이 있을 수 있다. 신체적으로 어떤 문제가 생겼다거나 사고, 폭행, 질병이 있었던 것일 수도 있다. 어쩌면 차에 치이는 사고를 당해 머리를 세게 부딪히면서 뇌진탕으로 기억을 잃어버린 것일지도 모른다. 자신이 누군지에 대한 기억을 모조리 잃어 길거리를 방황하며 배회하고 있을 수도 있었다.

어쩌면 심지어 지금도 그는 어딘가 먼 동네의 한 광장에서 거리의 화가로 일하며 낯선 종소리에 희미하고 불안정한 예전의 시간과 장소들에 대한 기억을 불현듯 떠올릴지 모른다. 하지만 그 기억들은 너무도 흐릿했다.

아마도 그는 지금쯤 새로운 가정을 꾸렸을 수 있다. 아내와 새로운 아들, 딸과 함께 다른 이름을 갖고 살 수도 있다. 그거라면 가능했다. 그런 경우라면 용서와 화해가 가능했고, 돌아올 가능성도 있었다. 있을 법한 일이지 않은가? 어느 날 갑자기 로버트의 기억이 돌아온다면 다시 돌아올 희망이 있었다.

하지만 또 다른 일을 떠올리자 크리스토퍼는 그게 가능하지 않을 거라는 생각이 들었다. 아빠에게 사고가 일어났고, 그래서 기억을 잃었다고 치더라도… 파피는? 인근에서 며칠 사이에 그런 일이 두 번이나 일어날 확률이 얼마나 되겠는가? 노대체 파피는 어떻게, 어디로 사라진 걸까? 어째서 자신과 로버트를 찾는 광고, 뉴스에 아무런 대꾸도 없는 걸까?

누군가는 이들을 봤을 것이다. 아니, 적어도 이들 중 한 명이라도 말이다. 분명 봤을 것이다. 그런데 왜 아무도 나서지 않는 걸까?

아니면 파피는 언젠가 그렇게 하리라고 말한 것처럼 외국에 가 버린 것일 수도 있다. 어쩌면 그들은 또다시 말다툼을 벌인 것일 수도 있다. 어쩌면 그녀는 먼 지역에서 일자리 제안을 받고 거기에 정착하기로 결심한 것일 수도 있다. 어쩌면 그녀에게는 지금쯤 아이가 있을 수도 있다. 어쩌면 그녀는 로버트의 실종에 관해 아무것도 모르고 있을 수도 있다. 어쩌면 그녀에게 로버트는 그저 오래된 추억의 한 페이지 정도일지 모르겠다. 새로운 삶을 살기 전, 잠시 만나다 헤어진 남자로 말이다.

어쩌면, 어쩌면 말이다. 하지만 이런 가정들은 하나같이 불만족스러웠고, 이런 불만은 또 다른 불만을 야기했다. 결코 끝을 낼 수 없었다.

그나마 에크만이 있어 천만다행이었다. 소년에게 있어 그는 신의 한 수가 되어 주었다. 지난날, 때때로 크리스토퍼는 에크만이 자신의 아빠를 좋아하지 않는다고 느끼곤 했다. 그가 비록 나름의 성공을 거두긴 했지만 아빠와 파피를 질투한다고 여겼기 때문이다. 그래서 소년은 지금의 에크만에게, 그의 인내심과 도움 그리고 친절함에 감사했다. 만약 에크만이 없었다면 크리스토퍼는 어떻게 됐을지 모를 일이었다. 그랬다면 끔찍한 일이 일어났을 수도 있다.

학교는 사뭇 달랐다. 하지만 시간이 흘러감에 따라 크리스토퍼는 학교에 적응해 갔다. 오래된 의무들과 명시되지 않은 특권들이 공기 중에 옅게 섞여 있었다. 여름이면 관광객들은 고풍스러운 옷깃이 달린 교복을 입은 학교 합창단이 학교부터 수도원까지 걸어가는 모습을 구경하곤 했다. 행렬이 끝나면 구경꾼들은 서로 의자를 차지하기 위해 다투곤 했다. '수도원 내에서는 촬영 시 플래시 사용을 엄격히 금지합니다.' 이렇게 적힌 안내 표지판이 있었지만, 가볍게 무시한 채 그들은 합창단이 선보이는 천상의 노래를 감상했다.

합창단이 이렇게 짧게 공연을 하는 날이면 크리스토퍼는 고리타분한 복장 때문에 조금 창피하기도 했지만, 한편으로는 남들과 다른 중요한 존재로 보호받는 기분이 들어 위안이 되기도 했다. 크리스토퍼는 수도원 광장 주변을 둘러볼 때면 늘 생각에 잠겼다.

크리스토퍼는 아침이면 광장에서 상자 위에 서 있는 파피를 봤다. 그 상자 속에는 기계장치가 들어 있어서 구멍에 동전을 넣으면 짤막하게 편집된 음악이 흘러나왔고, 거기에 맞춰 발레리나는 춤을 췄다. 다만 그 발레리나는 파피가 아니었다. 다른 시간대에 춤을 추는 길거리 공연자였는데, 청소기에 공기가 빨려 들어가듯 그는 재빨리 파피의 빈자리를 차지했다. 한 푼이라도 더 벌수 있는 기회를 오랫동안 비워 둘 리 없었다.

분명 그녀가 아니었다. 하지만 멀리서 보면 그녀와 너무도 비슷했다. 그래서 어떨 때는 지독한 갈망과 압도적인 향수가 크리스토퍼를 덮쳤다. 감당이 안 될 정도로 감정이 동요되었던 어느 날 소년은 우스꽝스러운 합창단 복장과 망토에 발이 걸려 넘어질 뻔한 적도 있었다.

그때 리스의 목소리가 크리스토퍼의 망상을 깨웠다.

"맬런, 내 옷 밟았어!"

저녁에 공연이 있을 때면 에크만은 빠지지 않고 참석을 했는데, 크리스토퍼는 이때 또 다른 생각과 지난밤들에 대한 기억을 떠올리곤 했다.

크리스토퍼는 수도원 광장 식당에서 늘 혼자 와인 반병을 테이블 위에 올려놓고 식사를 하던 에크만의 모습이 떠올랐다. 에크만은 잔에 담긴 짙은 붉은색 와인을 빙글빙글 돌리다가 마침내 한 모금 마셨고, 똑같은 행위를 반복했다.

접이식 의자와 이젤을 펼치는 화가들의 모습도 보이곤 했다. 그러면 이내 자갈로 된 골목길을 따라 걸어오는 한 남자와 소년의 허상이 머릿속을 가득 채웠다. 우울한 분위기를 풍기는 짙은색 머리카락을 가진 남자 말이다. 첫인상은 뚱해 보이지만 마음을 열고 그를 알게 되면….

"맬런, 서둘러!"

합창단원들은 줄을 지어서 수도원으로 향했다. 열린 문을 통해 수도원 내부의 반짝이는 황금빛이 쏟아져 나왔다. 그 위로는 무시무시한 수도원 부벽이 있었다. 기둥과 첨탑은 별이 수놓인 달 밝은 하늘까지 솟아올라 있었다. 괴물 석상은 조각이 새겨진 돌사다리를 올라가고 있었는데, 아마 천국으로 올라가려는 모양이다. 석상의 얼굴들은 한껏 인상을 찌푸리고 으르렁거리듯 섬뜩한 분위기를 연출했고, 악령을 쫓기 위해 일그러진 표정을 유지했다.

그때 무슨 이유에서인지 크리스토퍼는 예전에 카페 테이블 위에 돈을 올려놓는 에크만의 모습이 생각났다. 광장을 떠나기 전 짐을 챙기는 아빠를 쳐다보던 에크만의 표정이 말이다. 그리고 아빠를 만나러 온 파피를 보던 모습. 그때 에크만의 얼굴은 부벽의 괴물 석상만큼이나 일그러져 있었고, 붉게 빛나는 가스등 속에서 그의 눈은 주홍빛으로 타들어 가는 석탄처럼 이글거렸다.

아니면 이 모든 게 그저 기억의 장난일까?

"맬런! 좀! 내 옷 또 밟았잖아! 제발 앞 좀 보고 걸어."

리스의 목소리에 크리스토퍼는 문득 정신을 차렸다.

"미안해, 리스. 잠시 뭐가 생각나서 말이야."

아니, 누가 생각났다고 해야 하는 게 맞을지도. 알 듯 말 듯 아리송한 단편적인 기억들이 가려져 있던 그의 의심을 불러 일으켰다.

그런 것이었을까?

에크만의 눈빛.

에크만은 로버트와 파피를 좋아하지 않았던 걸까?

하지만 그건 불가능했다. 에크만은 항상 친절하고 관대했다. 크리스토퍼는 혼란스러워진 마음의 평정을 되찾으려 했다. 그건 생각할 가치도 없었다. 에크만은 자신의 구원자였다. 그리고 무엇보다 친구였다. 에크만이 없었다면 자신은 어떻게 되었을까? 어디에서 어떻게 살고 있을까?

합창단원들이 수도원 안으로 들어섰다. 크리스토퍼는 마지막으로 뒤를 돌아봤다. 짙은 색 머리카락의 한 남자가 이젤과 의자를 펼치는 모습이 눈에 들어왔다. 하마터면 크리스토퍼는 합창 따위는 팽개치고 그 남자가 있는 곳으로 달려갈 뻔했다.

하지만 다른 사람이었다. 그저 머리카락만 짙은 색이었을 뿐. 그가 그토록 바라던 남자가 아니었다.

크리스토퍼는 합창단원들을 따라 안으로 들어갔다. 오르간 연주는 이미 시작되었고, 촛불이 타면서 나는 향이 공기 속에 가득했다. 관광객들이 이국적이고 신기한 것만 보이면 카메라를 들이대는 통에 여기저기서 플래시가 번쩍이고 있었다.

마을

에크만은 다락방 문을 잠그고 창가로 가 블라인드를 걷었다. 상쾌한 아침 햇살이 다락방을 가득 채운 어둠을 뚫고 오랜 시간 에크만이 공들여 만든 돔 안의 작은 도시를 비췄다.

에크만은 작업대 위에 있던 보석상 안경을 집어 눈에 끼웠다. 그리고 도시 모형을 내려다보며 미소를 지었다. 그 안에는 그들이 있었다. 그들은 각자 할 일을 하고 있었다. 마치 영화의 첫 장면 같았다. 중요 사건이나 인물을 따라 카메라가 이동하고, 그 뒤로 평범한 하루를 살아가고 있는 주변 인물들을 보여 주는 장면 설정처럼 말이다. 다만 이 안에는 주변 인물이라곤 저 둘뿐이고, 저들의 이야기만 있을 뿐이다. 적어도 아직까지는.

에크만은 여자가 집을 나오는 모습을 지켜봤다. 여자는 빨랫감을 들고 나와 줄에 널었다. 남자가 따라 나와 여자를 돕는다. 여자가 옷을 널면 남자는 비록 작지만 신체 대비 비율이 완벽한 손으로 빨래집게를 건넸다.

"오늘은 좀 어떤가요?" 에크만이 속삭였다.

그는 새어 나오는 미소를 멈출 수 없었다. 저들의 모습을 보고 있으면 언제나 즐겁고 신이 나기까지 했다. 하지만 저들은 이 토록 무력한 상황에서도 에크만에게 대항하고자 하는 의지를 보였고, 여전히 에크만은 저들을 통해 자신에게 없는 것들을 볼 때마다 분노했다. 에크만은 손가락 하나로 저들을 짓눌러 버릴 수도 있었다. 검지와 엄지 사이에 놓고 하루살이처럼 저들을 짓이길 수 있었다. 마치 이를 잡아 터트리듯 말이다.

하지만 오늘은 그런 날이 아니었다. 저 둘은 오늘 말다툼을 한 것이었다.

에크만은 둘의 사이가 멀어졌다는 생각만으로 가슴 깊은 곳에서부터 기쁨이 차올랐다. 왜냐하면 다른 사람들과 달리 저들에게는 아무런 대안이 없기 때문이다. 하소연을 들어 줄 사람도, 기분 전환을 하러 갈 곳도, 상대방에 대한 험담을 같이 할 사람도 없었다. 두 연인이 더 이상 서로를 사랑하지 않게 되었다는 생각을 하니 신이 나기까지 했다. 어쩌면 저들은 서로를 비난하며 후회하기 시작했을지도 모른다.

"만약 네가 그러지만 않았어도… 내가 그때 그렇게 하지만 않았어도… 나는 지금 여기에 갇혀 있지 않았을 텐데…."

이 일에 전적으로 책임이 없는 저 둘이 서로를 비난하는 모습을 보고 있자니 정말이지 재미있었다. 막상 이 모든 일에 대해 책임이 있는 사람은 마치 신처럼 조용히 저들의 작은 세상을 내려다보고만 있으니 말이다. 그들의 세상 속 하늘 위로는 종종 그의 두 눈이 등장했다. 그 눈은 그들의 태양, 달, 빛, 어둠, 후원자, 재앙이었다. 만약 에크만의 분노가 극에 달하는 날이 온다면 저들은 과연 어떻게 그 노여움을 달랠 수 있을까? 만약 에크만이 저들에게 더 이상 음식과 물을 주지 않기로 마음먹는다면? 천국에서 더 이상 먹을 음식과 마실 물을 유리 돔 아래로 보내 주지 않는다면 말이다. 만약 음식물을 제공하는 조건으로 에크만을 숭배하라고 한다면? 물 한 병이라도 받기 위해 엎드려 절을 해야 한다면?

하지만 그때가 온다고 해도… 저들은 그에게 대항할 것이다. 그리고 그를 결국 무너뜨리진 못한다면, 저들은 스스로를 파괴할 것이다. 그건 아직 저들이 택할 수 있는 선택지였고, 에크만이라도 그걸 막을 힘이 없었다. 만약 에크만이 저들의 삶을 견딜 수 없게 만든다면 저들은 앙심을 품고 자멸할 것이다.

당근과 채찍 전법이 필요했다. 낚싯줄에 걸린 물고기처럼 저들과 놀아 주면서 보상을 주다가도, 또다시 채찍을 주기도 해야 한다. 벌을 준 후에는 그에 대한 약간의 보상으로 신문 기사나 일간지, 읽을 책 또는 약 같은 것들을 줬다.

에크만도 자신을 멈출 수 없었다. 그는 본질적으로 악한 사람은 아니었다. 그는 나름대로 자신이 하는 일에 대한 열정과 자부심을 가지고 있었다. 때때로 화가 나기는 했지만 그래도 냉혈한은 아니었다. 하지만 저들이 아무것도 할 수 없게 되었다는 사실이 그 안의 잔인함을 끄집어내려 했다. 한때 저들은 에크만이 너무도 부러워하던 선망의 대상이었다. 하지만 지금은 어떻게 되었는가? 바깥세상에 대한 소식과 권력을 가진 게 누구인가? 저들에게 있어 세상의 전부였던 그걸 가진 것도 바로 그였다. 그 소년 말이다.

저들은 이제 빨래 널기를 마쳤다. 오늘 아침, 둘은 서로에게 화가 나 있었다. 에크만은 저들이 무슨 일로 다퉈서 침울해져 있는지 궁금했다. 어쩌면 단순히 서로의 신경을 건드린 것일 수도 있다. 에크만은 저들의 관계 회복을 위해 작게 책이라도 만들어서 내려보내야 할지도 모르겠다.

그렇다면 저들은 고마워할 것이다.

에크만은 자신의 생각에 미소를 지었다. 권력은 부패를 낳고 절대적 권력은 절대적 부패를 낳는다고 말한 사람이 누구였지? 그 이면에는 죗값을 치르지 않아도 된다는 걸 알기에 끔찍한 일을 더 저지르고 싶은 마음도 있었다.

쥐를 장난감 삼아 요리조리 던지며 노는 고양이처럼 말이다. 정원에서 소금 통을 들고 있는 소년과 꿈틀거리는 민달팽이처럼 말이다. 너무도 넘어가기 쉬운 유혹이었다.

하지만… 크리스토퍼가 있었다. 만약 그 소년이 행여 이런 사실을 알게 되는 날에는…. 소년은 저들의 일부였고, 저들 또한 소년의 일부였다. 그렇기 때문에 저들을 해치는 것은 크리스토퍼를 해치는 것과 같았고, 크리스토퍼를 해치는 것은 에크만 자신을 해치는 것이었다.

그에게는 이제 아들이 생겼다. 책임져야 할 가족이 있는 남자가 된 것이다. 남들과는 다른 모습과 크기의 가족이긴 했지만 말이다.

에크만은 계속해서 그들을 관찰했다. 저들도 에크만이 보고 있다는 걸 알고 있었다. 모를 수가 없었다. 돔 위로 드리운 그의 머리가 빛을 가로막았으니 말이다. 그들의 지구와 바깥세상의 진짜 태양 사이를 그가 막음으로써 그들 세상에서는 부분 일식이 발생했다. 겨울에는 전구가 그들의 태양과 달이 되어 주었다. 저들을 벌주고 싶을 때 에크만은 정해진 시간보다 일찍 달을 꺼 버리거나 늦게 해를 켰다.

창조주는 만물을 꿰뚫어 보는 전지전능함으로 그런 짓을 할 수 있었다.

에크만은 슬쩍 미소를 지었다. 그래, 저들은 다퉜지.

그녀의 얼굴은 여전히 사랑스러웠다. 하지만 뿌루퉁하니 신경질적인 표정이 드리워진 얼굴은 마냥 사랑스럽지만은 않았다.

사실, 그는 오히려 기분이 좋아졌다.

저들은 뚱하게 아무 말도 하지 않은 채 빨래를 널었다.

하지만 그때, 에크만이 안경을 내려놓으려던 그때, 남자가 여자를 향해 팔을 뻗어 그녀의 팔을 잡았다. 그는 그녀에게 무어라 했고, 그녀도 어느새 화가 가라앉은 듯 보였다. 그렇게 심각했던 분위기는 눈 녹듯 사라지고, 둘은 금세 포옹을 했다.

마치 에크만이 쳐다보지 않고 있다는 듯, 그가 그 자리에 없다는 듯, 그가 존재하지도 않는다는 듯, 이 모든 게 그를 화나게 만들기 위한 의도라는 듯, 그에게 반항하기라도 하는 듯, 마치 가질 수 있는 건 모두 가졌지만 여전히 파피와 그녀의 사랑만큼은 절대 가질 수 없다는 걸 증명하기라도 하는 듯 말이다.

그는 책상을 발로 찼다. 책상이 흔들리면 그 진동에 둘은 겁을 먹을 것이다. 유리 돔 작은 마을 속에서는 지진과도 같을 테니. 이 마을의 건물은 단면으로만 되어 있고 속은 텅 비어 있었다. 겉보기에만 도시일 뿐, 문도 열리지 않았고 계단도 이어지지 않은 단 둘만의 마을이었다.

어쩌면 저들에게는 다른 사람들이 필요할 것이다.

에크만은 다시 미소를 지었다. 다른 사람? 그렇다면 어떻게 될까? 한 명, 두 명 그 후 또 몇 명 더? 한 번에 한 명씩 넣어 버리면 아무도 알아차리지 못하지 않을까? 세상에는 한 곳에 정착하지 않고 여기저기 떠돌며 사는 사람들이 많다. 그런 사람 하나 둘 사라졌다고 해서 누가 신경이나 쓰겠는가? 에크만은 그렇게 한 번에 한 명씩 자기만의 세계 속 인구를 늘리면 됐다. 그는 창조주였고, 자신이 관찰하는 모든 것의 주인이었다.

하지만 자신은 절대 그곳을 방문할 수 없었다. 아니, 방문할 수는 있겠지만 다신 돌아오지 못하게 될 것이다. 어쩌면 그래서 신도 지구에 온 후 돌아가지 못하게 된 것일 수 있다.

에크만은 얼굴을 찌푸렸다. 만족보다는 실망이 더 컸다. 아직도 이 과정을 되돌리는 방법을 알아내지 못했다는 사실이 그의 마음을 불편하게 했다. 그녀를 되돌리지 못했으니 말이다.

아래층에서 그를 부르는 소리가 들렸다. 인력 사무소에서 소개한 여직원이었다. 에크만은 잠근 문을 열고 소리쳤다.

"여기 있어요. 우편물 열어 보시고 처리할 수 있는 것들은 처리해 주세요. 전 마무리 지을 작업이 있어서요."

그는 다시 문을 닫은 뒤 잠갔다. 불필요한 방해를 받고 싶지 않았다. 어찌 되었든 인간이든 동물이든 살기 위해서는 먹어야 하니까.

그는 다시 미소를 지었다.

"에른스트, 동물들 돌봐야지. 안 그러면 넌 동물을 키울 자격이 없어."

에크만 어머니의 목소리가 낡은 복도에 울려 퍼졌다. 어머니는 긴 복도 끝에 서 계셨고, 옆에는 여전히 실망스러운 듯한 표정의 아버지가 계셨다.

"애완동물을 제대로 돌봐야지!"

애완동물에게 밥을 줄 시간이었다. 밥을 먹인 후에는 정리를 해 줘야 한다. 저들은 작은 검정 봉지를 깔끔히 묶어서 매일 쓰레기를 밖에 내놓는다. 에크만은 검은 봉지까지 세심하게 미리 준비해 줬다.

에크만은 마지막으로 한 번 더 보기 위해 보석상 안경을 들었다. 저들은 지금 운동을 하고 쉬고 있었다. 물론 이것 또한 에크만 덕분이었다.

남자는 앉아서 그림을 그렸다. (작게 만든 물감, 의자, 종이, 붓, 이젤까지 다… 누가 준비해 줬겠는가?) 여자는 스트레칭을 하고 턴 동작을 하면서 몸을 풀었다. (작은 타이츠, 레깅스, 발레화는 또 모두… 누가 준비했을까?)

두 사람은 그렇게 하루하루를 보냈다. 남자는 종종 모형 도시의 풍경을 그리곤 했는데, 참으로 이상했다. 이 마을은 책에 관한 책, 연극에 관한 연극처럼 실제의 것에 기반하여 인위적으로 만들어 낸 모형에 불과한데 말이다.

그녀를 그릴 때도 있었다. 그녀는 기꺼이 그의 모델이 되어 줬다. 그들끼리만 있을 때 그녀는 사생화나 스케치를 위해 포즈를 취하기도 했다. 그는 그녀에게 그림을 가르쳐 줬고, 그녀는 그에게 춤을 알려 줬다. 그들은 원하는 것, 아니 원하는 게 아니라 삶에 필요한 것들은 모두 갖춰져 있었다. 하지만 그들이 정말 원하는 것은 가질 수 없었다. 에크만조차도 가질 수 없었다. 그들은 다시 원래 모습으로 돌아갈 수 없었다. 에크만은 파피를 가질 수 없었다.

그가 가진 것이라곤 로버트가 그린 그녀의 누드화뿐이었다. 누드화는 그의 집 금고 안에 보관되어 있었다. 에크만은 로버트의 아파트에서 그림을 갖고 왔다. 크리스토퍼가 자고 있을 때면 그는 그림을 꺼내 잠시 보고는 다시 잠금장치와 자물쇠 너머로 숨겨 뒀다.

가끔 로버트는 자신의 아들을 그리기도 했다. 기억 속의 크리스토퍼를 말이다. 소년은 이제 훌쩍 자라 허우적거릴 만큼 팔다리가 길어지고 턱선 또한 날렵해졌다. 더 이상 광대가 한껏 올라간 어린 소년의 모습이 아니었다. 로버트가 그런 사실을 알 리 만무했다. 하지만 그는 더 이상 그의 세상에 존재하지 않는 아들의 모습을 추억하며 그렸다.

처음에 이들은 에크만을 보면 아는 척했다. 손을 흔들기도 하고, 눈을 가리고 위를 올려다보기도 했다. 마을을 감싸고 있던 유리 돔이 치워졌을 때, 이들은 희망에 찼던 만큼 두렵기도 했다. 자유의 몸이 되었다지만 대체 어디로 간단 말인가? 갈 데라고는 광활한 사막 같은 작업대뿐, 그 너머는 세상의 끝이었다.

에크만은 이들에게 편지를 썼다. 먼저 글을 쓴 후, 그들이 알아볼 수 있도록 작게 만들었다.

'이런 말을 하게 돼서 미안한데….'

그는 먼저 현재로써는 과정을 되돌릴 방법 없어 미안하다는 말을 했다. 하지만 그 외의 다른 부분에 대해서는 미안함을 표해야 할 의무를 느끼지 못했다. 그는 그들을 작게 만들었던 것처럼 다시 크게 만드는 방법을 연구하고 있다고 알렸다. 그것이 빠른 시일 내 가능할 거란 희망을 드러내진 않았지만. 그리고 만약 저들을 되돌릴 수 있는 방법을 알게 된다고 해도, 과연 그가 그렇게 할 확률이 얼마나 되겠는가?

이 모든 일들이 일방적인 과정이었듯, 일방적인 서신이었다. 에크만은 저들이 하는 말을 알아들을 수가 없었다. 오히려 다행일지도 모르겠다. 따라서 그는 저들의 필요를 가늠했고, 원하는 걸 추측했다. 그는 저들이 물어볼 법한 질문에 대한 답들만 해줄 수 있었다. 그는 저들이 원할 거라고 생각한 것들을 내려보냈고, 저들이 알고 싶어 할 만한 것들에 대해 말해 줬다. 그 이상, 그 이하는 없었다. 물론 가끔은 에크만도 실수를 하거나 오해를 하기도 했다. 잘못된 종류나 크기의 물건을 내려보내기도 했으니 말이다. 또 저들의 기분을 상하게 만들기도 했다. 그는 둘 중 한 명이 아플까 봐 걱정이 되기도 했다. 그럴 때 그가 할 수 있는 거라고는 진통제를 주는 것밖엔 없었다. 고통스럽지 않게 죽도록 돕는 것 외엔 할 수 있는 게 없었다.

저들은 때로 먹기를 거부하기도 했다. 에크만은 매일 혹은 거의 매일 그들이 먹을 걸 준비했다. 유리 돔을 열어 감속장치를 작동시키는 일련의 과정을 거친 뒤, 늘 두던 장소에 음식을 뒀다. 그러나 다음 날 에크만이 음식을 주기 위해 안을 들여다보면, 전날 두었던 음식이 그대로 남아 있기도 했다.

처음에 에크만은 자신이 우려했던 대로 저들이 병에 걸린 것이라고 생각했다. 하지만 그게 아니었다. 단식투쟁을 모노폴리

게임의 감옥 탈출 카드쯤으로 생각한 저들은 단순히 먹는 걸 거부한 것일 뿐이었다. 하지만 그곳은 탈출구가 없는 감옥이었다.

나의 세계에 온 걸 환영하네. 에크만은 속으로 생각했다. 이제 다른 사람의 입장이 되어 살아가는 것이다. 아웃사이더, 괴짜, 별난 사람, 남들과 다른 사람, 기괴한 사람이 되어서 말이다.

그는 전날 내려 두었던 음식을 치우고 새 음식을 갖다 놨다. 저들은 물만 마셨다. 둘 다 수척하게 말라 갔고, 기운이 없어 보였다. 저들은 대부분의 시간을 잠을 자거나 에크만이 만들어 준 매트리스 위에서 기운 없이 허공을 쳐다보며 보냈다. 그저 이 단식투쟁이 가져올 변화를 기다리는 듯. 다만 변하는 것은 아무것도 없었다. 시간이 흘러 마침내 저들은 그 사실을 깨달았고, 다시 음식을 먹기 시작했다. 게다가 저들의 마음속엔 여전히 크리스토퍼에 대한 걱정이 자리하고 있었고, 에크만이 전해 주는 아이의 소식을 간절히 기다렸다.

'크리스토퍼는 잘 지내고 있고, 새 학교를 다니기 시작했습니다.'

에크만은 말에게 설탕을 주듯 이런저런 자잘한 소식을 전했다. 또 가끔씩은 특별한 간식을 내리듯 자비와 호의를 베풀었다. 에크만은 저들에게 신문을 줬다. 하지만 신문 속 뉴스들은 저들과는 조금도 상관없는 일들이었다. 진드기처럼 작아진 상황에서 여기서 일어나는 전쟁이나 저기서 일어나는 분쟁이 다 무슨 상관이란 말인가? 저들의 삶이 그 일들에 어떤 영향을 끼칠 수 있을까? 반대로 그 일들은 저들의 삶에 어떤 영향을 미치겠는가?

아는 게 권력인지라, 가끔은 에크만도 악의적으로 거짓말을 하고 싶은 마음이 들 때도 있었다.

'안타깝게도 크리스토퍼는 병원에 있습니다. 갑자기 뇌수막염에 걸렸거든요.'

그렇게 며칠간 저들을 걱정하게 만든 다음, 이렇게 말할 것이다. '크리스토퍼가 혼수상태에 빠졌어요. 급히 병원에 가 봐야겠어요.'

그는 그렇게 저들을 며칠 더 온갖 근심과 걱정에 시달리게 만든다.

그다음에는 어떻게 해야 하지?

'다행히 크리스토퍼가 회복되어서 월요일부터 다시 학교에 갈 수 있을 것 같아요.'

아니면 그다지 행복하지 않게.

'안타깝게도 크리스토퍼가 지난밤 숨을…'

그렇게 말한다 한들 그게 진실이 아니란 걸 저들이 어찌 알겠는가?

하지만 다행히도 에크만은 그런 사람이 아니었다. 그에게는 어느 정도의 양심과 기준 그리고 도덕심이 있었다. 신기하게도 말이다.

그는 저들에게 아이에 대해 거의 사실대로 알려 줬다.

'이런 일이 일어나서 참으로 안타깝지만…' 그는 이렇게 운을 뗐다. 하지만 미리 적어 둔 쪽지를 발기발기 찢었다. 사과와 후회는 아무짝에도 쓸모없었다. 이미 엎질러진 물이었다. 만약 언젠가 이 과정을 되돌릴 방법을 찾으면 그 물을 주워 담을 수는 있을 것이다. 하지만 그 방법을 알아내고, 그 일이 가능하게 된다

하더라도 어찌 저들을 되돌리겠는가? 누가 사자를 풀어 주려 하겠는가? 자신을 증오할 수밖에 없는 사람들을 어떻게 풀어 주겠는가?

그는 약간의 격식을 갖춰서 저들을 대했다. 사사로운 감정은 느껴지지 않았다. 전달할 내용만 적고, 개인적인 의견은 일절 달지 않았다.

'크리스토퍼는 잘 지냅니다. 슬퍼하고 있지만 잘 지내고 있습니다.'

그리고 이렇게 덧붙였다.

'기관에서 크리스토퍼를 위탁 가정으로 보내려고 합니다. 크리스토퍼 본인도 저를 친구로 여겨 저와 지내고 싶다고 말했음에도 불구하고 기관에서는 저와 지내는 걸 반대하고 있는 입장입니다. 아무래도 제가 결혼하지 않은 남성이다 보니 제 동기를 의심하는 듯합니다. 굉장히 모욕적이고 화가 납니다. 법적 자문을 구해야 할 것 같습니다.'

그는 마치 자신의 평판에 대해 저들이 관심 있어 하기라도 하듯 이렇게 적었다. 기관 사람들이 에크만의 이름을 더럽히고 그의 순수한 동기를 오해해 마치 그를 불쾌한 욕구를 지닌 사람으로 여기는 점에 대해 저들이 함께 분개해 주기라도 할 것처럼 말이다.

'결국 크리스토퍼는 저와 함께 살게 되었다는 좋은 소식을 전달합니다. 저의 사생활에 관한 대대적인 그리고 솔직히 불쾌한 조사를 마친 후, 기관에서 크리스토퍼를 저와 함께 살도록 허락했습니다. 단, 제가 여성 가정부나 보모를 채용한다는 전제하에서 말입니다. 그래서 채용을 하기로 했습니다. 모르는 사람을 집에 들이고 그로 인해 비용이 나간다는 점이 못마땅하긴 하나, 크리스토퍼를 위해서라면 그 정도쯤은 괜찮습니다.'

그는 하마터면 이렇게 쓸 뻔 했다. '지금 같은 상황에서 제가 할 수 있는 최소한의 도리라고 생각합니다.' 하지만 그는 다시 한 번 저들에게 사과하고 싶은 충동을 억눌러야 했다. 뭐 하러 스스로 자기 발등을 찍겠는가? 왜 자기 가슴을 치고 저들에게 용서를 구해야 하는가? 저렇게 조그만 사람들에게 용서를 구할 사람이 어디 있을까? 저들이 할 수 있는 용서의 질 혹은 양은 얼마나 될까? 분명 보잘것없는 하찮은 용서일 것이다.

'크리스토퍼가 지금도 행복해 보이긴 하지만, 아이의 후견인으로서 판단한 결과 애비 스쿨로 전학을 시키기로 결정했습니다. 그곳에 가면 보다 우수한 교육을 받을 수 있으리라 믿습니다. 학급 규모가 기존 학교보다 작고 배울 수 있는 폭이 훨씬 넓습니다. 그리고 대규모의 시설을 자랑하는지라 크리스토퍼가 만족스러워하기도 하고, 아이가 재능을 보이는 과학 관련 시설들이 잘 되어 있습니다.'

학생의 조부모 혹은 가족에게 보내는 일종의 가정 통신문 같았다.

'저의 이런 결정에 반대하지 않으리라 여기겠습니다. 만약 반대하고 싶다면 이 편지를 읽은 즉시 조치를 취해 주시기 바랍니다. 제가 여기서 주시하고 있을 테니 반대하신다면 어떠한 방식으로든 의견을 표출해 주십시오.'

로버트에게 말도 안 되는 짓을 저지르고도 여전히 그에게 허락을 구하는 에크만의 모습은 정말이지 기가 찰 노릇이었다.

어떠한 반대도 없었다. 어쩌면 저들은 에크만이 완전히 미쳤다고 생각한 것일 수 있다.

그는 실제로 크리스토퍼의 성적표를 작게 만들어 유리 돔 아래로 내려보냈다.

'동봉한 내용을 통해 크리스토퍼가 전학 간 학교에서도 잘 지내고 있다는 걸 아실 수 있을 겁니다. 새로운 환경에 잘 적응하고 있고 기대보다 성적도 아주 잘 나왔습니다. 칭찬 카드도 여러 장 받았고, 과학 우수상도 받았습니다.'

때로는 크리스토퍼의 상황이 좋지 않을 때도 있었다. 아이에겐 분명 아빠가 필요했다.

'크리스토퍼가 이번 학기는 조금 힘들어했습니다. 많이 방황하고 엇나가기도 했습니다. 아이는 여전히 아빠를 그리워하고 있습니다. 마치 겨울잠을 자는 동물처럼 슬픔에 빠져 오랜 시간 침묵과 어둠 속에서 지내고 있습니다. 한동안은 잘 지내는 듯했지만 아이에게 다시 모든 고통이 돌아온 듯했습니다. 크리스토퍼는 여전히 아빠에 대한 어떠한 소식이라도 듣고 싶다는 희망을 안고 살고 있습니다. 이런 상황을 알 길이 없으니 답답하겠지만, 또 어떻게 아이에게 이 이야기를 하겠습니까? 시간이 어느 정도 지났고, 그만큼 상처도 다 치유된 듯했지만 치유되지 못했습니다. 저는 크리스토퍼가 많이 걱정됩니다. 앞날이 창창한 아이가 이렇게 과거에만 갇혀 살고 있으니 말입니다.'

그러다 상황이 다시 나아지기도 했다.

'이번에도 크리스토퍼가 우수한 성적을 받았습니다!'

저들에게는 크리스토퍼의 우수한 성적보다 이를 뿌듯해하는 에크만의 태도가 더 눈에 띄었다. 에크만은 마치 자신의 아이에 대한 이야기를 하듯 했다. 자신이 만들어 낳은 아이처럼 말이다. 그리고 실제로 아이는 점점 그의 아들이 되어 가고 있었다.

'걱정할까 봐 알려 드립니다. 제가 뜻하지 않게 사망할 경우를 대비해서 크리스토퍼 앞으로 자금을 마련해 놨습니다. 그걸로 아이는 잘 지낼 수 있을 것입니다. 제가 굉장한 부호는 아니지만 충분히 넉넉하게 살 만큼의 재산이 있기 때문에 아이가 부족하게 지낼 일은 없을 겁니다. 신탁 자금을 아이 이름으로 해 놨습니다. 혹시 더 필요한 게 있을까요?'

하루는 로버트가 붓을 들고 모형 마을의 길바닥에 자신보다 훨씬 커다란 글자를 쓰기 시작했다. 에크만은 렌즈를 통해 글자가 단어로 변하는 걸 지켜봤다. 마치 낱말 맞추기 게임을 하는 것 같았다.

첫 번째 글자는 A였다.

로버트는 커다랗게 글자를 그렸다. 여전히 굉장히 작았지만 그는 고개를 들고 위를 쳐다봤다. 마치 '어때? 무슨 말인지 이해했지?'라고 말하는 듯했다.

하지만 A만 써서는 그게 무슨 말인지 어떻게 알겠는가?

그 다음에는 N을 그렸다.

AN.

AN? AN 뭐?

에크만은 화장실을 다녀왔다. 다녀와서 보니 길 위에 ANTI란 글자가 적혀 있었다.

이것만으로는 아직 확실치 않았다. 로버트가 무슨 말을 하고 싶은지 대충 감을 잡은 것 같았지만 백 퍼센트 확실히 해 두고 싶었다. 에크만은 두 글자가 더 완성될 때까지 기다린 다음 방을 나섰다.

ANTIBI.

집에 가서 알약을 챙겨 온 에크만은 길 위에 쓰인 글자를 확인하고는 자신의 추측이 맞았음에 기분이 좋아졌다.

항생제(ANTIBIOTICS).

그의 집 화장실에는 먹지 않고 남겨 둔 5일분의 항생제가 있었다. 에크만은 이 항생제가 파피를 위한 것이라고 생각했다. 파피는 어디가 아픈지 하루 종일 보이지 않았다. 그녀는 부분적으로 비어 있는 건물 안 침대에 누워 쉬고 있었다. 고열 혹은 종기를 앓고 있는 것일 수도 있다.

부디 수술이 필요한 상황이나 심각한 치통은 아니어야 할 텐데 말이다. 에크만이 그런 상황을 어떻게 해결할 수 있겠는가?

의사를 조그맣게 만들고 수술실 모형을 재현해야 할까? 치과 의사도?

현대식 의사나 치과 의사가 없었던 시절, 사람들은 어떻게 했을까? 그때도 삶은 지속되었고 사람들은 그럭저럭 살아갔다. 살 만큼 살다 죽었다.

사흘 후, 파피는 다시 모습을 보였다. 다만 다리를 조금 절뚝거렸다. 다리를 접질리거나 상처로 인해 패혈증이 생긴 것일 수도 있다.

한동안 모형 마을 길 위에는 항생제가 그대로 남아 있었다.

일종의 낙서 같아 보이기도 했다. 이를 씻어 줄 비는 내리지 않았다. 마침내 로버트는 지쳤는지 그 위에 덧칠을 했다. 어느 날인가는 에크만이 음식을 주기 위해 유리 돔 안을 들여다봤을 때, 길 위에 분노의 메시지가 적혀 있었다.

'망할 난쟁이 새끼.'

에크만은 비틀거리며 작업대에서 뒷걸음질을 쳤고, 그러다 눈에 끼운 보석상 안경이 떨어졌다. 안경알이 바닥을 굴러다녔다. 가슴에 통증이 느껴졌고, 심장이 마구잡이로 뛰어 댔다. 몇 분 후 심장은 정상적으로 박동하기 시작했다.

기운이 빠진 에크만은 고통스러워하며 자리에 앉았다. 저들은 왜 아직도 에크만에게 상처를 주고 있는 걸까? 저들에겐 여전히 에크만을 고통스럽게 할 만큼의 힘이 있었다. 점만큼 작고 먼지만큼 보잘것없는 저들이 말이다.

분노한 에크만은 작업 도구들 사이에서 무거운 스패너를 집어 들었다. 유리 돔과 그 안에 있는 모든 것들을 산산조각 낼 생각이었다.

'망할 난쟁이 새끼.'

다시 심장이 두근거렸다. 그는 의자에 털썩 주저앉은 뒤 스패너를 내려놓았다. 저렇게 아름답고 경이로운 작품을 도저히 파괴할 수 없었던 것이다. 너무도 많은 시간과 에너지, 헌신, 재능을 쏟아부은 결과물이었다. 그에게 있어서는 그야말로 걸작이었다.

그뿐만이 아니었다. 에크만은 파피를 해칠 수 없었다.

혹시 저걸 쓴 게 파피였을까?

아니다. 분명 로버트일 것이다.

하지만 저들에게 가르침을 줄 필요가 있었다. 이런 짓을 저지르고도 그냥 넘어가는 건 말도 안 됐다.

그날 에크만은 음식과 물을 주지 않았다. 저들도 이 정도의 복수는 예상했을 것이고, 이에 대비해 식량을 비축해 뒀을 것이다. 얼마나 지속될지는 모르는 일이었다. 저들도 며칠 혹은 1, 2주는 버틸 수 있을 것이다. 하지만 에크만은 저들보다 더 오래 버틸 수 있었다.

에크만은 영원히 버틸 수도 있었다.

대신 메모를 내려보냈다.

'낙서 지우세요.' 명령이었다.

아무런 일도 일어나지 않았다.

에크만은 돔을 들고 선반으로 가져갔다. 그곳은 하루 종일 빛이 들지 않는 곳이었다. 선반 위에서는 아무런 빛도 볼 수 없다. 에크만은 그 사실을 알고 있었다. 그는 저들의 태양이자 달이었고, 별이자 하늘이었다.

오랜 시간이 걸렸다. 에크만은 매일 문을 열고 돔 안을 훔쳐봤다. 하지만 그곳은 오랫동안 아무런 변화도 없었다. 열흘쯤 지나자 마침내 첫 글자가 지워졌다.

'할 난쟁이 새끼.'

다음 날 또 한 글자가 지워졌다.

'난쟁이 새끼.'

이번에는 두 글자가 지워졌다.

'난 새끼.'

웃기려고 저러는 걸까? 저들은 저게 웃기다고 생각한 걸까?

빛 한 줄기 없는 어둠과 배고픔을 대체 얼마나 견딜 수 있을까?

'새끼.'

이걸 농담이라고 하는 걸까?

그리고 마침내 모든 글자가 사라졌다.

에크만은 돔을 선반에서 가져와 다시 빛이 드는 곳에 두었다. 하지만 아직 음식은 주지 않았다. 그는 또 메모를 내려보냈다.

'사과하세요.'

다음 날 아침, 길 위에 두 글자가 적혀 있었다.

'싫어.'

에크만은 또 다른 메모를 보냈다.

'기다리겠습니다.'

하루 종일 조용했다. 그러다가 천천히 글자가 나타나기 시작했다.

'미….'

하루 동안 그게 전부였다. 어쩌면 상황이 안 좋아진 것일 수도 있었다. 에크만의 거대한 그림자가 나타날 때마다 저들은 건물 안으로 숨어 버렸다. 어쩌면 배가 고프고 목이 마른 나머지 글자를 마저 적지 못한 것일 수도 있다. 아니면 글자를 쓸 수 없을 정도로 힘이 빠졌다거나 페인트가 떨어진 것일 수도 있었다.

아니, 어쩌면 화낼 기운마저 없어진 것일 수도 있었다. 다음 날 아침, 마침내 문장이 완성되어 있었다.

'미안해요.'

사과를 받으니 기분이 나아졌다.

에크만은 음식과 물 몇 병을 내려보냈다. 아주 많이는 아닌, 적당한 양이었다. 에크만은 배급량을 줄였다. 저들이 먹을거리를 쟁여 두고 투쟁을 벌이는 걸 원치 않았기 때문이다.

'미안해요.' 듣기 좋았다. 사과 한마디면 될 일이었다. 에크만은 저들을 해치거나 굶기고 싶지 않았다. 고문은 그의 체질에 맞지 않았다. 단호한 모습을 보여 줄 필요가 있을 뿐이었다. 누가 위에 있는지 알려 줘야 하니까.

에크만은 자신이 앙심을 품고 있다고 생각하지 않았다. 그저 통제를 하는 것일 뿐. 그는 저들에게 애걸하라고 요구할 수도 있었고, 심지어는 애걸복걸하라고도 할 수 있었다.

저들이 에크만에게 이 정도로 영향을 끼친다는 것도 웃긴 일이었다. 작디작은 저들은 진드기처럼 에크만의 살 속을 파고들었다. 에크만 역시 어린 시절부터 온갖 조롱을 당해 왔던 터라 이 정도 시련에는 단련되었다고 생각했다. 하지만 아무리 단련되었다 한들, 막대기와 돌로 계속 치면 결국 팔다리가 부러질 수 있듯, 툭 내뱉은 모진 말들은 오랫동안 그의 가슴을 아프게 했다. 사람들은 그걸 알고 있다.

에크만과 저들의 소통은 늘 일방적인 방식이었다.

그는 창가로 가 감속장치의 전원을 켰다.

기계 자체는 복잡할지라도 과정은 꽤 단순했다. 전환을 해 주는 것, 그뿐이었다. 학생이라면(물리 시간에 집중을 했다는 전제하에) 알베르트 아인슈타인의 상대성 이론에서 물체가 빛의 속도에 가까워지면 무제한의 질량을 얻는다는 걸 알 것이다. 그렇다면 그 반대는 무엇일까? 이론을 동전이라고 했을 때, 반대편 면은 무엇일까? 만약 모든 것의 속도가 줄어든다면, 만약 그 반대의 일이 일어나면 어떻게 될지 말이다. 물체가 어둠의 속도로 움직인다면 어떻게 될까?

다만, 논리적으로 반박해 보자면 어둠에는 속도가 없다. 어둡다는 것은 암흑 때문이 아니다. 오히려 빛이 없기 때문에 생기는 것이다.

즉, 무언가가 존재함으로써 만들어지는 게 아니라 존재하지 않는, 부재에 의한 것이었다.

정말 그런 걸까? 그렇다면 즐거움은 고통이 없는 상태일 뿐일까? 정녕 암흑은 빛의 부재인 것일까, 아니면 자신만의 성질을 가진 독립적 존재일까? 물질과… 반물질에 비유해 설명해 보면 빛 그리고… 어둠은 뭐라고 불러야 할까? …반(反)빛? 단순히 빛의 부재가 아니라 그보다는 조금 혹은 많이 복잡하다. 그래서? 다시 질문해 보자. 만약 물체가 빛의 속도로 움직인다면 물체는 무제한의 질량을 얻게 된다. 그런데 만약 그 반대의 일이 일어난다면, 만약 물체가 반빛, 즉 어둠의 속도로 이동한다면 어떻게 될까?

질량은… 무제한으로 줄어들게 되지 않을까? 어둠의 속도에 가까워질수록 질량은 작아질 것이다. 이 과정을 거쳐 어둠 속으로 보내 버리면 도로 이 과정을 되돌리기 전까지는 작아진 질량 그대로 유지될 것이다.

다만 그는 그 방법을 몰랐다. 되돌리는 방법을. 하지만 언젠가, 언젠가는 알아낼 것이다.

에크만은 기계를 작동시키면서 혼자 고개를 끄덕이고 중얼거렸다.

"그래, 무한으로 작아지는 거야. 그렇지, 아주 좋아."

에크만은 망원경의 초점을 맞춘 다음 거울들의 각도를 조절했다. 그는 스위치를 잡아당기고는 이 놀라운 기계를 작동시켰다. 가만히 서서 넋을 놓고 지켜봤다. 아무리 봐도 질리는 법이 없었다. 그는 기계가 작동하는 모습을 보며 함께 감탄하고 이 순간을 즐길 누군가가 있으면 좋겠다고 생각했다. 하지만 당연히 그것은 불가능한 일이었다. 그의 곁엔 크리스토퍼가 있긴 했지만, 이 상황을 아이가 알기라도 하는 날에는….

윙 하는 소리가 멈췄다.

망원경은 이제 쨍하게 내리쬐는 아침 해를 정확히 가리키고 있었다. 커다란 위쪽 렌즈를 통과한 햇살과 아래쪽 렌즈에서 반사된 햇살이 합쳐지면서 가느다란 광선이 만들어졌다. 에크만은 반사된 빛이 방 안 여기저기 놓인 독특하면서도 아름다운 프리즘과 거울로 통과되도록 조심스럽게 망원경을 움직였다. 그는 여러 색으로 부서지는 빛을 만족스럽게 바라봤다. 빛은 굴절되어 한쪽 거울에서 다른 쪽 거울로 반사되었고, 이렇게 하나의 빛줄기가 만들어졌다. 거울들은 형태며 각도가 제각각 특이했다. 이제 빛은 편광 렌즈를 거쳐 두꺼운 유리 피라미드를 통과하면서 여러 개의 고리가 모여 소용돌이처럼 보이는 스펙트럼을 뿜어냈다.

전자석을 작동시키자 윙윙 소리가 나기 시작했다. 움직이는 게 보이지도 않을 정도로 빠르게, 더 빠르게 돌았다. 너무 빠르나머시 운농의 상태를 넘어 움직이지 않는 고체로 변한 듯했다.

"자, 이제⋯." 에크만은 중얼거리듯 말했다.

빛이 마지막 렌즈를 통과하면서 반대편 벽에 지름 약 30센티미터 정도의 어두운 점으로 투사되었다. 그런데 자세히 살펴보면 저 어두운 점은 실제로 그 어떤 것으로도 투사된 것이 아니었다. 이 어둠은 무언가의 그림자도 빛의 부재도 아니었다. 암흑 그 자체였다. 공기 중에 검정색 공, 작은 블랙홀, 또 다른 차원, 시공간에 생긴 작은 구멍처럼 말이다. 그리고 그 구멍 너머로는⋯.

검정색 원 주변으로 희미한 푸른빛이 나타났다. 그 빛은 불에 타는 것처럼 치직거리는 소리를 내더니 이내 사라졌다.

에크만은 다시 렌즈를 맞췄다. 이제 검정색 원은 바늘 끝보다 약간 큰, 종이에 찍힌 마침표만 해졌다. 공기 중에 거의 보이지 않을 정도로 작게 떠 있었지만, 말도 못 하게 강력한 힘으로 무언가를 빨아들일 듯 보였다.

에크만은 마을 모형 위를 덮고 있던 유리 돔을 치웠다. 그러고는 검정색 원을 움직여서 모형 마을의 거리 위에 떠 있게 만들었다. 에크만은 방을 살피며 장 봐 온 것들을 찾았다. 그는 장바구니 하나를 들어서 작업대로 가져갔다.

"이제⋯."

그는 작업대 위로 장바구니를 천천히 들어 올리고는 검정색 원이 위치한 곳으로 가져다 댔다.

장바구니가 사라졌다.

그는 여전히 바구니의 손잡이를 잡고 있었지만, 그 아랫부분은 이미 사라져 보이지 않았다. 환풍기 속으로 순식간에 빨려 들어가는 연기처럼 검정색 원 안으로 사라져 버린 것이다.

그는 손잡이를 났다. 손잡이마저도 검정색 원 안으로 빨려 들어가 버렸고, 더 이상 보이지 않았다. 적어도 육안으로는 말이다. 장바구니는 맨눈으로는 볼 수 없을 정도로 작아진 채 모형 마을의 거리 위로 떨어졌다.

에크만은 두 번째 장바구니를 가져왔다. 같은 과정을 반복했다. 그러고는 화장용품이 든 세 번째 바구니를 들고 또 검정색 원 안으로 떨어트렸다.

장바구니들이 검정색 원을 통과하는 모습은 마치 싱크대의 물이 빙글빙글 돌며 하수구로 빨려 들어가는 것만 같았다. 검정색 원에 가까워지면 장바구니는 그 안으로 빨려 들어가다시피 사라져 버린다. 에크만은 작은 검정색 원 안에서 장바구니와 자신의 손을 잡아끄는 힘을 느낄 수 있었다.

그 힘이 느껴지면 그는 재빨리 손잡이를 났다.

만약 자신의 손이 원 안으로 들어간다면, 그가 저 조그만 검정색 원 속으로 빨려 들어간다면… 그때는 어쩌지? 누가 저들이 살 수 있도록 돌봐 주겠는가?

"에크만 씨? 안에 계세요?"

자신을 부르는 목소리에 에크만은 깜짝 놀랐다. 문 바로 밖에서 나는 소리였다. 문이 쿵쿵하고 흔들렸다.

"에크만 씨! 에크만 씨! 전화 왔어요!"

갤러리 여직원이었다. 다행히도 그는 문 잠그는 걸 잊지 않았다. 방 안에도 전화가 있었지만, 그는 전화벨 소리조차 듣지 못했다. 기억은 안 나지만 전화벨 소리를 줄여 놨던 것 같다.

"네모 남겨 주세요! 잠시 후에 제가 다시 전화하겠다고요."

"중요한 일이라는데요, 에크만 씨."

"다시 전화한다고 하세요."

여직원이 발길을 돌려 계단을 내려가는 소리가 들렸다.

중요하다니. 에크만은 생각했다. 사람들은 도대체 뭐가 중요한지 알지 못했다. 그는 감속장치로 다가가서 모든 작동을 멈췄다. 윙윙거리던 소리가 곧 잠잠해졌다. 검정색 원은 여전히 공기 중에 떠 있었다. 마치 물음표에 있는 점 같았다. 그 점은 이내 점점 옅어지면서 『이상한 나라의 앨리스』에 나오는 체셔 고양이의 미소처럼 그렇게 사라져 버렸다.

에크만은 마을 모형 위로 유리 돔을 다시 덮었다. 그러고는 보석상 안경을 꺼내 눈에 끼운 다음 안을 들여다봤다.

그래, 그래. 그는 저들에게 기부를 했다는 만족감에 고개를 끄덕였다. 길거리에 놓인 식료품과 생활용품 바구니를 옮기는 저 작은 둘의 모습을 보고 있자니 심지어 아버지의 마음이 이런 걸까 하는 생각마저 들었다. 병이 깨지거나 상자가 터진 것도 없이 장바구니의 내용물들이 온전하게 전달된 듯 보였다. 자비로운 구호 물품이 오늘도 저들 앞에 안전하게 도착했다.

좋았어, 무사히 끝마쳤군.

그는 보석상 안경을 빼냈다. 하지만 무언가 그를 멈칫하게 만들었다. 그는 다시 안경을 끼우고는 앞으로 몸을 기댄 채 자신이 친절하게 제공한 물건들을(그들이 필요로 한 다른 모든 것처럼 비용 청구 없이) 분주하게 옮기는 두 사람의 모습을 그 어느 때보다 가까이서 지켜봤다. 어떤 이는 이런 걸 보고 하늘이 주신 양식이라 하겠지.

온몸이 서늘해졌다. 그의 얼굴에서 핏기가 가셨다. 그는 보석상 안경을 빼낸 다음 그것을 닦고 또 닦았다. 그리고 자신의 얼굴도 문질렀다. 그는 도로 안경을 끼고 다시 아래를 쳐다봤다.

아니야, 확실히 아니야. 가능할 리 없잖아, 그렇지 않나? 혹시 잘못 본 것일까? 확실할까? 아니면 그게….

그는 장바구니를 벽면으로 만든 실내로 끌어들이는 저 둘의 모습을 관찰했다. 그 안은 저들의 식품 저장실이었다. 문이 있고, 그 문을 열면 작은 공간이 나온다. 이곳 대부분은 정면을 보고 있는 벽뿐이었다. 에크만은 실제 누군가가 살도록 마을을 만든 게 아니었다. 하지만 이 마을에는 저들이 살아가는 데 필요한 모든 게 있었다. 적어도 그런 면에서 에크만의 인심은 후했다. 물론 제공하는 데 어려운 것들도 있다. 하지만 그는 최선을 다했다. 요리를 할 수 있게 조그만 가스 캔과 화덕을 주었다. 또 컵, 컵받침, 그릇, 칼, 주전자와 프라이팬까지 있었다. 크기는 작았지만 그들에게는 실제 물건이나 다름없었다. 저곳은 소인국이었다. 작은 사람들을 위한 나라 그 자체였던 것이다.

분명 에크만이 잘못 본 것이겠지? 타이츠 위로 걸친 카디건 때문에 물병을 들어 올릴 때 파피의 배가 부풀어 오른 것처럼 보인 것이다.

그래, 그런 것뿐이다. 빛의 속임수, 몸짓의 속임수 말이다. 잘못 본 것뿐이다. 에크만은 안도감을 느꼈다. 알 수 없는 공포심으로부터 가까스로 탈출한 기분을 느끼며 그는 보석상 안경을 빼냈다. 물론 착각이긴 했지만, 그건 일어날 수 있는 최악의 공포이자 최악의 결과였다. 하지만 다행이다. 걱정할 필요가 없었다.

그는 벨벳 천을 덧댄 작은 가죽 케이스에 안경을 넣었다. 그러고는 뚜껑을 덮고 마지막으로 방 안을 살폈다. 저들은 식료품들을 정리하고 아침을 만들어 먹은 다음, 그림을 그리며 운동을 하고 그렇게 하루를 보낼 것이다.

에크만은 문을 열고 나간 다음 밖에서 문을 잠갔다. 그런 다음 열쇠를 주머니 안에 넣었다. 갤러리로 내려간 그는 여직원을 불렀다.

"아까 누가 전화한 거죠? 무슨 일이라고 하던가요? 중요한 일이었나요? 제가 다시 전화한다고 전했어요?"

그러고는 평범하게 볼일을 봤다. 여느 날과 다름없는 날처럼. 여느 날처럼 완벽하게 평범한 날처럼.

예기치 못한 일

"크리스토퍼, 이렇게 말이야. 성냥에 한번 해 봐."

에크만의 인내심이 한계를 드러내기 시작했다. 그가 가능할 거라 생각한 그 이상으로 인내심이란 덕목을 많이 기르기는 했지만, 역시 아이들은 아이들이었다. 아이들과 생활하다 보면 인내심이란 건 금세 바닥나기 마련이었다. 설령 그것이 바다처럼 넓고 깊은 인내심이라 할지라도.

크리스토퍼는 성냥개비와 수술용 메스를 들고 다시 시도했다. 난이도가 높지 않은 기본적인 칼질이었지만, 크리스토퍼는 쉽게 감을 잡지 못했다.

"여기, 내가 하는 걸 잘 보렴."

에크만은 성냥갑에서 성냥을 꺼낸 다음 거기에 날카로운 메스로 두세 번 조각을 했다. 성냥개비 머리가 어느새 미키마우스로 변했다.

"알겠지? 이번에는 네가 해 봐."

크리스토퍼는 다시 시도했다. 하지만 성냥 머리를 조각하려다 손가락을 베이고 말았다. 핏방울이 성냥갑 위로 떨어졌고, 성냥에 얼룩이 지기 시작했다.

"이게 뭐야!"

순식간에 분위기가 험악해졌다. 크리스토퍼는 조각을 하라고 시킨 에크만한테 화가 났고, 동시에 이 정도도 제대로 해내지 못하는 자신의 무능함에 짜증이 났다. 계속된 실패. 크리스토퍼는 더 이상 실패하고 싶지 않았다. 하지만 소질도 없는 일을 처음부터 잘 해낼 거라 기대한 에크만을 도무지 이해할 수 없었다.

"죄송해요, 에른스트."

"죄송해요? 죄송해? 성냥개비 전체에 핏물이 들었는데!"

만약 둘 다 이렇게까지 화가 나지만 않았어도, 이는 오히려 재미있는 상황이었을 것이다. 피가 묻었다고 해 봤자 성냥개비는 비싸지도 않았고, 특히 에크만의 재력에 비하면 푼돈도 안 되는 것이었다.

"저도 하고 싶지 않아요! 조각에는 소질이 없단 말이에요!"

"노력을 안 하는 거겠지!"

"지긋지긋해요. 저도 노력했단 말이에요!"

"충분히 하지 않았어! 시간을 들여 연습하지 않았잖아. 이건 단번에 해낼 수 있는 게 아니란 말이다. 예술가가 되기 위해서는 피나는 노력을 해야 해."

"예술가가 되고 싶은 생각은 추호도 없어요! 전 예술가가 아니에요! 그런 생각은 단 한 번도 해 본 적 없어요. 에른스트나 아빠가 예술가죠. 저는 아니에요. 저는 달라요. 전 다른 게 하고 싶어요. 전 저란 말이에요!"

"그럼 넌 뭐가 하고 싶니?"

"몰라요."

"뭐에 소질이 있는 것 같니?"

"몰라요!"

"지금 너한테 들어가는 학비가 얼마인지 아니?"

"전 그 학교에 가고 싶다고 한 적 없어요. 아저씨가 보냈잖아
요!"

"널 위해서였지. 너 잘되라고!"

"이전 학교에서도 충분히 행복했어요."

문득 에크만은 크리스토퍼와 나누는 대화가 마치 부자간의
말다툼 같다는 걸 깨달았다. 청소년이 되면서 아이들은 자신의
삶을 누리기 위해 독립할 생각을 하고, 부모는 점점 세상과 아이
에 대한 영향력을 잃고 과거로 빠져들어 가는 퇴물이 된 듯한 기
분을 느낀다. 그렇게 부모는 나이가 들어 가고 젊은 세대에 자신
의 자리를 내어 주면서 자신의 찬란했던 날들이 저물어 가고 있
음을 깨닫는다.

"난 널 도우려고 그런 거야. 네가 지낼 집을 제공했고 살아갈
수 있는 길을 지원했어. 그런데 그에 대한 보답이 이거라니!"

"그렇게 마음에 안 들어하시니 제가 떠나면 되겠네요. 집을
나갈게요. 저도 절 원하지 않는 곳에 머물고 싶은 생각은 조금도
없어요. 혼자서도 살 수 있어요. 지낼 곳도 찾을 수 있고, 아는
사람도 있어요."

"길거리 예술가들! 초상화 화가, 움직이는 동상, 저글링하는
사람, 곡예사, 불 뿜는 사람 등 하나 같이 쓸모없는 인간들이지."

"아빠도 초상화 화가였어요. 우리 아빠에 대해서 그렇게 말

하지 마세요. 아빠는 쓸모없는 인간이 아니었어요. 아빠는 진정한 예술가였다고요. 아저씨하고는 다르게 신념을 지키며 살아온 분이셨어요. 파피도 마찬가지예요. 파피도 잘못한 게 없어요! 둘 다 돈에 연연하지 않았을 뿐이에요!"

에크만은 심장이 마구잡이로 뛰는 게 느껴졌다. 팔을 높이 치켜들고 당장 눈앞의 소년을 갈기고 싶은 심정이었다.

"신념? 네 아빠는 나와 다르게 신념을 지켰다고? 무슨 뜻으로 한 말이니? 나는 돈에 연연하는 사람이 아니야! 그렇게 말하면 내가 억울하지. 내 작품들도 다른 사람들의 작품들처럼 존중받을 가치가 있단다. 신념이 없는 예술가만이 성공한다고 생각하는구나. 그렇다면 네 생각엔 실패가 미덕인 거니? 실패한 예술가만이 훌륭한 예술가란 말이야?"

"우리 아빠는 실패한 예술가가 아니었어요! 아빠는 그저 돈에 연연하지 않았을 뿐이에요. 돈보다 더 중요한 걸 안 거예요. 돈으로 성공의 여부를 판단하나요?"

"그럼 돈이 얼마나 없는지로 판단을 해야 하니?" 에크만은 쏘아붙였다. "어린 게 뭘 알겠어! 나는 내 작품에 항상 진심을 다해 왔다. 언제나. 넌 내가 얼마나 열심히 살아왔는지 모르잖아!"

무거운 침묵만이 흘렀다. 숨이 막힐 듯한 분위기였다. 둘 다 아무 말도 없었다. 먼저 침묵을 깬 에크만이 서랍장으로 가 서랍을 열어 붕대와 소독약을 꺼냈다.

"자, 상처 닦으렴."

에크만은 작업대 위에 툭 하고 붕대와 소독약을 던졌다. 크리스토퍼는 베인 상처를 닦고 손가락에 붕대를 감았다. 그러고는 원망과 고집이 가득한 얼굴로 에크만을 쳐다봤다. 지금까지 크리스토퍼에게 무언가를 강요한 사람은 없었다. 크리스토퍼는 자신만의 생각을 가진 아이였고, 그만큼 고집도 있었다. 그는 오직 로버트의 아들이었다.

'당신이 아니라 로버트. 나의 진짜 아빠. 나는 우리 아빠의 아들이야. 피나 유전자 모두 아빠한테서 물려받았다고. 나도 고집 부릴 수 있어. 아빠는 날 버리지 않았어. 아빠는 절대 그럴 사람이 아니야. 무언가 나쁜 일이 일어났던 것일 뿐. 언젠간 내가 밝혀낼 거야. 나는 예술가도, 화가도, 그림쟁이도 아니야. 하지만 여전히 난 우리 아빠의 아들이란 말이야. 당신의 아들이 아니라고.'

에크만은 창가에 서서 길거리를 내려다봤다. 크리스토퍼는 그를 쳐다봤다.

'한번 보시지. 자신이 얼마나 작은지. 나는 아니야. 나는 이미 당신보다 크다고. 나는 우리 아빠의 아들이야.'

에크만의 분노는 점차 사그라들었고 그 자리는 우울함으로 채워졌다. 사랑하는 사람에게 미움을 받다니. 어째서 항상 이렇게 되고 마는 걸까? 에크만은 크리스토퍼에게 가장 좋은 걸 주고 싶었을 뿐이었다. 단지 그뿐이었다. 아니면 에크만이 지나치게 생각하는 걸까? 어쩌면 크리스토퍼는 저 나이대 여느 아이들처럼 친아빠에게 이렇게 대들면서 반항했을지도 모른다. 당연히 그랬을 것이다. 크리스토퍼는 친아빠하고도 분명 싸웠을 것이다. 그것은 삶의 일부일 뿐이다. 에크만이 과장되게 생각한 것이다. 침소봉대일 뿐.

그는 뒤로 돌았다. 크리스토퍼와 눈이 마주쳤다.

크리스토퍼는 에크만을 보며 활짝 웃었다. 얼굴에 진심 어린 애정이 가득했다.

"죄송해요, 에른스트. 마음에 없는 말이었어요."

얼어붙은 에크만의 심장도 녹일 만한 미소였다.

"미안하다, 크리스토퍼. 내 탓이야."

"있잖아요…."

"응, 크리스토퍼?"

"아저씨는 조각에 재능이 있잖아요. 그러니까 분명 상대적으로 그 일이 더 쉬울 거예요. 그래서 조각에 소질이 없는 사람한테는 이게 얼마나 어려운지 모르실 거예요."

에크만은 우쭐대는 듯하면서도 약간은 뉘우치는 듯한 자세로 의자에 앉았다.

"너는 절대 조각 예술가가 되지는 않을 거라고 생각하면 되는 거지?"

"네, 맞아요."

"우리 더 이상 싸우지 않기로 하자."

"네, 싸우지 않기로 약속해요."

에크만은 의자에서 일어섰다.

"나는 이만 스튜디오에 가야겠구나. 할 일이 조금 남았어. 혼자 있을 수 있지?"

"그럼요. 그리고 루시도 있는걸요."

지하에 가정부 루시가 머무는 방이 따로 있었다. 그녀는 방에서 텔레비전을 보며 쉬고 있었다.

"에른스트."

"응, 크리스토퍼?"

"아까 말대꾸해서 죄송해요. 그리고… 감사해요. 아저씨는 저한테 정말 잘해 주셨어요. 정말로요."

"난… 도울 수 있어서 행복했단다, 크리스토퍼."

크리스토퍼는 문으로 걸어가다 말고 다시 말했다.

"에른스트…."

"왜?"

"아무 소식도 들으신 거 없죠?"

에크만은 몸이 빳빳하게 굳었고, 불안해졌다.

"안타깝게도 없구나. 보상금을 걸긴 했지만… 아직 아무 소식이 없단다."

"그렇군요."

"미안하구나."

"혹시…."

"혹시 뭐, 크리스토퍼?"

"아니, 아무것도 아니에요."

"혹시 뭐 말이니?"

"그냥 든 생각인데, 혹시 보상금을 높이면… 어쩌면 누군가가… 뭐라도…."

"그래, 그렇게 해 볼 수도 있겠구나. 그래, 해 보자꾸나."

"지금까지도 너무 많은 걸 해 주셔서 이런 부탁까지는 하고 싶지 않았어요."

"아니야, 그렇게 생각하지 않아도 된단다. 보상금도 올려 보도록 하마. 가끔은 이상한 사람들이 연락을 하는 경우도 있었어. 그들의 가짜 목격담 때문에 괜한 희망과 걱정을 하기도 했었지."

"알아요. 그리고 시간이 너무 많이 흐른 것도요. 하지만 확실한 건 모르잖아요. 혹시 기억상실증에 걸렸는지, 강도를 당했는지, 자신이 누군지도 모른 채 어딘가를 방황하고 다니고 있는 건아닌지…. 어쩌면 누군가가 아빠를 봤을 수도 있고, 아니면 영화나 소설처럼 충격을 받아 기억이 되살아날 수도 있잖아요. 그런일은 언제라도 일어날 수 있으니까…."

에크만은 소년이 홍수처럼 쏟아 내는 말을 듣고만 있었다. 이미 예전에도 여러 번 그는 이와 비슷한 이야기를 듣고 또 견뎌야 했다.

"알 수 없는 거잖아요, 그렇죠?"

에크만은 진지하게 고개를 끄덕였다.

"네 말이 맞다, 크리스토퍼. 알 수 없는 일이지. 보상금을 올리도록 하마."

"얼마나…."

"두 배로 올려 보자!"

"두 배요? 정말이요? 괜찮을까요? 우리가 그렇게 큰 금액을 감당할 수 있을까요?"

에크만은 소년의 말을 놓치지 않았다.

우리가 감당할 수 있겠냐고? 우리. 이들은 다시 우리가 되었다. 서로에 대한 애정으로 묶인 한 쌍, 하나의 공동체 말이다. 우리. 너와 나. 집단적 표현의 수단. 1인칭 복수.

에크만은 고개를 끄덕였다.

"우리가 감당할 수 있고말고. 내일 올리도록 하마."

"고마워요, 에른스트."

에크만은 별일 아니라는 듯 손짓하며 문을 향해 걸었다.

에크만은 여러 방면으로 관대하다. 그건 사실이었다. 하지만 지금 같은 상황에서는 좀 더 쉽게 관대한 부자 노릇을 할 수 있었다. 두 배로 올린 그 보상금을 타 갈 사람은 절대로 있을 수 없으니 말이다.

"아, 크리스토퍼…."

"네?"

"만약 예술이 싫으면… 과학은 어때?"

"과학은 좋아요."

"그러면 커서 과학자가 되는 건 어떠니?"

"어쩌면요."

"과학자가 되면 좋을 것 같지 않니?"

"네, 과학자가 되면 좋을 것 같아요."

"그렇다면 방법을 찾아보자."

"좋아요."

"그걸 우리의 목표로 삼는 거야."

"네."

"그리고 크리스토퍼… 성냥 조각하는 일은 그만두자꾸나."

소년은 붕대를 감은 손가락을 들어 보이며 씨익 웃었다.

"더 이상 조각은 하지 않기로 해요!"

붕대 속에 피가 스며들어 있었다.

"잘 자렴, 크리스토퍼."

"안녕히 주무세요, 에른스트."

"너무 늦게 자면 안 된다."

"늦지 않게 자도록 할게요."

에크만은 방을 나섰다. 크리스토퍼는 하루가 다르게 커 갔다. 신체에 변화도 생겼다. 소년은 점점 로버트의 외모뿐만 아니라 버릇마저 닮아 갔다. 두말할 것도 없이 크리스토퍼는 로버트의 아들이었다. 로버트의 아들 그 자체였다.

에크만은 조용히 집을 나와 익숙한 길을 따라 갤러리로 향했다. 아름다운 밤이었다. 내륙으로 날아 들어온 갈매기 떼가 수도원 광장 비둘기들과 관광객들이 던져 주는 빵 부스러기를 놓고 경쟁을 벌였다. 광장 여기저기에는 새들에게 먹이를 주지 말라는 호소문이 붙어 있었다.

'비둘기는 해를 끼치는 동물로 병균을 전파합니다.' 대놓고 야박하게 이런 문구를 적어 놓은 경고문도 있었다. 하지만 사람들은 그 어떤 경고문에도 신경을 쓰지 않았다. 심지어 새 모이를 파는 노점상도 있었다. 에크만은 노점상을 역겹다는 듯 쳐다봤다. 저 사람 역시 쓸모없는 인간, 기회주의자, 길거리 상인, 하루벌어 하루 먹고사는 인간 중 하나였기 때문이다.

에크만은 와인을 마시기 위해 카페에 들렀다. 이미 크리스토퍼와 식사를 했던 터라 배는 고프지 않았다. 그는 첫 잔을 시켜놓은 뒤 시간을 끌다 결국 한 잔 더 주문했다. 그걸 다 비운 뒤에 웨이터가 다가와 한 잔 더 권하자 에크만은 거절했다. 밤새 일을 하려면 두 잔에서 끝내야 한다. 몸이 풀리고 일에 집중할 수 있도록 정신을 맑게 해 줄 정도만 마셔야지, 그 이상 마셨다가는… 조각들을 부수고 말 것이다.

에크만은 와인 값을 내고 뒤뚱거리며 길을 나섰다.

근처 테이블에 앉아 있던 한 남자 관광객이 그런 그의 모습을 보고는 그가 멀어진 뒤에야 자신의 아이들에게 저기 오리처럼 걷는 남자에게도 빵 부스러기를 던져 줘야겠다고 우스갯소리를 했다.

아이들은 아빠의 농담에 맞장구를 치며 웃었다.

그 웃음소리가 에크만에게도 들렸다.

하지만 에크만은 아무렇지 않았다.

화살이 단단한 갑옷을 뚫지 못하듯, 저런 웃음 따위는 그에게 더 이상 상처가 되지 않았다.

갤러리에 도착한 에크만은 계단을 올라갔다. 다락에 있는 스튜디오로 들어선 그는 일부러 와트 수가 낮은 불을 켜 두었다. 아무런 이유도 없이 저들을 깜깜한 어둠 속에 남겨 두는 건 너무 잔인한 짓이란 생각이 들어, 그는 얼마 전부터 불을 켜 두기 시작했다.

에크만은 작업대로 가 일할 준비를 했다. 이상하게도 그 작은 모형 도시 스노볼을 가까이 두면 마음이 편안했다. 그는 그들을 항상 자신의 곁에 두고 싶었다.

'애완동물처럼?' 문득 이런 생각이 들었다.

그래, 애완동물처럼 말이다. 그는 일을 시작했다. 최근 들어 작업하기가 부쩍 힘에 겨웠다. 이미 전시해 놓은 작품이나 향후 전시할 작품도 충분히 많았기 때문에 한동안은 작업을 하지 않아도 괜찮았다. 본인 스스로도 이미 다양한 주제로 방대한 양의 작품을 만들었다고까지 생각했다. 여기서 무얼 더 만들 수 있을까? 남다르고 독창적이면서도 전시할 가치가 있는 그 무언가….

그는 스노볼을 쳐다봤다. 오늘 밤 저들은 뭘 하고 있을까? 저들의 시간은 어떻게 흐를까? 빠르게? 무겁게? 불쾌한 냄새나 안개처럼 시간이 멈춘 것 같을까?

그는 가장 최근에 작업 중이던 조각에 집중했다. 현미경 렌즈를 쳐다보면서 로댕의 유명한 작품 '키스'를 쌀알에 조각하기 시작했다.

쌀알이 갈라졌다.

그는 두 번째 쌀알을 슬라이드 위에 올려놓고 다시 조각을 했다.

쌀은 인도의 바스마티 품종으로 질이 좋았다. 그가 선호하는 품종이었다. 쌀 중에는 둥글고 통통한 것도 있는데, 이 품종은 길쭉하고 날씬했다.

인내심이 필요했다. 무한한 인내심 말이다. 인내심, 헌신 그리고 더 많은 인내심. 조각을 할 때는 아이들을 다룰 때만큼이나 많은 인내심을 필요로 했다.

가슴 아래, 횡격막 바로 위에 불쾌한 긴장감이 느껴졌다. 에크만은 통증이 사라질 때까지 스트레칭을 했다. 소화불량 혹은 식도염, 그것도 아니면 와인의 산성 때문일 것이다. 에크만은 온 신경을 모아 앞에 놓인 사진 속 모습대로 쌀알을 조각했다.

한참 작업을 한 뒤 잠시 쉬는 시간을 가졌다. 커피메이커에 물을 붓고 끓이는 동안 저들이 어떻게 지내는지 관찰하기로 했다. 저들도 커피 타임을 가지고 있으려나? 에크만은 모형 마을로 커피도 내려보냈다. 아닌가? 에크만은 자신이 마시는 브랜드의 커피를 저들에게 무상 제공했다. 가끔 기분이 좋으면 와인을 내려보내기도 했다. 그는 저들의 생일을 기억하려고 노력했다. 이런 별것 아닌 작은 일들은 별것 아닌 작은 사람들에게 무척이나 중요했다.

그는 라디오를 보내기도 했다. 제대로 작동할 거라고 생각하진 않았지만 그래도 시험 삼아 보내 봤다. 하지만 저들이 라디오를 듣는 걸 한 번도 본 적이 없으므로 에크만의 예상대로 작게 변환시키는 과정에서 라디오가 고장이 난 듯했다.

에크만은 쌀알 조각을 옆으로 치우고는 현미경을 돔 위로 가져갔다. 훨씬 잘 보였다. 보석상 안경도 나쁘진 않았지만 현미경으로 보면 훨씬 자세하고 선명하게 보였다. 심지어 저들의 모습에서 노화의 신호들도 엿볼 수 있었다. 로버트의 얼굴에는 주름이 더욱 깊어졌다. 자신에게 닥친 상황을 받아들이기보다는 분노하는 쪽을 선택한 듯 눈썹 부근에 깊은 선들이 패어 있었다.

아, 저기 있었군. 저들은 앉아서 책을 읽고 있었다. 이제는 책도 꽤나 많았다. 머지않아 저들 중 한 명은 안경이 필요하게 될 것이다. 그건 분명 문제가 될 수 있었다. 모든 질병은 문제가 되니까. 아니면 만약 에크만에게 무슨 일이 생긴다면, 저들은 어떻게 될까? 피라미드에 파라오와 함께 묻힌 노예들처럼, 인도에서 귀족 남성이 죽으면 그 아내를 함께 화장하는 풍습처럼 이들도 다 같이 죽어야 할까?

에크만의 현미경의 초점을 맞췄다. 둘은 조그만 수도원 계단에 앉아서 잠자기 전까지 책을 읽고 이야기를 나누었다. 파피는 오늘 밤 굉장히 여유 있어 보였고, 오랜만에 행복해 보였다. 이모든 상황에도 불구하고 그녀의 미모는 빛을 발하고 있었다. 그리고 살이 조금 오른 듯 보였다. 나쁜 일은 아니었다. 그녀는 늘 앙상할 정도로 말라 있었으니.

로버트는 그녀가 책을 내려놓고 발끝으로 서서 두 팔을 하늘 위로 뻗고 크게 기지개를 켰다가 내리는 모습을 지켜봤다. 그녀가 입고 있는 헐렁한 원피스는 그녀의 몸동작에 따라 위로 들어올려졌다가 다시 아래로 내려가면서 중간중간 몸매를 드러내 보였다.

처음에 에크만은 자신이 본 걸 부정했다.

"파피, 파피." 그는 중얼거렸다. "살이 오르기 시작하네."

저 안에서는 운동도 할 수 없고, 딱히 할 일도 없다 보니, 그녀는 아마도 지루함을 먹는 걸로 견뎌 냈을 것이다.

그녀는 양팔을 옆구리에 떨어뜨린 채 몸을 길게 뻗은 후 회전 동작을 했다. 회전을 하자 원피스가 다시 한 번 그녀의 몸매를 부각시켰다.

"뱃살이 조금 생겼군."

잠시 후 파피는 로버트가 앉아 있는 곳으로 걸어갔다. 그녀는 로버트의 옆에 앉더니 그가 읽고 있던 책을 낚아채듯 빼앗아 계단 위에 올려놓고는 그의 손을 자신의 배로 가져갔고, 그 위로 자신의 두 손을 포갰다.

아니다.

그녀의 배가 아니었다.

그녀의 자궁이었다.

에크만은 조각을 완성하기 직전 마지막으로 칼질을 할 때처럼 숨을 참았다. 마치 다이아몬드 세공사가 값을 매길 수 없을 정도로 귀한 돌에 커팅을 할 때처럼 말이다. 그는 몇 초 동안 숨을 참았다. 피부가 차가워졌다가 축축해졌다. 이마에는 땀이 맺혔다.

그녀는 임신을 했다.

저 둘의 아이가 곧 태어난다는 뜻이었다.

감히 저것들이! 내 허락도 없이! 신의 허락도 없이!

복잡한 감정이 뒤섞였다. 분노, 상처, 걱정, 우려, 격분, 두려움, 모욕, 굴욕. 그래, 굴욕적이었다. 저들은 그에게 굴욕감을 안겨 주었다. 마치… 집에 와 보니 아내가 애인과 놀아나고 있는 걸 목격한 기분이었다. 그것도 부부의 침대, 내 침대에서 말이다. 내 아내가 다른 남자와 누워 있다니! 부도덕하고 수치스러운 일이었다. 임신이라니…. 그에게 있어 믿을 수 없는 저항이었다. 그가 저들에게 그동안 얼마나 많은 걸 줬는데. 그가 해 준 게 얼마나 많은데!

커피메이커의 물이 필터를 통과하자 주전자 안으로 커피가 떨어졌다. 그로부터 약 5분 동안 커피메이커는 마지막 물 한 방울까지 이용해서 커피를 뽑아냈다. 에크만은 폭발하기 일보직전이었다. 자신의 거대한 손을 뻗어 작은 마을을 쓸어버리고 싶은 심정이었다. 유리 돔 하늘이며, 마을 주민이며, 곧 마을 주민이 될 아기까지 모조리 다 부숴 버리고 싶었다. 크게 어려운 일도 아니었다. 하지만 그의 분노는 폭발하지 않았다. 화가 난 가슴이 마구 누근거렸다. 마침내 에크만은 마음속에서 부글거리며 끓어오르는 이 감정의 수프의 마지막 재료를 알아냈다. 질투심이었다. 신선하고 쏩쓸한 질투심. 그는 저들을 질투하고 있었다.

심지어 지금도, 이 상황에서도 그는 저들을 이길 수 없었다.

파피는 곧 아기를 낳을 예정이었다. 저 남자의 아이를 말이다. 에크만의 아이가 아니라. 하지만 저들을 함께 가둔 게 누구지? 이 일을 가능하게 만든 게 누구였지? 이와 다른 결과를 사실상 불가능하게 만든 게 누구였지? 에크만이었다. 에크만 자신이었다. 이제야 이런 일이 일어난 것이 오히려 놀라울 따름이었다.

크리스토퍼에게 이복동생이 생기는 것이다. 그의 아이에게도 말이다.

에크만은 저들에게 벌을 주기로 했다. 적당한 방법으로 말이다. 그것은 약간의 복수이자 앙갚음이었다.

아이를 낳는 기쁨을 능가할 수 있는 것은 자신의 다른 아이를 잃는 슬픔밖엔 없지 않을까? 이에는 이, 눈에는 눈. 자식에는 자식이었다.

에크만은 저들에게 크리스토퍼가 죽었다고 말할 것이다.

그 소식은 머리 위에서 수천 장의 벽돌이 떨어지듯 저들을 짓누를 것이다.

분노

소망이 더디 이루어지게 되면
그것이 마음을 상하게 하나니.

그럼에도 불구하고 크리스토퍼에게는 아직까지 희망이 남아
있었다. 비현실적이었고 가망이 없는 낙관적인 생각이었다. 혹은
약간의 광기이기도 했다. 하지만 소망이나 꿈이 좀처럼 실현되지
않는다고 해서 그것을 쉽게 버릴 순 없었다. 소년은 어느 날 갑자
기 아빠가 돌아오길 바랐고, 또 그렇게 되리라 믿었다.

그때까지는 에크만과 함께 있으면 됐다. 그를 향한 크리스토
퍼의 마음은 고마움, 존경이었다. 어쩌면 약간의 애정도 있을 것
이었다. 하지만 사랑은… 그건 쉽지 않았다. 에크만은 다른 사람
으로 하여금 쉽게 사랑을 느낄 수 있게 할 만한 인물은 아니었
다. 그건 적어도 크리스토퍼에게 있어 외모 때문이 아니었다. 크
리스토퍼는 언제나 그의 외형 너머의 것을 봤다. 사실 에크만의
외모가 어떤지는 신경 쓰지도 않았다. 에크만은 그냥… 에크만일
뿐이었다. 추한 외모, 기형, 작은 키, 뒤뚱거리는 걸음걸이, 목소

리, 어깨를 들썩이며 내뿜는 거친 숨결, 도무지 섬세한 작업이라곤 할 수 없을 것 같은 뭉툭한 손가락까지 모두 에크만 그 자체였다. 하지만 그건 동시에 그가 아니기도 했다.

크리스토퍼는 에크만 안에 있는 또 다른 사람을 봤다. 관대하고 친절하며 애정과 배려심이 가득한 남자를 말이다. 하지만 그 너머에는 겉으로 표현한 적은 없지만 치료될 수 없을 정도로 상처받은 영혼이 있다는 것 또한 소년은 알 수 있었다. 지금껏 살아오면서 에크만은 분명 세상으로부터 소외되었을 뿐더러 치명적인 상처를 받은 듯했다. 그래서 그의 마음속 어딘가 고장이 났고, 제대로 치유받지 못해 영영 고칠 수 없게 되어 버린 것이다.

그런 그의 마음속에는 지금 분노, 끔찍하고 무시무시한 분노가 도사리고 있었다. 자신에게 카드가 주어진 방식에, 카드를 준 손에 대한 분노였다. 그보다 좋지 않은 패를 받은 사람이 있다 해도 크게 위로가 되진 않을 것이다.

처음에는 자신의 포로들에게 즉각적인 응징과 처벌을 하고 싶었다. 어두운 선반 속에 며칠 간 넣어 두는 것과 같은 하찮은 박탈감으로 말이다.

하지만 저들의 작을 마을을 집어 들려고 손을 들어 올린 순간, 에크만은 그런 행동을 하려 했던 자신이 한없이 한심하게 느껴졌고, 오히려 자신의 수준을 떨어뜨리는 일일 거라고 생각했다.

에크만은 마을을 원래 있던 곳에 그대로 두었다.

대신, 그는 종이에 재빨리 글을 갈겨썼다. 늘 머릿속으로만 생각해 왔던 권력 남용을 이번에는 실제로 행사해 보기로 한 것이다.

'크리스토퍼가 사망했다는 안타까운 소식을 전합니다. 길에서 사고가 있었습니다. 에크만.'

에크만은 감속장치의 전원을 켜고 메모지를 작게 만들어 그들에게 보내려고 했다. 하지만 그는 가만히 서 있었다.

저들은 믿지 않을 것이다. 너무나 뜬금없고 단순했으며 개연성이 없었다. 급하게 날조한 복수라는 걸 저들도 눈치챌 것이다. 알 수밖에 없다. 저들은 바보가 아니었으므로. 그는 메모를 다시 살폈다. 분명 웃음거리가 될 것이었다. 자신을 조롱할 이유만 제공하는 꼴이었다. 이미 머릿속에서 메아리 소리가 수없이 들리는 듯했다. 아니, 절대 그럴 리 없어. 임신을 하자마자 크리스토퍼가 죽었다니.

그래, 틀림없이 웃음거리가 될 것이다.

에크만은 종이를 구겨서 쓰레기통 속에 던져 버렸다. 혹시나 누가 구겨진 종이를 펼쳐 안에 적힌 내용을 읽을까 봐 걱정이 된 그는 종이 뭉치를 다시 꺼낸 뒤 갈기갈기 찢어 버렸다.

조금씩 조금씩 정보를 흘리는 편이 나을 것이다. 처음에 그는 간단하게 이렇게 쓸 것이다.

'크리스토퍼가 몸이 안 좋아서 오늘 학교를 쉬었습니다.'

그리고 며칠 뒤 두 번째 편지에는 이렇게 쓸 것이다.

'크리스토퍼가 여전히 학교를 가지 못하고 있습니다. 걱정이 되네요. 병원에 데려갈 예정입니다.'

며칠이 더 지난 후 세 번째 편지에는 이렇게 쓸 것이다.

'크리스토퍼가 다시 학교에 등교하기 시작했습니다. 하지만 여전히 두통이 심하다고 합니다. 의사가 크리스토퍼의 검사를 제

안했습니다.'

그러고는 한동안 조용히 아무 말도 없이 지내며 저들을 궁금하게 만드는 것이다. 그렇게 한참 후 이렇게 편지를 보낸다.

'크리스토퍼와 오늘 병원에 다녀왔습니다. 전문의를 추천받았습니다. 머리 정밀 검사 결과, 문제가 있는 듯합니다. 두통이 굉장히 심각합니다. 다시 학교를 나가지 않고 있습니다.'

그렇게 며칠 저들이 얌전히 걱정을 하고 있을 때 즈음 이런 편지를 보낼 것이다.

'어떻게 이 소식을 전해야 할지 모르겠습니다. 크리스토퍼의 상태가 굉장히 심각합니다. 수술 불가한 뇌종양이라고 합니다. 머릿속 종양이 너무도 갑작스럽게 그리고 빠르게 진행되었습니다. 지금 상황에서 할 수 있는 건 기도뿐입니다.'

그럼 저들은 한동안 비통한 슬픔에 잠길 것이다.

그리고 에크만은 저들에게 더 이상 아무 말도 전하지 않을 것이고, 저들은 절망에 빠져 미쳐 버리고 말 테지.

진땀깨나 흘릴 테지.

배 속의 아이 덕에 저들에게 어떤 일이 일어났는지 깨닫게 될 것이다.

저들에게도 분명 교훈이 될 것이다.

에크만은 저들을 며칠 동안 가만히 두고 보다 읽을 수도 없이 급하게 휘갈겨 쓴 메모를 보낼 것이다. 피곤함과 급히 쓴 흔적이 역력히 묻어나는 메모를 말이다.

'크리스토퍼의 침대 곁에 내내 있다 오는 길입니다. 아이와 거의 모든 순간을 함께하려 하고 있습니다. 이 말을 전하기 위해 잠시 시간을 냈습니다. 크리스토퍼는 지금 의식이 있다 없다 한 상태입니다. 말로 표현할 수 없을 만큼 끔찍한 고통을… (좋아, 이 말도 덧붙여야겠군. 끔찍한 고통이라고 하면 아빠의 심장을 두 번 찌르는 꼴이 되겠지.) …하지만 적어도 모르핀이 효과를 보이는 것 같습니다. ('적어도'라고 쓸 필요는 없으려나?) 이제 가 봐야겠습니다. 저는 크리스토퍼를 위해 할 수 있는 최선을 다하고 있습니다.'

그리고 또 한동안 아무 말도 없이… 며칠이 좋을까? 이틀 더? 영원과도 같을 길고 긴 이틀 더?

아니야.

사흘 뒤로 하자.

까짓것.

나흘. 아니, 닷새.

아니, 아니야.

엿새. 그러면 완벽할 것이다. 그때는 마지막 메모를 보내는 것이다. (눈물이 떨어져 잉크가 번진 것처럼 보이기 위해 물도 몇 방울 떨어트리면 좋겠지.)

'오늘 아침 크리스토퍼가 우리 곁을 떠났다는 안타까운 소식을 전합니다. 제가 아이 곁을 마지막까지 지켰습니다. 아이는 눈을 감기 전까지도 당신에 대해 생각했고, 이야기했습니다. 그리고 언젠가는 꼭 다시 당신을 만나길 바랐습니다. 마음 깊은 곳에서부터 애도를 전합니다. 크리스토퍼의 장례식은 제대로 형식을 갖춰서 진행할 예정입니다. 이 같은 상황에 대한 애석한 제 마음이 부디 잘 전달되었길 바랍니다. 이 과정을 저도 되돌릴 수만 있다면 좋겠습니다. 노력을 하고 있지만 할 수가 없었습니다. 조만간 꼭 해내리라 믿습니다. 다시 한 번 깊은 애도를 전합니다. 에크만.'

이렇게 하면 통할 것이다.

이거면 저들의 기쁨을 영원히 부숴 버릴 수 있을 것이다.

그래, 안다는 것은 권력이었다. 사실 권력 그 이상의 무기였다. 아는 게 권력이고, 그 권력이 절대적 부패를 낳는다니 안타까운 일이었다.

어쩌면 며칠 뒤 에크만은 저들에게 장례식순과 추모곡, 추모사를 전달할 것이다. 크리스토퍼의 머리카락도 조금 보내 주면 좋을 것이다. 그래, 좋은 생각이었다. 유품으로 머리카락을 내려보내는 것이다. 어딘지 예술가다운 마무리였다.

적당한 복수 방법을 계획하고 나니 마음이 한결 차분하게 가라앉았다. 어쩌면 저들을 용서할 수도 있을 것 같았다. 그는 블라인드를 마저 닫고는 저들이 달빛을 즐길 수 있게 만들어 주었다. 그리고 다락방을 나와 여느 때처럼 문을 잠갔다.

에크만은 집을 향해 걸었다. 길거리는 텅 비어 있었다. 새벽한 시도 넘은 시간이었다. 관광객 하나 없는 굳게 닫힌 로만 배스 입구를 지나쳤다. 그는 2천 년 전 로마인들이 점령했을 당시를 생각해 봤다. 그때도 자신과 같은 남자가 있었을까? 사람이라곤 하나 없이 들개만 울부짖는, 기둥들 사이로 서늘한 바람이 부드럽게 이는 이 거리를 자신처럼 걷는 남자가 있었을까?

만약 왕국이 있기 전 반란군이 있었다면 소외받은 사람, 부적응자, 쓸쓸히 홀로 집으로 걸어가는 사람은 언제부터 있었을까? 어쩌면 이 세상만큼, 문명만큼, 동굴에 살던 인간만큼 오래 전부터 있었겠지.

에크만은 집 안으로 들어갔다. 신발을 벗고 실내화로 갈아 신은 후 조심스럽게 계단을 올라갔다. 크리스토퍼의 방에는 여전히 불이 켜져 있었고, 방문이 살짝 열려 있었다.

"크리스토퍼…."

에크만은 소년의 이름을 속삭이듯 부르며 문을 천천히 열었다. 크리스토퍼는 눈을 감은 채 베개를 베고 누워 있었고, 손에는 책이 들려 있었다. 책을 읽다 잠이 든 모양이었다. 에크만은 침대로 다가가 소년의 손에서 책을 빼낸 뒤, 읽던 페이지 모서리를 접어 둔 다음 침대 옆 책상에 올려뒀다. 소년이 어떤 책을 읽고 있었는지 궁금해진 그는 책 표지를 힐끔 쳐다봤다. 『호밀밭의 파수꾼』이었다. 아주 오래전 에크만 역시 그 책을 읽은 적이 있었다. 좋은 책이었지만 에크만은 두 번 다시 읽고 싶지 않았다. 그의 심장에 비수를 꽂는 내용이었으므로.

에크만은 곤히 잠든 크리스토퍼를 바라보았다. 문득 지금 당장 가위를 가져와 머리를 조금 잘라야겠단 생각이 들었다. 나중에 필요할 때를 대비하기 위해.

크리스토퍼의 숨소리가 한층 깊고 느려졌다. 닫힌 눈꺼풀 너머로 소년의 눈동자가 꿈의 내용에 따라 움직였다. 에크만은 곰곰이 소년의 얼굴을 살폈다. 균형 잡힌 얼굴, 전형적으로 잘생긴 소년의 외모는 자신의 추하고 못생긴 얼굴과는 너무도 달랐다.

에크만은 절대 아들이나 딸을 가질 수 없었을 것이다. 아니, 아무것도 가질 수 없었을 것이다. 아내, 자식, 가족 모두 말이다.

하지만 이 소년은 분명 에크만의 가족이었다. 입양한, 빌린, 비열하게 뺏은 가족.

과연 이거였을까? 에크만은 생각했다. 자신이 그토록 원하던 게 파피가 아니라 크리스토퍼와의 조합이 가져다줄 결과였을까?

아이?

그게 그가 진정으로 원하던 것이었을까? 지속? 그를 과거뿐만 아니라 미래로까지 이어 줄 실타래 말이다.

에크만은 '내 아들' 하고 소리 없이 입모양으로 말했다. '내 아들.'

그는 손을 뻗어 소년의 이마를 덮은 머리를 쓸어 올렸다.

어쨌든 저 소년은 그의 아들이 맞지 않나? 크리스토퍼는 에크만이 사랑하고 책임져야 할 그의 아들이었다. 그의 것이었다. 다른 누구의 것도 아닌 그의 아들, 그의 자손, 살아생전 에크만에 대한 추억을 세상에 남겨 줄 유일한 사람, 애정과 고마움 그리고 어쩌면 사랑으로 그를 기억해 줄 사람 말이다.

"잘 자렴."

그는 한 단어 한 단어 부드럽게 속삭인 후, 침대 옆에 있는 램프를 끄고 방을 나서 자신의 방으로 향했다.

그는 침대에 앉아 시가에 불을 붙였다. 시가를 자주 피우진 않지만 오늘 밤은 몽롱하게 현실로부터 벗어나고 싶은 기분이 들었다.

에크만은 자신이 할 수 없을 거란 걸 알고 있었다. 저들에게 그런 벌을 줄 순 없었다. 어찌 그럴 수 있겠는가? 저들은 크리스토퍼가 세상에서 제일 사랑하는 사람들이다. 그리고 에크만은 크리스토퍼를 사랑했다. 크리스토퍼에게 가장 소중한 사람들을 어떻게 벌할 수 있겠는가? 그건 간접적으로 크리스토퍼를 벌하는 꼴이 될 것이다. 비록 크리스토퍼는 모른다 해도… 분명 소년과의 관계가 틀어지고 말 것이다. 언젠가는 양심의 가책, 불화 같은 게 표면 위로 드러나게 될 것이다.

시기 어린 질투심은 연기처럼 피어올랐다가 어느덧 공기 중으로 사라진 듯했다. 에크만은 이제 계획을 짜야 했다. 저들에게 실질적으로 필요한 것들을 생각해 내야 했던 것이다. 책, 옷, 어쩌면 미네랄 보충제도 필요할지 모른다. 그녀에게 말이다. 그리고 출산도 문제였다. 그 안에는 출산을 도울 수 있는 사람이 한 명밖에 없는데, 과연 그가 출산에 대해 아는 게 있긴 할까? 생각할 것도, 계획할 것도 너무나 많았다. 하지만 다행히 시간은 아직 많이 남아 있었다. 지금 당장 서두를 필요는 없다는 게 유일한 위안이었다.

에크만은 침대에 누워서 천장을 향해 길게 담배 연기를 내뿜었다. 그러고는 팔을 뻗어 캐비닛 위에 놓인 재떨이에 시가를 내려놓고 텔레비전 리모컨을 집어 들었다. 꽤나 늦은 시간이었지만 잠깐 뉴스나 볼 생각이었다.

그 순간 시작되었다.

가슴 한가운데부터였다. 처음에는 심각한 통증이라기보다는 압박 정도의 느낌이었다. 그러다가 점차 부위가 넓어졌다. 옆으로, 위로, 왼쪽 어깨와 왼쪽 팔까지 뻗어 나갔다.

그는 두려워졌다. 공포였다. 동시에 그는 마치 다른 사람에게 일어나는 일을 지켜보는 것처럼 그 상황에서 자신을 분리시켜 생각했다. 피부가 축축해졌다. 온몸이 땀으로 범벅이 되었고, 특히 상체가 흥건해졌다. 추위가 느껴졌다. 압박해 오던 느낌이 점점 통증으로 변했다. 심각하거나 고통스러울 정도는 아니었지만 지속적이고 규칙적인 통증이 느껴졌다.

이게 무엇인지 그는 알았고, 그래서 겁이 났다.

움직이지 않는 게 최선이란 생각이 들었다. 만약 그대로 있으면 통증이 조만간 사라질 수도 있을 것이다. 아니면 죽을 수도 있다. 오늘 밤 바로 이 자리에서 말이다. 에크만은 죽음에 대한 두려움이 없었다. 고통에 대한 두려움은 커졌지만 죽음은 전혀 두렵지 않았다. 그런 면에서 그는 꽤 무심했다. 죽음? 올 테면 언제든 오라지. 무슨 걱정이야?

솔직히 모든 게 다 끝났다는 게 그는 오히려 기뻤다. 그는 하고 싶은 일을 했고, 성공도 이뤘다. 남은 것이라곤 하루하루 죽을 날만 기다리는 것이었다.

그러다가 그는 문득 자신이 책임져야 할 크리스토퍼와 유리돔 아래 작은 마을 속에 살고 있는 두 사람, 아니 세 사람을 떠올렸다. 저들의 존재에 대해 아는 사람은 자신뿐이었다. 자신만이 감속장치를 작동시킬 수 있었고, 그들의 생계를 유지시켜 줄 수 있었다.

신 행세를 하는 건 쉽지 않았다.

하지만 신은 죽지 않는다.

신의 심장은 멈추지 않는다.

에크만은 여전히 침대 위에 누워 있었다. 가슴 위에 얹어 놓은 손으로 점점 더 세게 압박을 했다. 그는 상당히 힘이 셌기 때문에 계속해서 가슴을 누르다가 혹시라도….

죽게 되는 건 아닐까 두려워졌다.

그는 시가에서 새어 나오는 연기를 쳐다봤다. 질산칼륨이 첨가되지 않은 여느 질 좋은 비싼 시가처럼, 저 시가도 천천히 타면서 불이 사그라들었다.

에크만은 그 광경을 지켜보면서 기다렸다.

가슴을 짓누르는 압박감이 조금 세졌다. 압박이 더 심해지면 보이지 않는 손이 자신의 가슴 속 빈틈으로 들어와 심장을 움켜쥐어 터트리고 갈비뼈를 부러트릴 것 같았다.

하지만 여전히 죽음에 대한 두려움은 없었다. 오히려 반갑게 맞이할 마음의 준비가 되었다. 유일한 후회라면 좀 더 대비를 잘해 두지 못한 것뿐. 돈은 문제가 아니었다. 돈은 모두 크리스토퍼에게로 갈 것이다. 문제는 유리 돔 속이었다. 에크만은 크리스토퍼에게 알려야 했다. 이 일에 대해 설명해야 했다. 그리고 그는 용서를… 받을 수 있을까?

"크리스토퍼…!"

에크만은 소년의 이름을 불렀다. 하지만 그렇게 힘없는 목소리가 소년에게까지 닿을 리 만무했다. 그는 좀 더 크게 소리를 치려 했지만 통증 때문에 그럴 수가 없었다.

그렇게 임종 전 고백은 물 건너갔다. 마지막 말도, 아무것도 할 수 없었다.

그는 편지라도 남겨 뒀어야 했다. 내가 죽을 가능성이 있다면. 아니, 그건 지나치게 모호하다. 내가 확실히 죽었을 때. 너무 매정한가? 내가 죽게 되면? 이게 좋겠다. 전통적인 방식이다. 크리스토퍼에게 남길 편지 봉투 앞에 이렇게 적는 것이다. '내가 죽게 되면 이 봉투를 열어 보렴.' 편지는 금고나 갤러리에 두거나 혹은 유언장을 작성한 변호사에게 맡겨 두면 될 것이다. 혹시라도 변호사가 슬쩍 편지를 훔쳐보진 않겠지? 아닐 것이다. 그들은 수준과 명성이 높은 전문가들이니까. 그리고 설령 알게 된다 한들, 누가 그 이야기를 믿겠는가?

크리스토퍼를 제외하고 말이다.

하지만 이제는 편지든 고백이든 하기엔 너무 늦어 버렸다.

에크만은 자신이 얼마나 오랫동안 침대에 누워 있었는지 알 수 없었다. 점차적으로 통증이 사라지면서 그는 결국 의식을 잃었다. 몇 시간 후 일어난 그는 아직도 숨이 붙어 있다는 사실에 놀랐다. 그의 피부는 어둑한 새벽녘처럼 잿빛으로 변해 있었고, 온몸에 힘이 하나도 남아 있지 않은 듯 피곤했다. 다만 통증은 무뎌졌다.

그는 구급차를 부를까 생각도 했다. 그러다가 관두기로 했다. 아침이 올 때까지 기다렸다가 병원에 가면 될 일이었다. 그는 옷을 벗고 차가운 이불 속으로 들어갔다. 그런 다음 전기담요를 켜고 잠이 들었다. 잠시 후 온몸이 뜨거워 잠에서 깬 그는 전기담요를 끄고 다시 잠을 청했다. 이상할 정도로 평화로웠고 낯설 만큼 행복했다. 머지않아 죽을 거란 걸 알고 나니 어떤 면에서는 위안이 되었다.

아침이 되자 에크만의 몸은 완벽하게 정상으로 돌아왔다. 아래층으로 내려가 보니 이미 크리스토퍼가 부엌 식탁에 앉아 가정부와 아침 식사를 하고 있었다. 그는 인사를 건네고는 커피를 마셨다.

"오늘 학교까지 같이 걸어가자꾸나." 그는 말했다. "병원에 들러야 하거든."

크리스토퍼는 식탁 맞은편에 있는 그를 걱정스러운 눈으로 쳐다봤다. 살면서 소중한 사람들을 잃어 본 경험이 있는 소년은 소중한 사람을 한 명 더 잃을지도 모른다는 생각에 문득 두려워졌다.

"심각하진 않을 거야." 가정부는 절대 그럴 리 없단 걸 미리 알고 있는 사람처럼 차분하게 말했다.

"그래, 별일 아니야." 에크만은 말했다. "정기 검진 때문에 가는 거란다."

그 후 며칠 동안 의사는 에크만에 대한 검사를 실시했고, 에크만은 의사로부터 이미 자신도 아는 이야기를 들었다.

"심장마비였어요." 의사가 말했다. "소견서를 써 드릴 테니 전문의를 만나 보세요. 심전도 결과지에 대해 보다 정확하게 분석을 해 줄 겁니다."

그 후 날짜가 뒤로 미뤄지고, 다시 예약을 하고 또 검사를 했다. 에크만은 열두 개의 전깃줄을 몸에 달고 러닝머신을 뛰며 진행하는 검사도 했다.

"상처가 남았습니다." 전문의가 말했다. "심장의 일부가 기능을 하지 못하게 된 것입니다. 과거에도 심장마비를 경험한 적이 있는데 본인이 그걸 인지하지 못한 듯합니다."

"그게 가능한가요?"

"네."

"앞으로도…?"

"그게…." 의사는 자기 앞에 앉아 있는 저 환자가 어떤 유형인지에 대해 생각하며 에크만이 이미 자신의 상태에 대해 얼마나 알고 있고, 얼마나 자세히 알길 원하는지를 고민하며 말을 망설였다.

"제가 알기론 심장마비를 한번 경험한 사람들은 또 심장마비를 경험하게 된다고 하던데요."

망설이던 의사는 결국 고개를 끄덕였다.

"네, 맞습니다."

"그렇다면 저도 또 겪게 되겠죠?"

"네."

또다시 침묵이 흘렀다.

"다음에 심장마비가 일어나면 전 죽게 될까요?"

의사는 환자를 대하는 완곡한 표현에 익숙해 있었다.

"제 생각에는 선천적으로 심장이 약하신 것 같습니다." 의사가 말했다. "이런 사실을 알지 못하셨다는 게 놀랍군요. 심장이 약한 이유는…."

이걸 어떻게 말해야 하지?

"…키 때문일 겁니다."

아.

에크만은 한참 동안 그 자리에 앉아 있었다. 아무 말도 하지 않았다. 의사는 그에게 셔츠를 건넸고, 그는 짧고 단단한 팔을 셔츠에 끼워 넣은 뒤 검은 털로 뒤덮인 떡 벌어진 가슴 위로 단추를 채웠다. 그는 겉보기에는 작은 산을 들어 올릴 수 있을 정도로 강인해 보였다.

그는 그런 자신에 대한 배신감에 비웃음이 났다. 이렇게 뒤통수를 맞다니. 그러고는 웃었다. 배신, 내 몸이 날 배신한 것이다. 사람은 자신이 사랑하는 걸 죽인다. 그리고 모든 사람은 자신을 그 무엇보다 사랑하기 때문에, 거기서부터 시작하는 것이다.

에크만은 일어서서 셔츠를 바지 속에 집어넣고는 의사를 쳐다봤다.

"수술이 가능한가요?"

의사는 회의적인 표정으로 그를 쳐다봤다.

"심장 판막이나 심박 조율기를 달면 어떨까요?"

"그게 문제가 아닙니다."

"식단을 조절해야 하나요? 운동을 더 해야 할까요, 덜 해야 할까요? 약을 복용하면 어떤가요? 아니면 지금 제가 할 수 있는 게 아무것도 없는 건가요?"

"피가 응고되지 않는 약을 처방해 드리겠습니다. 가슴 통증이 더 있을 경우를 대비해서 질산염 분무제도 같이 처방해 드릴 테니 혀 밑에 뿌리시면 됩니다. 만약 약이 떨어지면 주치의를 방문하세요. 또 자세히 관찰할 수 있게 정기 검진도 해야 합니다."

"얼마나 남았나요?"

"뭐가 얼마나 남았냐는 거죠?"

"죽기까지 말입니다."

전문의는 그가 이렇게 직접적으로 묻는 화법이 조금 불편하게 느껴졌다. 자신의 상태에 무감각해 보이는 그의 태도가 다행스럽기도 했지만, 조금만 에둘러 말했으면 싶었다.

"몇 년은 더 사실 겁니다." 그는 온기라곤 하나 없는 미소를 지었다.

"몇 년이요?"

"저도 정확히는 말씀드릴 수가 없군요."

"4년은 더 살아야 해요."

"4년이요?"

"딸린 식구가 있습니다. 아들이요. 이제 열네 살이라 앞으로 4년은 더 살아야 해요. 그때가 되면 아이도 대학에 갈 나이가 될 테니, 4년은 더 살아야 해요."

"에크만 씨, 앞으로 30년도 더 사실 수도 있습니다."

"30년을 더 '살 수도' 있을지가 중요한 게 아닙니다. 저는 앞으로 4년은 더 살 수 있다는 보장이 필요해요."

의사는 손에 끼고 있던 장갑을 벗어 쓰레기통에 버리고는 손을 씻으러 갔다. 하지만 그의 손은 이미 깨끗하지 않나?

"죄송합니다, 에크만 씨. 저 역시도 모든 환자들에게 그런 식의 보장을 해 드리고 싶어요."

"30년은 쉽게 말하면서 고작 4년은 보장을 못 해 줍니까?"

의사는 손을 씻었다.

"제 자신도 4년을 보장할 수 없는걸요."

그는 옅은 미소를 지어 보였다.

"없죠." 에크만은 고개를 끄덕였다. "보장할 수 있는 건 없죠. 그게 삶이니까요."

"삶이란 그런 거죠." 의사도 동의했다. "재촉하고 싶진 않지만…."

다음 환자가 기다리고 있었다.

에크만은 약국에 들러 약을 산 뒤 갤러리로 갔다. 매표소에
는 여직원이 앉아 있었고, 갤러리 안에는 관광객이 몇 있었다.

"아침에 손님이 많았나요, 엘레나 씨?"

"꽤 많았어요."

"스튜디오에 가 있을게요."

"그렇게 하세요, 에크만 씨."

그녀는 계단을 오르는 그를 보며 다들 한 번쯤 했을 법한 생
각을 했다.

'웃긴 난쟁이.'

갤러리의 여직원들은 퇴근해서 집에 가면 똑같은 말을 했다.

"일자리 새로 소개받았어."

"사장은 어때?"

"웃긴 난쟁이야."

이날 아침 그가 유난히 웃겨 보인 이유는 들고 있는 물건들
때문이었다. 가득 찬 쇼핑백 위로 기저귀를 갈 때 쓰는 깔개와 아
기들이 가지고 놀 법한 빨간색 장난감이 튀어나와 있었다.

에크만이 계단을 올라가는 동안 장난감이 쇼핑백 안쪽으로
굴러 들어갔다. 그가 계단을 오르느라 움직일 때마다 그 안에서
요란한 악기 소리 같은 게 났다.

악당

많은 시간이 흘렀다. 크리스토퍼는 커 가면서 지나간 일들에 대해 충분히 설명되지 않은 것이 존재한다는 기분이 들었고, 또 예전에는 당연하게 받아들였던 일들에 대해서도 의문이 생겨나기 시작했다. 그런 생각이 들 때마다 불안한 마음 또한 커져 갔다. 에크만이 자신에게 해 준 이야기들 속에는 분명 어딘가 이상한 점들이 있었다.

크리스토퍼는 바늘 끝에 서서 회전 동작을 하던 작은 발레리나에 대해 수없이 떠올렸다. 발레리나의 생김새, 진짜 같았던 그녀의 눈물, 바늘 끝에서 추락했을 때 방바닥에 떨어진 헝겊 인형처럼 꼼짝 않고 널브러져 있던 그 모습을 말이다.

아주 오래전 일이라 자신의 상상 속에서 일어났던 일은 아닐까 생각하기도 했다. 하지만 크리스토퍼는 그것이 결코 상상이 아니었단 걸 알고 있었다. 크리스토퍼는 똑똑히 봤다. 그 작은 발레리나가 추던 춤은 그저 여느 음악상자 위에 꽂힌 채 춤을 추는 인형과는 분명 다른 움직임이었다. 다른 선택의 여지가 없어 이렇게 춤을 출 수밖에 없음을 슬퍼하는 듯 보였다.

그 후 발레리나는 사라졌다. 게다가 조각을 움직이게 만든 비법에 대한 에크만의 설명 역시 가관이었다. "컴퓨터 칩 있잖니, 그 칩을 이용한 거야. 그런데 아직 작업 초반이라 오류가 나서 작동이 안 되는구나." 크리스토퍼의 기억에 의하면 에크만은 그 후 발레리나에 대해 단 한마디 언급조차 없었고, 고장 난 부분을 고친다거나 성능을 개선하려는 노력도 없었다.

그건 말이 되지 않았다. 에크만은 분명 다시 시도를 했을 사람이다. 비록 실패로 끝나긴 했지만, 믿기 어려울 만큼 놀라운 진척이 있는 시도였다. 조각의 크기가 얼마나 작든 간에 실제로 살아 있는 사람처럼 자연스럽게 움직일 수 있도록 만들었다는 건 정말이지 말도 안 되는 일이었다. 그런데 저리도 작은 조각을 움직이게 만들다니… 이건 거의… 기적이었다.

그런데 어째서 에크만은 다시 시도하지 않는 걸까? 왜 포기했을까? 아무리 생각해 봐도 말이 되지 않았다. 에크만은 무언가를 쉽게 그만둘 사람이 아니었다. 그의 끝없는 노력에 대한 증거가 바로 갤러리의 작품들이었고, 현미경 너머로 그 노력의 흔적들을 엿볼 수 있었다.

이러한 의문에 대해 에크만과 이야기해 보려 시도했지만 불가능했다. 그는 언성을 높이며 언짢아하거나, 대화의 주제를 슬쩍 바꿨다. 흥미를 잃었다는 둥, 방향을 잘못 잡아서 고칠 방법이 없다는 둥 변명하기에 바빴다. 게다가 에크만은 그보다 더 중요한 일이 있다거나, 이런저런 작업을 구상 중이라거나, 새로운 시도를 통해 다른 결과를 얻을 거라는 둥 그에 관한 많은 말들을 쏟아 냈지만, 정작 그게 무엇인지는 알려 주지 않았다.

따라서 크리스토퍼로서는 그가 그러는 이유에 대해 딱 한 가지밖에 생각할 수 없었다. 파피 때문이다. 파피가 사라진 후 에크만은 열정을 잃은 것이다. 그리하여 작업에 대한 흥미도 하고 싶은 마음도 사라져 버린 것이다.

이제 청소년이 된 크리스토퍼는 전에는 알지 못했던 감정과 욕구를 경험했고, 과거의 일들을 보다 현실적으로 이해할 수 있게 되었다. 에크만은 파피를 사랑했고, 그녀에게 완전히 빠져 있었던 것이다. 그렇게 생각하고 나니 많은 것들이 이해가 됐다. 로버트를 향한 냉담한 태도, 늘 파피만을 향하던 헌신, 그녀가 필요로 하거나 원하는 것이라면 무엇이든 즉각적으로 알아차렸던 기민함 그리고 대놓고는 아니었지만 종종 그런 그를 향한 파피의 짜증까지 말이다.

그는 그녀에게 사랑을 줬지만, 그녀는 그 사랑을 원치 않았다. 그녀가 그에게 줄 수 있는 것이라고는 그저 친구가 되어 주는 것뿐이었지만, 그 우정조차도 사랑으로 발전할 수 있지 않을까 하는 헛된 희망을 품고 만 에크만은 더욱 큰 고통을 느낄 뿐이었다. 하지만 파피의 입장에서는 절대 우정 그 이상의 것은 없었다.

그리고 갤러리에서의 일을 생각해 보자. 에크만은 돈으로 파피의 환심을 사려는 듯했다. 하지만 파피는 절대 넘어갈 사람이 아니었다. 아마 에크만도 나중에는 그걸 깨달았을 것이다. 어쩌면 파피가 사라진 이유가 에크만일 수도 있었다. 언쟁, 무리한 요구, 곤란한 상황에 놓였던 것일지도 모른다.

물론 에크만이 뭔가 특이하고 복잡한 사람임에는 틀림없다. 크리스토퍼는 커 가면서 자신이 에크만을 온전히 이해할 수 없다는 걸 깨닫게 되었다. 에크만 스스로도 자신을 이해할 수 있을지 궁금할 정도였다.

크리스토퍼는 친엄마에 대한 궁금증도 생겼다. 어째서 부모님이 헤어지게 된 건지, 왜 엄마는 아빠와 자신을 두고 떠났는지, 지금쯤 어디에 살고 있는지, 혹시 엄마도 자신에 대해 생각하는지, 만나고 싶을지, 다시 자신의 엄마가 되고 싶을지 등에 관해 생각해 봤다.

크리스토퍼와 에크만은 요즘도 종종 말다툼을 했다. 한번은 크리스토퍼가 에크만을 거의 칠 뻔한 적도 있었다. 그날 두 사람은 숙제 때문에 다툼을 벌이고 있었다. 에크만은 크리스토퍼의 방바닥에서 반쯤 하다 만 숙제를 발견했다. 최악의 경우를 상상한 그는 숙제를 들고 크리스토퍼를 찾아 다녔다. 크리스토퍼는 텔레비전 앞에 앉아서 자신이 좋아하는 프로그램을 보고 있었다.

화가 난 에크만은 부들부들 몸을 떨었다. 그 모습이 마치 부글거리는 작은 냄비 같았다. 그는 숙제를 내팽개치면서 어째서 다 끝내지 않은 것인지 설명해 보라고 소리쳤다. 그러고는 크리스토퍼가 미처 설명을 할 시간도 주지 않은 채 곧바로 잔소리를 퍼부어 댔다. 자신이 크리스토퍼를 위해 얼마나 많은 걸 해 주었는지, 그리고 그 부분에 대해서 크리스토퍼가 왜 조금도 감사해하지 않는지.

"너한테 돈이 얼마나 많이 드는지 알기나 하니? 학비가 얼마인지는 알아? 그런 건 조금도 생각하지 않지? 최고의 교육을 받게 하기 위해 이 학교를 보냈더니 고작 이것밖에 못 해? 숙제도 안 하면서 여기 앉아서 텔레비전이나 보다니!"

크리스토퍼에게는 숙제를 하다 만 나름의 이유가 있긴 했지만, 에크만에게 그 이유를 말하지 않았다. 문제에 대한 에크만의 태도며 접근 방식, 텔레비전을 보지 못하게 가로막고 있는 그 모습하며, 자신의 방에 아무 말 없이 들어간 것까지….

이번에는 에크만이 해도 너무했다.

"도대체 무슨 짓이에요? 빌어먹을, 무슨 생각으로 내 방에 들어가서 내 숙제를 들여다보고 물건에 손을 댄 거냐고요. 제가 당신 방에 들어간 적 있나요? 아니면 당신 일에 참견을 한 적이 있나요? 없죠?"

"그것과는 다르지!"

"뭐가 달라요!"

"나는 네 학비를 내잖아. 너는 나한테 한 푼 보태 주는 게 없고!"

"그럼 다른 학교로 전학 갈게요. 돈이 들지 않는 곳으로요! 됐죠? 만족하세요? 이제 내 눈 앞에서 사라져 버려요. 난 보던 것마저 봐야 하니까요."

"숙제 끝내기 전에는 텔레비전 시청 금지다."

"숙제는 다음 주까지만 하면 돼요. 그래서 굳이 오늘 다 끝내지 않은 거예요. 지금 당장 할 필요가 없어서요!"

하지만 에크만도 물러서기엔 너무 늦어 버렸다.

"그건 내 알 바가 아니야. 지금 당장 끝내. 여긴 내 집이야. 내가 일해서 번 내 돈으로 모든 걸 누리면서 고마운 줄도 모르지. 넌 날 존중하지도 않잖아. 어쨌든 당장 숙제를 끝내도록 해! 어서 내 말대로 하란 말이야!"

"왜요!"

"내가 네 아버지니까!"

크리스토퍼는 멈칫했다. 화가 난 듯 몸이 바들바들 떨렸다. 에크만은 문득 자신이 무슨 말을 한 건지 깨닫고는 두려운 눈빛으로 크리스토퍼를 쳐다봤다.

"당신은…."

말이 쉽게 나오지 않았다. 울컥한 소년의 목소리가 갈라졌다. 침을 삼키고 깊게 숨을 들이마신 후 감정을 조절하며 천천히 말을 뱉었다.

"당신은… 당신은… 내… 아버지가 아니야. 앞으로도 영원히."

크리스토퍼는 일어서서 방을 나갔다.

에크만은 소파에 앉았다. 온몸의 피가 빠르게 돌았고, 심장이 미친 듯이 뛰었다. 심장마비가 재발할까 두려웠다. 그렇게 되면 이번에야말로 심장이 버티지 못할 것 같았다. 에크만은 질산염 분무제를 주머니에서 꺼내 혀 밑에 두 번 뿌려 줬다. 그랬더니 훨씬 나아졌다. 등을 기대고 소파에 앉은 에크만은 천천히 이십까지 세며 숫자 세는 데에만 모든 신경을 집중시켰다. 그래, 크리스토퍼의 말이 맞다. 당연한 것이었다. 에크만은 소년의 방에 들어갈 필요가 없었다. 또 크리스토퍼는 성실한 학생이었기 때문에 숙제를 제대로 하고 있는지 감시를 하거나 잔소리를 할 필요가 없다는 것도 알고 있었다.

그런데 왜 그랬을까? 그는 어째서 불필요한 힘겨루기를 하고만 것일까?

에크만 자신조차도 이해할 수 없었다. 크리스토퍼가 더 이상 어린아이가 아니어서, 더 이상 자기 말에 고분고분 따르지 않아서 였을지도 모른다. 어쩌면 크리스토퍼가 다 큰 다음 에크만의 곁을 떠나면 또다시 예전처럼 홀로 남겨지게 될 게 두려워서일지 모른다.

에크만은 결국 사과를 해야겠다고 마음먹었다. 그는 소년의 방 문 앞에서 노크를 했다.

"크리스토퍼…."

"저리 가세요!"

"네가 보던 프로그램이 아직 안 끝났어."

"안 볼 거예요."

"크리스토퍼…."

"왜요? 가세요. 이미 할 만큼 하셨잖아요."

"크리스토퍼… 미안하다."

에크만은 진심으로 소년에게 미안했다. 털어놓고 싶지만 결코 그럴 수 없는 너무나 많은 일들에 대해서 말이다. 그가 뒤돌아 가려는 순간 방문이 열렸다.

"에른스트…."

"응?"

"저도 죄송해요."

크리스토퍼는 어색하게 손을 내밀었다.

에크만도 손을 내밀어 소년의 손을 잡았다. 크리스토퍼는 쑥 스러운 듯 에크만의 어깨에 팔을 두르고 다소 거칠지만 다정하게 안아 줬다. 에크만도 같이 안아 주고 싶었지만, 이미 크리스토퍼는 그에게서 몸을 돌린 뒤였다.

　그날 저녁, 에크만은 그것이 그들의 처음이자 유일한 포옹이었다는 걸 깨달았다. 그에게 그런 애정을 보여 준 사람은 참으로 오랜만이었다. 그는 아주 오랜만에 깊은 슬픔에 젖은 채 잠이 들었다.

　어느 여름 밤, 아이가 태어났다. 에크만은 출산의 현장을 목격하지 못했다. 출산이 임박했을 무렵, 그는 혹시라도 출산하는 모습을 볼 수 있지 않을까 하는 마음에 새벽마다 스튜디오로 향했다.

　심각한 합병증은 없었던 걸로 보인다. 만약 그런 일이 있었다면 로버트는 분명 제대로 대처하지 못했을 것이고, 아이와 산모 모두 무사하지 못했을 것이다. 아이를 낳는 일은 죽는 것과 마찬가지로 여전히 꽤나 원초적인 과정이었다.

　에크만은 현미경을 유심히 들여다봤다. 그는 굳이 자신의 감정을 조절하려고 노력하진 않았다. 문득 어떤 감정이 느껴졌을 때 그는 그것이 경외감, 놀라움이었음을 깨달았다. 단지 새로운 생명이 탄생했기 때문만은 아니었다. 그 일이 여기, 이 자리, 이 공간에서 이뤄졌다는 사실 때문이었다.

　삶이란 꽃은 어디서든 피어날 수 있다. 사막, 황무지, 툰드라, 황야에서도 말이다. 생명이란 놀라울 정도로 강인했고 섬세한 것이었다. 죽음에 항복하기보단 아주 가느다란 밧줄이라도 죽어라 움켜쥐고선 끔찍한 고통 속에서도 살아 나가려 한다. 하지만 그와 동시에 너무도 연약했다. 미풍만 불어도 부서져 버릴 것이고, 돌풍과 폭우가 닥치면 언제 존재한 적이나 있었냐는 듯 사라져 버릴 것이었다.

에크만은 오히려 뿌듯했다. 그는 작은 마을에 대한 앞으로의 계획들을 생각해 냈다. 복작거리는 길거리와, 어느새 자신이 살던 실제 세계로 돌아갈 걱정 따위는 제쳐 두고 다른 생각에 빠져 바쁘게 여기저기 돌아다니며 일을 보는 마을 사람들을 말이다.

삶은 어디에서도 삶이었다. 크든 작든, 거대하든 미세하든, 살아가는 모습은 똑같다.

사람들이 말하는 것처럼, 크기는 중요하지 않았다.

어쩌면 저들은 저 마을을 에크만빌이라고 부를지도 모른다.

여자아이였다. 에크만은 남자아이였어도 기뻐했을 것이다. 하지만 그는 이미 아들이 있었기 때문에 여자아이도 나쁘지 않았다. 물론 둘 다 실제로 그의 아이가 아니었고, 에크만도 그렇게 생각하진 않았다. 이건 그에게 일종의 게임이었다. 소유에 관한 게임. 하지만 그가 모두를 책임지고 있기 때문에 그들은 그의 아이기도 했다.

그는 성실한 아버지가 되어 갔다. 과할 정도였다. 에크만은 필요한 물품을 구매하는 방법이나 그것을 놔두는 장소에 대해서 조심성을 잃기 시작했다. 한번은 그가 핑크색 기저귀 한 묶음을 주방에 놔둔 적이 있었다. 주방에 들어온 크리스토퍼는 기저귀를 보고 처음에 웃긴다고 생각했다가 나중에는 의문이 들었다.

"이게 뭐예요?" 크리스토퍼는 가정부에게 물었다.

가정부 역시 크리스토퍼만큼이나 당황한 듯 보였다.

"에른스트가 산 게 분명한데."

그때 주방에 나타난 에크만은 기저귀를 보며 생각에 잠긴 두 명을 발견했다.

"아, 여기 있었군. 갤러리에서 일하는 여직원한테 갖다준다고 했거든. 혹시… 사다 줄 수 있냐고 부탁을 해서 말이야."

믿기지 않았다. 에크만이 매표소 직원의 장을 대신 봐 준다고? 그리고 그 직원이 언제부터 아이가 있었지?

"아, 그게, 직원의 언니가…." 얼굴이 붉게 달아오른 에크만은 더 이상 말을 잇지 않았다. 그러고는 무심한 척 기저귀를 들고 나갔다.

이런 적은 처음이었다.

"부디 정신을 놓은 게 아니어야 할 텐데." 가정부가 말했다. 크리스토퍼는 고용주에 대해 다신 그렇게 말하지 말라는 듯 매서운 눈빛으로 가정부를 노려봤다.

하지만 에크만이 샀다고 하기엔 이상한 물건이긴 했다.

그 후에도 에크만은 책임감과 의무감에 휩싸여 바쁜 나날을 보냈다. 좋은 음식, 필요 약품, 올바른 물품, 장난감, 그림책 등을 모두 작게 만들어서 작은 마을로 내려보냈다. 에크만은 쓰레기가 더 나올 걸 대비해서 여분의 쓰레기봉투도 보냈고, 그들이 쓰레기봉투를 채워 배출하면 보석상 안경을 눈에 끼우고선 발견한 그것을 끝이 납작한 핀셋으로 집어 올려 수거했다. 그는 자신이 만든 마을에 전염병이 퍼지는 걸 원치 않았기에 보모부터 환경미화원까지 모든 역할을 해냈다.

한편, 에크만은 그들에게 샴페인과 넓적한 잔 두 개를 보내기도 했다. 그는 그들이 샴페인 마시는 모습을 지켜보며, 자신을 향해 잔을 들고 그가 신이라도 되는 듯 그에게 술을 한잔 바치지 않을까 생각했다. 하지만 그런 일은 일어나지 않았다.

가끔 그는 그들이 자신을 얼마나 증오할지에 대해 생각했다. 그걸 수치화하는 것은 아마 불가능할 것이다.

관대한 마음 혹은 죄책감을 느낄 때마다 에크만은 로버트에게 크리스토퍼의 최근 사진과 성적표를 보냈다. 그렇게 함으로써 그의 아들이 얼마나 컸고, 어떻게 변했는지 그리고 자신이 얼마나 최선을 다하고 있는지 확인시켜 줬다.

어느 날, 크리스토퍼는 자신의 방에서 무언가를 찾고 있는 에크만을 발견했다. 에크만은 말없이 방에 들어온 것에 대해 즉각적으로 사과했다.

"크리스토퍼, 미안. 지난 성적표가 방에 있나 해서 들어와 봤어. 잃어버릴 수도 있으니까 미리 복사 좀 하려고 말이야."

크리스토퍼는 이상한 생각이 들었다. 혹시 에크만에게 애인이 생긴 건 아닐까 싶었다. 아주 불가능한 일은 아니었다. 에크만은 작달막하고 못생기긴 했지만, 남자는 남자였다. 그리고 꽤 부유했다. 나이나 외모 때문에 얻을 수 없는 것도 돈만 있으면 살수 있는 세상이니까. 어쩌면 애인이 생긴 것일 수도 있다. 어쩌면밤마다 사라지는 게 다 그 이유 때문일 수 있었다. 어쩌면 그 시간 동안 그는 일을 하는 게 아닐 수도 있었다. 어쩌면 그는 애인을 임신시킨 것일 수도 있었다. 그렇다면 많은 게 설명이 됐다. 어쩌면 에크만은 아무도 모를 비밀스러운 이중생활을 하고 있는 것일지도 모른다.

하지만 그건 크리스토퍼도 마찬가지였다. 크리스토퍼도 같은 학교에 다니는 트루디라는 여자 친구가 있었다. 크리스토퍼는 자신이 하는 모든 행동을 에크만에게 말하지 않았고, 에크만 역시 크리스토퍼에게 아무런 말도 하지 않았다. 둘 다 서로에게 아무것도 묻지 않으니 거짓말을 하는 것은 아닌 셈이었다. 일종의 만족스러운 거래였다.

그리고 편지가 있었다.

에크만은 자신의 방에 있는 컴퓨터에 편지 복사본을 저장해 두었다. 그 파일은 비밀 번호로 저장해 두었고, 금고 안에도 종이 사본을 한 장 넣어 두었다. 유서 바로 옆에.

'크리스토퍼에게. 내가 죽게 되면 열어 보렴.'

시간이 흐르면서 이 편지는 여러 번의 수정을 거치게 되었다. 에크만은 계속해서 편지를 고쳐 썼다. 그럴 때마다 새 버전을 인쇄했고, 금고에 있던 이전 편지는 없앤 뒤 새롭게 고친 편지를 다시 금고 안에 넣어 두었다.

'사랑하는 크리스토퍼에게. 믿기 힘든 이야기일 거야. 그리고 넌 날 용서할 수 없겠지. 다만….'

혹은,

'사랑하는 크리스토퍼에게. 내가 한 일에 대해 부디 너그러운 마음으로 용서해 주길 바란다. 그리고 가능하다면 날 증오하지 않았으면 좋겠단다. 다만….'

언제나 '다만'이 붙었다. 다른 표현이 없었다.

아니면 아예 다른 방식으로 접근하는 게 나을 수도 있었다.

'크리스토퍼, 받아들이기 어려운 일이란 걸 안다. 다만….'

아니야, 안 돼. 또 '다만'이라니. 어떻게 피할 수 있을까?

피할 수 없었다.

결국 그만뒀다. 하지만 그 일은 어느 날 갑자기, 크리스토퍼가 기말고사를 마친 8월의 어느 날, 계단을 오르다 만 채 일어나고 말았다. 그냥 그렇게 일어난 것이었다. 밑도 끝도 없이. 에크만은 갤러리 근처에 있는 베이커리에서 특별히 주문한 케이크를 들고 서 있었다.

그리고 그 일이 일어나 버렸다.

케이크는 아기를 위한 것이었다. 에크만은 핑크색 아이싱으로 숫자 4가 그려 넣어진 케이크를 직접 선택했다. 그리고 같은 핑크색 아이싱으로 '사랑하는 마리아'라는 문구를 요청했고, 설탕으로 된 장미꽃 봉우리가 감싸고 있는 네 개의 초를 각 모서리에 꽂아 달라는 요청도 추가했다. 케이크 외에도 에크만은 생일 축하 카드를 여러 장 준비했다. 마리아란 이름이 적힌 카드에는 '에른스트 삼촌으로부터'라고 적혀 있었고, 다른 카드에는 누군가가 나중에 내용을 적을 수 있도록 아무것도 적혀 있지 않았다.

그리고 선물도 한가득 안고 있었다. 그 바람에 발을 잘못 디딘 것일 수도 있다. 선물이 너무나 많아서 제대로 안을 수조차 없었다. 책이며 장난감, 색연필, 옷, 비누, 퍼즐, 머리띠, 풍선, 놀이 기구, 구슬, 초콜릿까지…. 일부는 선물 포장이 되어 있었고, 곁에 작은 카드가 매달려 있었다.

'마리아, 생일 축하한다. 사랑하는 에른스트 삼촌이.'

아직 포장을 해야 하는 선물도 있어서 에크만은 포장지, 작은 카드, 테이프까지 추가로 들고 있었다.

계단을 서둘러 올라가던 에크만은 순간 발을 헛딛고 만다. 선물을 가득 안고 있지만 않았어도 균형을 잡았을지 모르지만, 에크만은 선물과 케이크를 떨어트리지 않으려는 듯 필사적으로 몸부림쳤다.

마리아는 케이크를 기대하고 있었다. 에크만은 꼭 케이크를 주겠다는 약속을 했다. 마리아는 에른스트 삼촌의 존재와 세상이 돌아가는 원리를 알았다. 마리아가 나이가 더 들면 그들은 마리아에게 진실을 설명해 줄 수도 있을 것이다. 하지만 지금으로선 에크만은 산타클로스와도 같은 존재였다. 한정된 기간 동안만 믿는 존재 말이다. 하늘 위에 있는 에른스트 삼촌은 마리아가 잠이 들었을 때 혹은 잠이 든 척할 때만 나타나서 선물을 내려 주었다.

에크만은 절대 케이크를 바닥에 떨어트리면 안 되었다. 떨어지면 그 충격에 핑크색 리본이 헝클어지고 상자가 열려 케이크가 쏟아질 것이다. 그러면 초와 아이싱 장식이 망가질 것이다.

'삶은 활짝 피었다.

죽음은 사방에 도사리고 있다.'

뒤로 넘어지던 그때, 에크만은 문득 아주 오래전 학창 시절에 배운 이름도 기억나지 않는 어느 시인의 시가 떠올랐다. 자신이 이런 시를 외우고 있는지조차 모르고 있었다.

그는 선물을 끌어안은 채 그대로 뒤로 넘어졌다. 목이 부러질까 두려웠지만, 그런 일은 일어나지 않았다. 그의 몸은 계단 위로 무겁게 떨어진 후, 그대로 멈추지 않고 아래로 굴러 떨어졌다.

'삶은 이 방의 세입자일 뿐.'

에크만에게는 선물을 놓치지 않겠다는 일념뿐이었다. 먼지를 털고 구겨진 것만 펴 주면 아무 문제 없을 것이라고. 무슨 일이 있어도 마리아를 실망시킬 순 없었다. 그는 케이크와 선물들을 더욱 꼬옥 쥐었다. 마리아에게 케이크를 주기로 약속했기 때문이다. 비록 다른 아이들처럼 부를 친구도 없고 광대나 마술사가 묘기를 부리는 파티는 아닐지라도, 선물과 케이크만큼은 한가득 준비되어 있었다. 특히 에른스트 삼촌이 준비한 선물이 말이다.

그는 계속해서 굴러 떨어졌다.

'죽음은 계단 위의 악당이었다.'

에크만은 케이크를 구했다. 조금도 망가지지 않았다. 그가 케이크를 구한 것이다.

꼬마 조카를 위해.

너무나도 작고 또 작은…

아기를 위해 말이다.

악당은 에크만을 붙잡고 심장을 뒤틀었다.

악당의 무릎이 에크만의 가슴을 짓눌렀다.

에크만이 저지른 일에 대한 벌일 것이다.

그리고 주먹으로 목을 쳤다.

다만 이번에는 에크만도 가만히 있지 않았다. 그는 통증을 없애기 위해 사투를 벌였다. 그는 살고 싶었다. 살아야만 했다. 그는 스튜디오가 있는 다락으로 올라가야 했다. 오늘은 에크만에게 몹시도 중요하고 특별히 사랑하는 누군가의 생일이었다.

아기는 에른스트 삼촌이 가져올 선물을 기다리고 있다. 귀엽고 사랑스러운 조카가 말이다. 에른스트 삼촌을 실제로 한 번도 본 적은 없다. 하지만 삼촌은 하늘에 떠 있는 커다랗고 희미한 구름 같았다. 하지만 어쩌면 어느 날….

그는 선물들을 바닥에 조심스럽게 내려놓은 다음, 재킷 주머니로 손을 뻗어 분무제를 찾았다.

하지만 악당은 이번에는 그의 팔을 붙잡고 뒤틀었다. 에크만은 팔을 뻗을 수가 없었다. 악당이 계단에서 에크만을 붙잡고 있었다.

'여기.

계단 위에서.'

시에도 그런 내용이 있던가? 아니, 그건 다른 시였다.

악당은 에크만의 심장을 쥐고 있었다. 에크만은 황소처럼 강인했고 튼튼한 어깨를 가졌다. 하지만 악당이 더 강했다. 아니, 어쩌면 에크만은 악당이 아니라 자신을 상대로 싸우고 있는 것이었는지도 모르겠다. 그는 또 한 번 분무제를 꺼내려고 손을 뻗었다. 하지만 찾을 수가 없었다. 손에 힘이 빠졌고, 고통에 몸이 뒤틀렸다.

그러다가 통증이 가셨다. 사방이 어두워졌다. 원하는 걸 가진 악당은 자리를 떠났다. 발끝을 세우고 계단을 내려와 갤러리를 빠져나갔다. 아무도 그가 가는 걸 보지 못했다. 문을 열지 않고도 문을 통과해 나갔다. 그는 길거리로 나와 군중 틈에 섞였다. 그러고는 다른 누군가를 뒤쫓기 시작했다.

'삶은 활짝 피었다.'

아니 피었었다. 한때는. 이제 삶은 화병 속 시든 꽃처럼 저물었다.

에크만은 선물과 카드, 포장지, 쇼핑백, 색연필 틈에 누워 있었다.

여전히 손에는 케이크를 쥐고 있었다. 흠집 하나 없는 케이크였다. 그는 케이크만큼은 온전히 살려 냈다. 그의 완벽한 아기 조카를 위해서. 다만 이제 그 케이크를 아기에게 전해 줄 사람이 없었다.

편지

에크만을 발견한 것은 크리스토퍼였다. 크리스토퍼 역시 할 말이 있었다. 그를 발견했을 때, 손에는 시험 성적표를 들고 있었다. 결과는 내일 나올 예정이었지만, 크리스토퍼는 혹시나 오늘 나오진 않을까 하는 마음에 학교에 들렀다가 서둘러서 집으로 왔다. 얼굴 한가득 미소를 머금고서 말이다. 크리스토퍼는 기뻐서 크게 소리를 지르며 집으로 들어왔고, 그 목소리는 집 안 전체에 울려 퍼졌다.

"에른스트! 에른스트! 성적표 나왔어요!"

올 A였다. 전 과목에서 말이다.

"에른스트! 에른스트! 어디 있어요?"

하지만 에크만은 아직 돌아오지 않았다. 분명 갤러리에 있을 것이다. 전화를 해 볼 수도 있었지만 크리스토퍼는 직접 말하고 싶었다. 그래서 열쇠를 챙긴 다음 집을 나섰다. 크리스토퍼의 뒤로 문이 쾅 하고 닫혔다. 크리스토퍼는 손에 성적표를 들고 거의 달리다시피 갤러리로 갔다. 새어 나오는 미소를 막을 수가 없었다. 에크만은 기뻐할 것이다. 크리스토퍼 본인보다는 아니겠지만.

소년은 이제 가고 싶은 학교를 골라 갈 수 있게 된 것이다. 올 A라니. 크리스토퍼는 갤러리에 도착하면 무슨 말을 할까 생각했다. 에크만한테 장난을 조금 쳐 볼 생각이다.

"에른스트, 전에 숙제 한 번 안 했다고 제가 학비를 얼마나 낭비하고 있는지 아느냐면서 소리치던 거 기억하세요? 네? 자, 한 방 먹이려는 건 아니지만 이걸 보시면…."

그럼 에크만은 분명 방어적 태도를 취할 것이다. 그리고 조금은 걱정스럽게 그리고 조심히 성적표를 펼쳐 볼 것이다. 성적표를 본 후에는 얼굴 가득 미소가 지어질 것이고, 축하를 해 줄 것이다. 광장에 있는 카페로 외식을 하러 가자 할 것이다. 아니면 이번만큼은 다른 식당에 가자고 크리스토퍼가 조를 것이다. 어쩌면 트루디를 초대할 수도 있을지 모른다. 트루디에게 전화해서 시험을 잘 봤는지 물어봐야겠다. 그리고 리스에게도 말이다.

어쩌면 오늘 밤에는 에크만에게 남자 대 남자로 에크만이 만나고 있는 애인에 대해 자신이 어떻게 생각하는지 말해 봐야겠다. 서로 비밀을 전부 공개하는 것이다. 에크만에게도 애인을 초대하라고 해야겠다. 에크만과 비밀의 여인, 크리스토퍼와 트루디 그리고 올 A의 성적표, 모든 것을 축하하는 자리를 만들자. 그리고 시월이 되면 크리스토퍼는 자신이 가고 싶고 자신을 선택해 준 대학에 진학하게 될 것이다. 에른스트는 크리스토퍼를 자랑스러워할 것이다.

그리고… 아빠도 분명 자랑스러워할 것이다. 자랑스러워…했을 것이다.

하지만 오늘은 우울해하지 않을 것이다.

오늘은 좋은 날이었다.

오늘 밤 이들은 와인을 한잔할 것이다. 크리스토퍼도 이제 술을 마실 정도로 컸다. 크리스토퍼는 어릴 적 손님을 끌기 위해 아빠가 자신의 초상화를 그릴 때 의자에 앉아 이 모습을 지켜보던 에크만처럼 와인 잔을 오른쪽으로 빙빙 돌렸다.

갤러리 문은 잠겨 있었다. 크리스토퍼가 초인종을 눌렀지만 안에서는 아무런 답이 없었다. 크리스토퍼는 녹슨 쇠고리를 흥겨운 박자에 맞춰 톡톡톡 하고 두드렸다. 에크만에게 장난임을 알리기 위한 것이었다. 아무런 반응이 없었다. 에크만은 분명 스튜디오에 있어서 아무 소리도 듣지 못한 것이거나, 원치 않는 잡상인이라 생각해서 내려와 보지 않는 듯했다.

크리스토퍼는 열쇠 꾸러미 사이에서 갤러리 열쇠를 찾아 잠긴 문을 열고 서둘러 안으로 들어갔다.

"에른스트! 에른스트!"

갤러리 안은 낯설 만큼 조용했다. 크리스토퍼는 계단으로 향했다. 무엇 때문인지 크리스토퍼는 전시실을 들여다보고 싶은 마음이 들었다. 모든 게 어둡고 조용했다. 눈에 보이지도 않을 정도로 작은 조각들이 크리스토퍼를 쳐다보는 듯했다. 소금 알갱이만한 북극곰은 멍하니 허공을 바라보고 있었고, 피라미드 위에서는 아무런 움직임도 없었다. 스핑크스는 여전히 알쏭달쏭한 표정이었다. 바늘귀 위에 놓인 낙타는 부자들과 함께 천국으로 향하고 있었다.

"에른스트! 저예요!"

크리스토퍼는 긴 다리로 한 번에 두세 계단씩 올라갔다. 소년의 키는 적어도 180센티미터 정도로 제법 컸고, 어느덧 다부진 사내의 모습이 되어 있었다. 크리스토퍼는 똑똑하고 자상하며 재미있고 성실했다.

이는 모두 소년의 부모, 선생님 그리고 소년을 키워 준 사람들 덕분이었다.

"에른스트! 어디 있어요?"

계단을 돌아 올라가자 행복에 겨운 하루를 보낸 아이가 생일 선물에 파묻혀 잠든 모습처럼 누워 있는 에크만을 발견했다.

"에른스트… 에른스트…."

크리스토퍼는 에크만의 몸 옆에 무릎을 꿇었다. 에크만이 숨을 쉬는지 확인하기 위해 얼굴에 손을 갖다 댔다. 숨을 쉬지 않았다. 크리스토퍼는 에크만의 손목을 짚어 맥박을 확인했다. 맥박도 뛰지 않았다. 에크만의 이마를 짚어 봤다. 피부는 이미 차디차게 식어 있었다.

"에른스트… 에른스트… 일어나 봐요, 에른스트…. 제가 성적표를… 갖고 왔는데…."

크리스토퍼는 죽은 에크만을 두 팔로 끌어안아 일으켜 보려 했다. 에크만이 차갑게 식었다는 걸, 이미 죽었다는 걸 본능적으로 알았지만 애써 부정하며 상체를 일으켜 애처롭게 성적표를 보여 줬다. 마치 성적표를 보면 에크만이 깨어나기라도 할 것처럼 말이다.

"에른스트… 이게… 오늘 도착해서… 학교에서 갖고 왔어요. 집에 오는 길에 혹시나 하고 들렀거든요. 하루 종일 친구들하고 자전거를 탔어요. 강가를 따라 몇 마일을 달렸어요. 보세요… 이

걸⋯ 제 성적표를⋯."

크리스토퍼는 에크만의 눈앞에 성적표를 갖다 댔다.

"이것 보세요. 성적이 잘 나왔어요. 저 열심히 공부했거든요. 제가 공부를 제대로 안 한다고 생각하신 거 알아요. 그런데 정말 열심히 했어요. 에른스트가 절 자랑스럽게 생각하시면 좋겠어요. 기대에 부응하고 싶었어요. 제가 해냈어요. 에른스트, 올 A예요. 보이죠? 기쁘죠?"

에크만의 고개가 가슴팍으로 힘없이 떨구어졌다.

하지만 크리스토퍼는 그렇게 두지 않았다.

크리스토퍼는 에크만이 그렇게 죽도록 놔두지 않았다. 이미 소년은 인생에서 너무나 많은 사람을 잃었기 때문에 이렇게 쉽게 또 누군가를 보낼 수는 없었다.

"에른스트가 기뻐할 줄 알았어요. 에른스트에게 꼭 보여 주고 싶었어요. 그런데 저는 기분이 어떤지 모르겠어요. 이제 저도 대학에 갈 거잖아요. 저 보러 꼭 오셔야 해요. 그리고 연휴마다 집에 올게요. 친구들도 데리고 와서 갤러리 구경도 시켜 주고 조각들도⋯ 에른스트, 제발 죽지 마요⋯. 제발⋯ 에른스트는 내 가족이잖아요⋯. 저한테는 아저씨밖에 없는데⋯ 이렇게 죽으면 안 돼요⋯. 사랑해요."

에크만이 그토록 오랜 시간 기다려 왔던 말이 막힌 그의 귀로 흘러들었다. 그는 크리스토퍼에게 그저 사랑한다는 말을 듣고 싶었을 뿐이었다.

그리고 그는 사랑받고 있었다. 그것도 자신의 아들로부터.

성적표는 펄럭이며 바닥에 놓인 선물들 사이로 떨어졌다. 크리스토퍼는 짧고 기괴한 형태의 에크만을 여전히 두 팔로 감싸 안고 있었다. 마치 다친 아이를 달래 주는 부모처럼 살살 몸을 흔들었다.

크리스토퍼는 울기 시작했다. 에크만의 죽음 때문만이 아니었다. 그동안 소년에게 일어난 모든 일들 때문이었다. 크리스토퍼가 잃은 모든 것들, 그간의 시간들, 얼굴도 알지 못하는 엄마, 로버트, 파피, 어린 시절, 과거, 바늘 끝에서 떨어져 인형처럼 꿈적도 안 하던 작은 발레리나 때문에 눈물이 났다.

크리스토퍼는 다시는 경험하지 못할 일들과 기억들, 감정들을 떠올리며 울었다. 아빠가 초상화를 그려 줄 동안 광장에 앉아 있을 때의 그 느낌, 주변에 모여든 관광객을 보며 든 생각, 아빠가 자신의 손을 잡았을 때의 촉감, 잠들기 전 아빠가 뽀뽀를 해 줄 때 느꼈던 까끌까끌한 수염, 파피의 향수, 잠들기 전 파피가 뽀뽀를 해 줄 때 풍겨 오던 파피의 샴푸 향 그리고 크리스토퍼가 깊이 잠들었다고 생각한 이들이 밤에 사랑을 나누던 소리.

크리스토퍼는 자신의 인생과 사랑하는 사람을 모조리 잃은 것에 대해 눈물이 났다. 그리고 그 사랑하는 사람들 중에는 지금 자신의 팔에 안겨 있는 차갑게 식은 이 작은 남자도 있었다.

한참을 운 후에야 크리스토퍼는 울음을 멈췄다. 눈물도 멈추고 눈가도 말랐다. 이제 어떡해야 하지? 뭐든 해야 했다.

그때 크리스토퍼의 눈에 선물과 포장지, 카드들이 들어왔다.

"에른스트?"

케이크도 있었다.

크리스토퍼는 에크만의 품위를 해하지 않기 위해 그의 시체를 가지런한 자세로 조심스럽게 내려놨다. 그런 다음 케이크 상자를 들어 리본을 풀었다. 뚜껑을 열고, 안을 들여다봤다.

'사랑하는 마리아에게.'

그리고 숫자 4가 쓰여 있었다. 각 모서리에는 설탕으로 만든 장미 꽃봉오리가 감싸고 있는 네 개의 작은 초가 꽂혀 있었다.

"에른스트… 마리아가 누구예요?"

이건 분명 여자아이를 위한 생일 케이크였다.

크리스토퍼는 선물들을 찬찬히 살펴봤다. 그리고 열려 있는 봉투에서 카드를 한 장 꺼내 읽었다.

'마리아, 네 번째 생일 축하한다. 사랑하는 에른스트 삼촌으로부터.'

이건 말이 안 됐다. 아무것도 말이 되지 않았다. 이것들이 왜 여기에? 왜 위층으로 가져가려 했던 거지?

크리스토퍼는 몸을 일으켜서 스튜디오 문을 올려다봤다. 갑자기 끔찍한 한기가 느껴졌다. 하지만 크리스토퍼는 조심스레 발을 옮겨 다락으로 올라갔다. 마침내 다락에 도착했을 때, 크리스토퍼는 잠시 멈춰 섰다가 손을 뻗어 문을 열었다. 잠겨 있었다.

크리스토퍼는 다시 내려가 죽은 에크만의 주머니에서 열쇠를 찾아 가져왔다. 스튜디오 문에 맞는 열쇠를 찾아 잠금장치를 열고, 문고리를 다시 돌린 다음 안으로 들어갔다.

안은 아직 밝았다. 여름이라 저녁 열 시는 넘어야 제법 어둑해졌다. 그곳에 무언가 무섭고 이상한 게 있을 거라 생각한 크리스토퍼는 유심히 주변을 살폈다. 하지만 아무것도 없었다. 그저 카메라 오브스쿠라 위로 불빛이 깜빡거렸고, 창밖 멀리 길거리의 자동차 소리만이 들렸다. 그리고 책상 위에….

작은 도시가 있었다. 모형 말이다. 에크만의 위대한 업적. 그동안 그가 이 작품에 대해 언급조차 안 했다니, 참으로 이상한 일이었다. 생각해 보니 크리스토퍼는 아주 오랫동안 이 작품을 실제로 보지 못했다. 몇 년 동안이나 말이다.

크리스토퍼는 작은 마을로 다가갔다. 그것은 유리 돔 안에 들어 있었다. 크리스토퍼는 이 작품이 놀라울 정도로 섬세하고, 실제 마을과 완벽하리만큼 똑같았던 게 기억이 났다.

크리스토퍼는 작은 마을에서 떨어져 어째서 에크만이 아기 선물을 안고 여기로 올라오려 한 것인지 그 이유를 찾으려 했다. 하지만 아무리 둘러봐도 아무것도 없었다. 그때 작은 마을 근처에 언제든 손쉽게 이용할 수 있도록 놓인 듯 보이는 현미경이 눈에 들어왔다. 소년은 돔 위로 가져와 초점을 맞추고 눈을 갖다 댔다. 마을이 크리스토퍼의 눈에 들어왔다.

그 안에는 익숙한 건물들과 풍경이 있었다. 그들의 집, 로만 배스, 리젠시 주택가의 초승달 같은 거리 등 겉으로 보기엔 완벽히 똑같았다. 흠이라고는 잡을 게 없었다. 그리고 강변과 거울의 유리로 만든 강, 럭비 경기장, 크리스토퍼의 학교, 갤러리, 수도원, 한때 아빠가 그림을 그리고 누군가 동전을 상자에 넣으면 흘러나오는 노래에 맞춰 춤을 추는 동상 공연을 하던 파피가 서 있던 수도원 광장도 있었다. 그리고 거기에….

거기에 그녀가 있었다. 파피가 있었다. 그녀는 광장을 가로질러 가고 있었다. 아빠도 있었다. 광장을 가로질러 가고 있었다. 그리고 거기엔 크리스토퍼도 있었다. 광장을 가로질러 가고 있었다. 이들의 손을 잡은 채 말이다.

이들은 광장을 건너가면서 자신들 가운데에서 손을 잡고 있는 크리스토퍼를 번쩍 들어 올리며 장난을 쳤고, 크리스토퍼는 기분이 좋아졌는지 웃으면서 또 해 달라고 졸랐다.

다만 저건 크리스토퍼가 아니었다. 여자아이였다. 대략 네 살 정도 됐을 법한 여자아이.

그들이 광장을 가로질러 가고 있었다.

크리스토퍼는 갑자기 정신이 나갈 듯한 기분이 들었다. 완전히 미쳐서 상식과 통제력을 잃은 느낌이었다. 시야에 보이는 모든 게 핏빛으로 변했다. 그러고는 다시 천천히 눈앞이 선명해지면서 그제야 무슨 일이 일어난 것인지 마침내 이해하게 되었다. 지독할 정도로 선명히도.

남겨진 파편들

갤러리에는 먼지가 뽀얗게 앉아 있었다. 카페나 술집 테이블 위에 나 있는 유리잔 자국같이 군데군데 동그랗게 빛바랜 흔적들도 있었다. 밖에는 찢어진 포스터가 바람에 휘날리고 있었고, 흩뿌리듯 내리는 비가 길 위를 적셨다. 관광객들은 창문에 붙은 '닫힘' 표지판을 보고 실망한 채 서 있었다.

관광객 한 명이 눈썹에 손을 갖다 대고는 창문에 얼굴을 바짝 갖다 댄 채 안을 살폈다. 갤러리 바닥에는 뜯어 보지도 않은 편지들과 밀린 고지서들이 한가득 쌓여 있었다. 하지만 크리스토퍼를 생각하면 분명 저 고지서들은 이미 다 지불한 것일 터였다. 세금을 지불하지 않거나 해야 할 일을 회피하는 무책임한 유형의 사람은 아니기 때문이다.

자동차가 한 대 다가왔다. 크고 비싸 보이는 걸로 보아 아마 리스를 했을 것이다. 마치 성공의 증거와도 같아 보이는 그런 차였다. 차를 몰고 온 부동산 중개인은 두 줄로 된 노란 선에 주차를 해 놓고는 서둘러 내려 문 밖에서 기다리고 있는 한 남성에게 다가갔다.

"잠깐은 주차를 해 놔도 괜찮을 겁니다." 중개인은 말했다. "오래 기다리시게 해서 죄송합니다."

중개인은 손을 내밀며 악수를 청했다.

"저도 방금 막 도착했습니다." 남자가 말했다.

"다행이군요. 그럼 열쇠를… 찾아야겠군요."

중개인은 갤러리 문을 열기 위해 몇 차례 열쇠를 돌려 봤다. 다섯 번째 열쇠를 넣었을 때 문이 열렸다.

"이 일을 하다 보면 열쇠만 많아진다니까요. 어쨌든 문이 열렸으니 안으로 들어가 보시죠."

남성은 건물의 처마널을 쳐다봤다.

"이게 무슨 갤러리죠?" 그가 물었다.

중개인은 간판을 쳐다봤다.

"아, '불가능의 예술 갤러리'입니다."

"그게 정확히 무슨 뜻인가요?"

"그게… 초소형 조각품 같은 걸 전시했던 것 같습니다."

"어떤 일이 있었나요?"

"저도 잘 모르겠습니다."

"혹시 관람객이 별로 없어서 문을 닫은 건 아니겠죠?"

"아이고, 그건 아닙니다. 전혀 그렇지 않았어요. 최적의 입지와 요건을 갖추고 있는걸요. 보시면 아시겠지만 유동 인구도 엄청나답니다."

이들은 안으로 들어갔다. 처음엔 문이 수월하게 열리지 않았다. 문 안쪽에 쌓인 광고 우편물 더미 때문이었다. 불가능의 예술 갤러리 앞으로 온 우편물도 있었고, 에크만 씨 혹은 에크만 귀하 앞으로 온 개인적인 우편물도 있었다.

텅 빈 실내에서 희미하고 축축하니 뭔가 부패가 시작되는 듯한 냄새가 났다.

"환기만 잘하면 될 겁니다."

"오랫동안 비어 있었나요?"

"아니요, 건물을 정리하느라 몇 달 정도 비어 있었어요."

"좀 퀴퀴한 냄새가 나는 것 같지 않나요?"

"난방 좀 하고 창문을 열어서 환기하면 분명 나아질 겁니다. 사실 건물이란 것이 조금만 비워 둬도 금방 퀴퀴한 냄새가 나기 마련인데, 또 그만큼 원상복구도 빠르거든요. 그런데 어떤 사업을 한다고 하셨죠?"

"그… 향초, 비누, 향수 같은 사치품들이요."

"아, 그렇다면 이 자리가 세격이죠."

"다른 도시에도 이미 매장이 있긴 한데, 확장을 할 곳을 찾고 있었거든요."

이들은 갤러리 안으로 걸어갔다. 진열대는 그대로 남아 있었지만 그 위에 올려져 있던 에크만의 섬세한 작품들과 그 작품들을 보호하던 유리 돔들은 하나도 없었다.

"발 조심하세요. 거기 유리 조각들이 있네요."

"여기서 무슨 일이 있었나요?"

"청소를 하다가 물건을 떨어트린 모양이네요. 별로 좋지 않은 업체였던 것 같아요."

"그런 것 같군요."

"어쨌든 보시다시피 공간도 꽤 넓은 편입니다."

"위층도 있나요?"

"그럼요. 여러 층입니다. 창고와 사무실도 있고, 예전 주인이 스튜디오로 쓰던 공간도 있습니다."

"올라가 봐도 될까요?"

스튜디오의 창문들 중 하나가 깨져 있었다. 그 틈으로 비가 새어 들어왔고, 카펫이 깔리지 않은 맨 바닥이 축축하게 젖었다.

"여기가 스튜디오였군요?"

"그런 것 같습니다."

춥고 축축하니 삭막하기 그지없었다.

"활용성이 큰 공간이네요."

"네… 그런 것 같군요."

구매 예정자는 방을 살펴봤다. 바닥에는 한때 그 자리에 있던 책상과 테이블 자국만이 남아 있었다. 두 사람의 눈에 방구석에 있는 무언가가 들어왔다.

"이게 무슨 접시죠?"

"제 생각에는 카메라 오브스쿠라라고 하는 물건의 일부인 거 같군요."

"그래요? 다른 부품이 더 있나요?"

"아마도 그럴 것 같은데요."

"그런데 다 치웠나 보죠?"

"정리를 하면서 다 치운 모양이네요."

"아깝네요."

"만약 카메라 오브스쿠라를 작동시키고 싶다면 부품을 찾을 수 있을지도 몰라요. 꽤 특색 있잖아요."

남자는 애매모호한 반응을 보였다.

"음⋯."

남자는 이 건물이 꽤나 마음에 드는 티를 내지 않으려 했다. 그래서 부동산 중개인이 제시한 가격보다 저렴하게 흥정을 해 볼 참이었다. 건물을 상속받은 사람이 건물이 팔리지 않을까 봐 걱정이 돼서 어떻게든 팔아 버리려고 안달이 났을지도 모르는 일이니까.

에크만의 장례식이 있은 다음 날, 크리스토퍼는 갤러리 안의 작품들을 하나씩 하나씩 부숴 버렸다. 분노나 적의는 없었다. 그저 에크만이 평생을 바쳐 만든 작품들을 파괴시킨 것이다. 크리스토퍼는 그 자신조차도 그런 행동이 과연 옳거나 정당한 것인지 알 수 없었다. 작품들은 그 자체만으로도 경이롭고 아름다웠다. 하지만 어찌 보면 이미 오래전에 창작자와의 관계가 끊어진 상태였다. 그리고 행여 관련이 있다고 해도 창작자의 잘못에 대해 작품이 책임을 져야 하는 걸까? 아버지가 지은 죄를 아들에게 대물림해야 하는 걸까?

대물림은 이뤄졌다.

크리스토퍼는 전시대 위에 있던 돔을 집어서 바닥에 떨어트렸다. 땅에 떨어졌음에도 즉각 깨지지 않으면 다시 집어 들고 깨질 때까지 냅다 던졌다.

그러고는 안에 든 작품들을 발로 짓이겼다.

크리스토퍼는 에크만의 흔적일랑 모조리 지워 버리고 싶었다. 마치 그가 존재하지도 않았던 것처럼 말이다.

크리스토퍼는 바늘귀에 서 있는 낙타가 들어 있는 돔을 집었다. 어릴 적 처음 그 작품을 봤을 때가 떠올랐다. 당시에 학교를 마치고 갤러리에 오면 에크만이 공짜로 구경을 시켜 주곤 했다. 저 아름답고 작은 조각들에 감탄하며 넋이 나가 있던 자신의 모습을 떠올렸다. 조각들은 영원처럼 느껴졌다.

유년 시절에 대한 기념으로 하나쯤은 남겨 놓아도 될 것이다.

잠시 유리 돔을 들고 있던 크리스토퍼는 그대로 떨어트려 버렸다. 돔은 수천 개의 조각으로 산산조각이 났다. 그 조각들을 크리스토퍼는 발꿈치에 의해 더 잘게 뭉개져 버렸다. 크리스토퍼는 천천히 그리고 차례차례 작품들을 전부 부수고 짓밟았다. 단 하나만은 제외하고.

크리스토퍼는 자신을 파괴하지 않고선 그 작품을 파괴할 수 없었다.

에크만의 시체를 발견한 그날 밤, 크리스토퍼는 작은 마을을 한참 동안 쳐다봤다. 그들이 움직이고, 잠이 들고, 다음 날 아침에 일어나는 걸 지켜봤다. 그는 나이 든 아빠의 모습과 얼굴에 생긴 주름 군데군데 난 흰머리를 보았다. 나이가 든 파피의 모습도 보였다. 여전히 사랑스럽고 아름다웠다. 하지만 여느 생물처럼 그녀도 나이가 들고 점점 죽음으로 향해 가는 건 피할 수 없었다.

그리고 여자아이가 있었다. 여자아이 말이다. 생일 선물과 케이크를 받지 못한 그 아이. 태어나서 보고 배운 세상이 이게… 전부인 건가? 작은 마을, 세상과 단절시키는 유리 돔으로 덮인 하늘뿐인 세상.

그리고 그 세상에 있는 다른 사람이라곤 유일하게 자신의 아빠와 엄마뿐, 그 외에는 아무도 없었다. 제공자를 제외하면 말이다. 그래, 그 위대한 제공자. 때때로 이들을 지켜보던 어질고 관대한 신.

신은 가끔 하늘의 뚜껑을 열고 선물과 먹을거리, 마실 것 등을 내려 주었다. 하지만 또래 친구는 없었다. 놀러 오거나 찾아오는 이는 하나도 없었다. 아무도 없었다. 하지만 또 다른 세계에 관한 책을 읽어 보면, 그 안에는 다른 사람들이 있었다.

어딘가에 있는 그 세계에는 자신과 같은 사람들이 있었다. 아니, 적어도 책에는 그렇게 나와 있었다. 하지만 아이는 책을 믿지 않았다. 그건 있을 수 없는 환상과 꿈같은 이야기였기 때문이다. 마리아는 엄마에게 물었고, 엄마는 마리아가 조금 더 크면 모든 걸 다 말해 주겠다고 했다. 마리아가 모든 걸 이해할 수 있을 때가 되면.

크리스토퍼는 자리에 앉아 아이를 쳐다봤다. 부드러운 목소리가 들렸다.

"여동생… 내 여동생이야…."

그는 그 소리가 자신의 목소리임을 깨달았다. 그리고 그 목소리의 주인은 케이크 위에 핑크색 아이싱으로 쓰인 이름을 기억해 냈다.

"마리아…."

크리스토퍼는 마리아가 길을 건너는 모습을 지켜봤다. 마리아는 줄넘기를 들고 있었다. 한참 줄넘기를 한 마리아는 지루해졌는지 자리에 앉아 줄넘기 줄을 묶었다가 풀기를 반복했다.

"생일 축하해, 마리아…." 크리스토퍼가 속삭였다. "생일 축하해."

크리스토퍼의 머릿속에는 자신의 생일날 아무것도 받지 못한 마리아가 얼마나 실망하고 있을지에 관한 생각뿐이었다. 그러자 갑자기 분노, 슬픔, 어린 시절의 고통들이 떠올라 눈물이 쏟아졌고, 돔 지붕 위로 눈물방울들이 툭툭 떨어졌다.

마리아가 고개를 들어 하늘을 쳐다보더니 건물이 있는 쪽으로 달려갔다. 그리고는 엄마와 아빠를 길가로 데리고 나와 하늘을 가리켰다. 그들 역시 고개를 위로 들고 비가 떨어지는 모습을 쳐다봤다. 유리 하늘에 떨어진 눈물은 자국을 남기며 옆으로 흘러내렸다.

"아빠… 파피… 저예요… 크리스토퍼예요…. 제가 아빠를 찾았어요. 이제야 아빠를 찾아냈어요."

그들은 계속해서 위를 쳐다봤다. 마리아는 기뻐했고, 어른들은 당황스러워했다. 유리 돔 위로 흘러내리는 비는 절대 멈추지 않을 것처럼 보였다. 저 빗물에 유리가 부서져 마을 전체에 홍수가 나 모든 걸 쓸어버릴 수도 있을 것 같았다. 마리아는 하늘 위를 계속 올려다보다 지쳤는지 다시 줄넘기를 하러 갔다. 하지만 남자와 여자는 그대로 서서 비가 오는 걸 지켜봤다. 정말이지 하염없이 내렸다.

크리스토퍼는 다시 계단으로 갔다. 에크만의 시체가 그대로 누워 있었다. 그의 피부는 시퍼렇게 변해 있었다. 크리스토퍼는 몸을 숙여 생명이 꺼진 에크만의 차가운 눈을 감겨 줬다. 도무지 어떤 기분인지 알 수가 없었다. 이안류와 조수가 충돌하듯 오만 가지 감정이 마음과 머릿속에서 뒤섞였다.

"어떻게 한 거예요, 에른스트?"

크리스토퍼는 누워 있는 에크만의 몸을 발로 쳤다.

"제가 어떻게 할 수 있을까요?"

크리스토퍼는 시체 옆에 쪼그려 앉았다. 자신이 선물을 거의 밟을 뻔했다는 사실을 깨달은 크리스토퍼는 발을 치웠다. 그러고는 에크만의 주머니에 손을 뻗어서 그 안에 든 걸 꺼냈다. 지갑을 훑었지만 도움이 될 만한 건 하나도 없었다. 크리스토퍼는 에크만의 열쇠 꾸러미를 꺼내 자신이 갖고 있는 것들과 비교했다. 에크만의 열쇠 꾸러미에는 크리스토퍼에겐 없는 열쇠가 몇 개 더 있었다. 그중 하나에 집에 있는 금고 브랜드가 새겨져 있었다.

"다시 올게요."

크리스토퍼의 목소리에 이어 발자국 소리가 갤러리에 울려 퍼졌다. 소년은 정문으로 나갔다. 새벽이 갓 지나 이른 아침이 되어 있었다. 크리스토퍼는 서둘러 집으로 갔다. 그러고는 에크만의 서재로 들어가 서랍들 속에 든 서류들을 뒤졌다. 아무것도 찾지 못한 크리스토퍼는 벽에 걸린 그림을 떼어 낸 다음 열쇠로 금고를 열었다. 그 안에 있는 여러 가지 물건들 사이로 보관함이 하나 보였다. 금고 안 물건들 중에는 자신의 아빠가 그린 파피의 그림도 있었다. 소년은 그 그림을 잃어버렸다고 생각했었다.

에크만의 열쇠 중 하나가 보관함 열쇠 구멍에 딱 맞았다. 크리스토퍼는 보관함을 열었다. 그 속에는 '크리스토퍼에게. 내가 죽게 되면 열어 보렴.'이라고 적힌 편지가 있었다. 그리고 에른스트 에크만의 마지막 유언과 유서가 있었다.

크리스토퍼는 에크만의 책상에 앉아 편지를 읽었다. 몇 번을 읽고 또 읽었다. 한두 장이 아니었다. 크리스토퍼는 천천히 한 장씩 읽고는 책상에 내려놓고 다음 장을 읽었다. 말이 되면서도 되지 않았다. 끝없이 반복되는 한 문장이 있었다.

'만약 네가 날 용서할 수 있다면….'

하지만 그럴 수 없었다.

크리스토퍼는 책상 위에 편지를 올려 두고 몸을 일으켜 다시 금고로 갔다. 그러고는 편지에 적힌 대로 파일을 꺼냈다. 두툼한 파일 속에는 에크만의 독특한 필체로 쓰인 편지와 교정 원고들이 가득 들어 있었다. 파일 모서리에 꽂힌 네임 카드에는 감속장치라고 적혀 있었다. 크리스토퍼는 다시 책상으로 가 편지를 읽었다. 지금으로써는 기본적으로 기계를 작동시키는 방법과 저들의 생명을 유지할 방법을 배우는 게 급선무였다. 다음 날 크리스토퍼는 문제를 해결하기 위한 작업에 들어갔다. 편지 마지막 장에 적힌 말이 마음에 걸렸지만, 크게 낙담하진 않았다.

'내 모든 노력에도 불구하고 이 과정은 되돌릴 수가 없는 듯하구나.'

편지 마지막 장에는 이렇게 적혀 있었다.

크리스토퍼는 코트 주머니에 편지를 넣고는 파일을 들고 집을 나서 다시 갤러리로 갔다. 그사이 우편물이 와 있었다. 갤러리 문 옆으로 관광객들이 창문을 들여다보며 문이 열리길 기다리고 있었다.

"지금 문 여는 건가요?"

"죄송해요. 오늘은 휴업이에요." 크리스토퍼가 관광객들에게 말했다.

"그런데 여긴 영업이라고 적혀 있어요."

"아니에요, 휴업이에요. 죄송합니다."

"내일은 여나요…?"

크리스토퍼는 주저했다. 아직 그 부분에 관한 건 생각하지 못했지만, 그 순간 크리스토퍼는 마음의 결정을 내렸다.

"아니요." 그는 말했다. "영업 안 해요. 다시는. 영원히 문을 닫을 거예요. 전시품도 없어요. 죄송해요."

"하지만 저희는 미국에서…."

"죄송해요. 저도 어쩔 수가 없네요. 실례하겠습니다."

크리스토퍼는 얼른 갤러리 안으로 들어가 문을 닫았다. 그런 다음 에크만의 얼굴을 쳐다보지도 않고 그 옆을 지나쳤다. 하지만 케이크가 눈에 들어왔다. 크리스토퍼는 선물과 기드들을 챙겨 들고 스튜디오로 갖고 올라갔다. 자리에 앉은 크리스토퍼는 편지를 썼다. 그러고는 작은 마을 위에 있는 유리 돔을 치우고, 감속 장치로 다가가 전원을 켰다.

과정은 단순했다. 편지에 적힌 설명 그대로 따라 하기만 하면 됐다. 크리스토퍼는 작은 마을의 길거리 위에 검정색 점을 띄웠다. 그리고 거길 통해 선물과 카드를 보냈다. 또 자신이 쓴 편지를 검정색 원 속으로 떨어트렸다. 눈앞에서 편지가 사라졌다.

그는 현미경을 가져와 그들이 편지를 읽는 모습을 쳐다봤다. 그들은 고개를 들고 크리스토퍼를 쳐다봤다. 그들은 서로를 끌어 안고 눈물을 흘렸다. 어쩌면 희망과 기쁨의 눈물이었을 것이다. 여자아이는 선물을 뜯으며 늦게 도착한 자신의 생일 선물을 만끽

하고 있었다. 케이크는 다음에 새로 사다 줘야 할 것이다. 그리고 크리스토퍼의 선물도.

크리스토퍼는 전화를 하기 위해 갤러리로 내려갔다. 그런 다음 구급대에 전화해서 앰뷸런스를 요청했다.

"여보세요? 제가 방금 사람을 발견했는데… 계단에 누워 있어요…. 밤새 집에 오지 않아서 찾으러 왔더니… 아니요…. 이미 죽은 지… 꽤 된 것 같아요. 네, 심장마비 같아요. 감사합니다."

집이 팔렸다. 게다가 갤러리까지 팔고 나자 수중에 상당한 금액이 생겼다. 에크만은 자신이 사용하는 건물들을 온전히 소유하고 있었다. 임대도 아니었고, 대출도 전혀 없었다. 보유한 주식도 상당했으며 채권 투자, 현금, 부동산도 많았다. 그의 작품들까지 팔면 분명 거액을 받을 수 있겠지만, 그것들은 모두 부서져서 사라지고 없었다.

에크만은 가정부의 몫을 제외하고 모든 자산을 그의 아들… 입양한 아들… 크리스토퍼 앞으로 남겼고, 크리스토퍼는 어린 나이에 막대한 부를 축적하게 되었다. 하지만 만약 크리스토퍼가 그 돈으로 스포츠카를 사거나 여행을 다니는 등 여기저기 흥청망청 쓸 거라 생각했다면, 그건 오산이었다.

크리스토퍼는 합격한 명문대 중 한 곳을 선택했고, 물리학을 전공했다. 그는 주변에 친구 하나 없는 외톨이긴 했지만 근면 성실했다. 사람들은 그가 고향 마을에 대해 강한 집착을 보일 때면 별종이라고 생각하기도 했다. 작은 유리 돔 아래에 들어 있는 마을 모형은 언제나 그와 함께였다. 그것은 크리스마스 즈음이 되면 흔히 볼 수 있는 그런 스노볼이었다. 흔들면 눈송이가 떨어지지 않을까 생각할 수도 있겠지만, 그 안에는 눈송이가 없었다. 뿐만 아니라 액체도 들어 있지 않았다. 마치 물이 새거나 말라 사라져 버린 것처럼 보였다.

마지막 말

크리스토퍼의 원고는 여기서 끝이 났다. 애초부터 이야기를 이렇게 끝낼 계획이었는지는 나도 모르겠다. 어쩌면 그다음 이야기가 더 있었을 수도 있다. 하지만 그 뒤의 이야기는 없었고, 이게 전부였다.

이게 바로 크리스토퍼 맬런이 남긴 이야기이다. 꽤 좋은 이야기였는지 혹은 안타까운 이야기였는지는 모르겠지만, 이건 분명 크리스토퍼가 직접 쓴 이야기였다. 내가 손을 댄 부분은 하나도 없었다.

왠지 중세적인 느낌이 강한 이야기였으므로, 솔직히 내 취향이 아닌 데다 불신하는 마음도 컸다. 하지만 등장인물들에 대한 안타까움은 분명 있었다. 어쩌면 일종의 은유 혹은 우화인지도 모르겠다. 민감한 주제에 대해 말하고 싶었던 크리스토퍼가 이 이야기를 통해 심오하고 중요한 문제를 제기하고 있는 것일지도 모른다. 다만 문학에 조예가 깊지 않고 스릴러나 범죄 이야기를 좋아하는 나는 그 문제가 무엇인지 알 수 없었다.

어쩌면 과거 크리스토퍼가 누군가를 잃고 버림받은 것에 대한 자신의 감정을 이런 이야기로 풀어냄으로써 치유와 의미를 찾으려고 했던 게 아니었을까 싶기도 하다.

과연 젊은 천재들답지 않은가? 나는 저들이 과할 정도로 똑똑하다고 생각한다. 로켓만큼 높기도 하지만 바닥의 돌처럼 낮기도 하다. 이들은 아주 밝게 타오르기는 하지만, 오래가진 못한다. 하늘을 수놓는 불꽃놀이나 유성 같다가도, 또 어떨 땐 물통 속에 떨어진 뜨거운 석탄처럼 바닷속에서 치지직 소리를 내며 꺼지기도 한다.

저들은 자신이 주변의 기대에 부응하지 못할 거란 걸 깨닫는 순간 무너지기 시작한다. 그렇게 되면 몇몇은 정신병원행으로 이어지기도 한다. 안타깝게도 말이다.

그래서 나는 저런 젊은이들이 떠나는 모습을 많이 봐 왔다. 크리스토퍼는 심성이 착했지만, 그 역시 오래 버티진 못했다. 자신만의 속도를 찾지 못한 것이다. 그가 짠 원대한 계획은 수포로 돌아갔다. 감속장치를 만들겠다는 꿈은 허황된 것이었다. 결국 그렇게 되리란 걸 크리스토퍼는 알지 못했다. 내가 말을 해 줄 수도 있긴 했다. 하지만 어느 날 그는 그게 불가능하단 걸 깨닫고는 그 상황을 받아들이지 못하고 도망쳤다.

그가 쓴 원고는 분명 정신 나간 이야기였다. 이 이야기를 쓸 때 이미 크리스토퍼가 무너져 가고 있었던 게 아닐까 나는 생각했다. 하지만 적어도 그는 쏟아 내긴 했다. 삼키는 것보단 쏟아 내는 게 낫다. 어쩌면 말이다.

그에 대해 어떤 말을 더 해야 할까? 크리스토퍼는 주소 하나 남기지 않고 사라졌다. 나는 그의 책상을 정리했고, 그 자리에는 새로운 젊은 천재가 들어왔다. 그 청년은 얼마나 버틸까? (사실 새로 온 직원은 여자인데 그렇다고 달라질 것은 없었다. 여자든 남자든 어쨌든 그들은 젊은 천재들이었고, 버티지 못하고 나갈 테니.)

하지만 나는 좋은 게 좋다라는 식의 사람이다. 천천히 그리고 꾸준히, 서두를 것 없이 묵묵히 할 일을 한다. 남에게 영감을 주진 못하지만 도움이 될 만한 사람임에는 분명하다. 〈토끼와 거북〉 이야기에서 결국 최종 승자가 누구인지는 다들 알 테니.

이거였다.

이게 끝이었다.

아니, 나는 그렇게 생각했다.

바로 그때, 나는 파일 서류들 더미 아래서 내 이름이 적힌 두 번째 편지를 발견했다.

'친애하는 찰리,

지금쯤 그간 저에게 일어난 일들에 대해서 읽어 보셨으리라 생각해요. 그리고 제가 어떤 부탁을 드릴지도 아시겠죠. 부담스러운 부탁이란 걸 알지만 당신은 선하고, 친절하고, 사람들이 의지할 수 있는 사람이라고 생각해요. 물론 거친 면도 있고 꼬장꼬장한 성격이긴 하지만 심성이 바른 분이란 걸 알 수 있거든요.'

(거참.)

'원고를 읽으셨다면 제가 어떤 부탁을 드릴지 아실 거예요. 앞으로 저희를 돌봐 주시면 좋겠어요. 감속장치는 사용법이 상당히 간단해요. 이 서류함에 작동 방법이 적혀 있고, 기타 장비는 연구실에 있는 〈크리스토퍼 개인 물품〉이라고 적힌 선반에 있어요. 믿을 수 없을 만큼 간단해요. 하지만 믿으셔야 해요. 집 차고나 서재에도 장치를 설치할 수 있어요. 비용은 괜찮은 수준의 음향 시스템을 설치할 때와 비슷할 거예요. 저는 더 이상 기다릴 수가 없었어요. 총의 발사를 되돌릴 방법을 찾아내기 위해 계속해서 시도만 하고 있을 수는 없는 노릇이니까요. 아빠와 파피는 이제 나이가 지긋해졌고, 앞으로 살날이 얼마나 남았을지 몰라요. 요새는 병이 나셨는지 창백해진 아빠의 안색을 보며 혹시라도 돌아가시는 건 아닐까 얼마나 걱정했는지 몰라요. 찰리, 저는 이런 도박을 할 수밖에 없었어요. 반드시 해야만 했어요. 어쩌면 되돌릴 수 있는 방법을 찾아낼 수 있을지도 모른다는 생각에 계속해서 뒤로 미루고 미뤘지만, 이젠 그럴 수가 없어. 시간은 절 기다려 주지 않을 테니까요. 맞아요. 시간은 우리를 기다려 주지 않아요. 또한 앞으로 우리가 살날은 한정적이잖아요. 그러니까 그날들을 어떻게 보낼지 정하는 게 우리가 유일하게 할 수 있는 일이에요.

이 파일 안에 모든 게 담겨 있어요. 작동 방법에 대한 것들과 지난 몇 년간 상태를 되돌리기 위해 제가 어떤 연구들을 했는지에 대해서 말이에요. 이런 날이 올 것에 대비해 오래전부터 준비를 해 뒀으니 한동안은 저 안에서 괜찮게 지낼 수 있을 거예요. 자급자족을 할 수 있도록 온갖 종류의 것들을 마련해 뒀거든요. 안에서 키울 수 있는 것들을 준비하고, 또 공기 중 수분을 추출해서 물을 얻는 방법도 연구했어요. 따라서 한동안은 별 문제없이 살 수 있을 거예요. 하지만 필요한 건 언제나 생기게 마련이므로 그걸 보내 줄 친구가 반드시 필요해요. 어쩌면 제가 시작했지만 끝내지 못한 그 일을 시도해 줄 사람이요. 그게 찰리 당신일 수 있단 생각이 들어요. 당신이라면 제가 실패한 곳에서부터 다시 이어 나갈 수 있을 거예요. 당신은 사람들이 알고 있는 것보다 훨씬 똑똑하니까요. 당신이라면 언젠가 우리를 되돌려서 다시 이 세상으로 데려올 수 있을 거예요. 언젠가 저를 당신 집에 초대해서 아내분과 아이들에게 인사시켜 주신 것 기억하시나요? 저도 언젠가는 찰리를 초대하고 싶어요. 제 아빠와 파피 그리고 이복동생을 소개할 수 있으면 좋겠어요. 그럴 수만 있다면 정말 좋겠군요. 당신이 제 가족을 만나는 날이 온다면 말이에요. 왜냐하면 저에게도 가족이 있으니까요.

모든 일에 감사드려요. 부디 원치 않는 부담을 떠안게 되었다고 생각하지 않으셨으면 좋겠어요. 만약 제가 부탁드린 일이 너무 힘들 것 같다면 걱정하지 마세요. 저희끼리 어떻게든 살아갈 수 있는 방법이 있을 테니. 어차피 영원히 사는 삶은 없으니까요.

잘 지내세요. 크리스토퍼가.'

내가 뭐라고 할 수 있겠는가?

사실 나도 아버지가 돌아가시던 날이… 아버지와 사이가 늘 좋았던 것은 아니지만… 심지어 요즘도 생각나곤 한다. 그리고 돌아가신 후에는 종종 이런 소원을 빌곤 했다. 제발 아버지와 다시 만나 함께 이야기를 나눌 수 있다면….

내가 정신이 나간 걸까? 이 이야기를 정말 믿게 되기라도 한 거야? 농담도 참! 완전히 속을 뻔했으니 말이다. 현미경을 꺼내서 혹시라도 작은 유리 돔 안에 뭐가 있는지 들여다보고 싶었을 정도였다. 멍청이는 매분마다 나온다는데, 분명 내가 그중 하나였으리.

혹시 크리스토퍼의 이 이야기가 마음에 드는 여성분이 있다면 내게 연락을 주길 바란다. 그러면 내가 유리 돔 아래로 보내줄 테니 말이다. 그곳에 가서 크리스토퍼와 함께 유리 돔 행성을 지배하면 될 것이다. 흥미가 있으신가요? 혹시 새로운 소형 인종을 만들고 싶으신가요? 다른 형태의 삶을 살아 보고 싶은가요? 다만, 이 여정은 편도행만 가능합니다. 돌아오는 길은 없단 걸 명심해야 합니다.

나는 크리스토퍼의 말을 거의 믿을 뻔했다. 현미경을 꺼내 유리 돔 안을 들여다보고 싶었으니 말이다.

사실대로 말하자면… 크리스토퍼는 성공했다. 나는 그 안을 들여다봤다. 그 안을 본 감상이 어땠을까? 나는 그저… 너무 작게 느껴졌다. 그래, 작게 말이다. 이 웅장한 세계, 거대한 우주 속에서 말이다. 그 안에서… 너무도 내 자신이 작게 느껴졌다. 그들, 그 사람들, 크리스토퍼가 그토록 같이 지내고 싶어 했던 그들을 보니… 작고… 보잘것없고… 겸손하고… 심지어 창피해졌다. 무릎을 꿇고 기도를 드리고 싶을 정도였다. 그 어떤 신도 믿지 않는 내가 말이다.

자, 이제 생각을 해 보자. 여러분에게는 두 개의 선택지가 있다. 이 이야기를 어떻게 표현해야 할까 고민했는데, 최선을 다해서 해 보도록 하겠다. 동전을 던져서 어떤 면이 나오는지 보도록 하자. 동전의 앞면이 나오면 모든 게 다 있지만 사랑하는 사람만 없는 이 세상에서 평생 사는 것이고, 뒷면이 나오면 이 세계와는 완전히 다른 전혀 다른 세계에서 여러분의 전부라고 할 수 있는 사람들과 함께 손을 잡고, 이야기를 나누고, 때로는 울기도 하고 웃기도 하며 사는 것이다. 그들과 함께 살 순 있지만 다시는 이 세계로 돌아오진 못한다.

그렇다면 여러분의 선택은?

시간을 갖고 생각해 보길 바란다. 여러분이라면 과연 어떤 선택을 하게 될까?

보장된 것은 아무것도 없다. 다만 분명한 것은 다시는 돌아오지 못한다는 것이다.

참으로 어려운 문제 아닌가? 곰곰이 생각해 볼 만한 문제이다. 내가 다시 돌아오면 그때 여러분은 어떤 선택을 했는지 들려주길 바란다. 나도 자잘하게 해야 할 일들이 많다. 돌봐야 할 사람들, 다양한 책임과 의무, 먹여 살릴 식구들까지. 게다가 임무까지 더해졌으니 바쁠 수밖에. 이따가 선물도 준비해야 한다. 여자아이를 위해서 말이다. 그 아이는 곧 아홉 살이 된다. 내가 선물을 주지 않으면 그 누구에게도 선물을 받지 못한다. 물론 그 아이는 내 딸이 아니다. 그저 내 친구의 가족일 뿐이다. 친구가 선물을 미리 사 뒀는데, 그는 그 가게에 갈 수가 없게 되었다.

동전이 공중에 떠 있다. 동전이 돌아가는 게 보이는가? 어떤 삶을 선택할지 결정을 내렸는가? 정말 어려운 결정이다. 그리고 삶은 결코 우리를 기다려 주지 않는다. 여러분이라면 어떤 삶을 택하겠는가? 사실 앞면이든 뒷면이든 동전이 중요한 게 아니다. 자신의 머리를 따를 것인지, 마음을 따를 것인지가 중요한 것이다. 이것은 분명 난제이다. 언제나 그래 왔다. 시간은 속절없이 흘러가고, 동전은 아래를 향해 떨어지고 있다. 그리고 우리는 늘 선택을 해야만 한다. 크리스토퍼처럼 말이다. 마음이 무엇을 원하는지 알아보는 용기가 필요하다. 그걸 알고 나면 우리가 할 수 있는 일은 없다.

선택은 이미 결정되었으니 말이다.

나는 이제 무척이나 바쁜 몸이 되었다. 나에겐 임무가 있다. 일도 해야 하고, 사람들도 돌봐야 했다. 또 총을 역으로 발사하는 방법을 알아내야만 했다. 그들은 모두 나에게 기대를 걸고 있다. 그들에게 남은 희망은 나뿐이고, 나만이 유일하게 이 일에 대해서 알고 있다. 그게 내 묘비명이 될 것이다. 나는 총의 발사를 되돌린 남자로 기억되고 싶다. 폭발을 되돌린 남자, 바닥에 떨어져 수천 조각으로 부서진 유리잔을 다시 원래대로 되돌릴 수 있는 남자.

나도 이제 미치광이의 대열에 합류했다. 그렇지, 크리스토퍼? 엄청난 변화를 겪었던 것은 아니다. 사실 오히려 무척 간단했다. 이 세상에서 가장 기이한 일들을 믿기 시작하면 미치광이 대열에 합류하게 되는 것이다.

동전이 회전을 하면서 천천히 땅으로 떨어지고 있다. 그의 말이 맞았다. 크리스토퍼가 옳았던 것이다.

'시간은 우리를 기다려 주지 않아요. 또한 앞으로 우리가 살 날은 한정적이잖아요. 그러니까 그날들을 어떻게 보낼지 정하는 게 우리가 유일하게 할 수 있는 일이에요.'

그게 우리가 유일하게 할 수 있는 일이었다. 크리스토퍼의 말처럼. 우리의 날들과 그날들을 보내는 방법. 그리고 우리가 사랑하는 사람들. 나머지는 사실 중요하지 않다. 우리는 우리를 원하는 곳으로, 우리의 마음이 이끄는 곳으로 가야 한다. 깜깜한 어둠 속을 지나려면 두려운 마음이 앞서기도 한다. 하지만 우리는 빛을 향해 어둠을 헤쳐 나가야 한다.

나는 우리가 그래야만 한다고 생각한다.

그리고 우리가 그렇게 해 나가길 바란다.

우리의 삶은 빛을 향해 나아간다.